Verstecken

Verstecken

Josef von Stackelberg

Bibliografische Information der Deutschen Nationalbibliothek: Die Deutsche Nationalbibliothek verzeichnet diese Publikation in der Deutschen Nationalbibliografie; detaillierte bibliografische Daten sind im Internet über www.dnb.de abrufbar.

Herstellung und Verlag: BoD – Books on Demand, Norderstedt

ISBN 9783753490847

Ein paar Worte zur Einleitung

Als ich "Verstecken" schrieb, durfte niemand etwas von der Geschichte wissen, darum versteckte ich die Datei in einer umfangreichen Datenstruktur und gab ihr den sinnvollen Namen "Verstecken". Später, als die Geschichte sich langsam aus dem Off schälte, schien mir der Titel durchaus passend, weil beide Protagonisten sich zumindest teilweise verstecken, was mehr oder weniger offensichtlich ist, darum ließ ich der Datei der Einfachheit halber ihren Titel.

Die Charakterisierung einzelner Mitspieler in der vorliegenden Geschichte erfolgte natürlich ausschließlich aus der Notwendigkeit heraus, die Geschichte sich in die jeweilige Richtung entwickeln zu lassen. Irgendwelche Ähnlichkeiten mit realen Personen sind in keiner Weise beabsichtigt.

Prolog

Karl-Peter seufzte, nahm die Fernbedienung des Fernsehers, richtete sie auf den Apparat und drückte die Ausschalttaste. Der Ton verstummte und das Bild auf dem Schirm zog sich zusammen. Karl-Peter erhob sich und schlurfte in die Küche, wo Ellen, seine Frau, gerade die letzten Gläser abtrocknete und in den Hängeschrank über der Spüle stellte. Sie drehte sich um und lächelte ihn schief an: "Nun geht es wieder los." Karl-Peter nickte und brummte: "Scheiß Nachtschichten." Er nahm sich einen Apfel aus dem Korb, biss hinein und meinte: "Heute darf ich wieder an der Autobahn Radarwache schieben. Langweiliger geht es fast nicht mehr." Ellen sah ihn kurz an und sagte: "Gibt es denn keine Chance, diese Nachtschichten zu verlassen?" – "Ich werde nächste Woche mal mit Kleimann reden, wenn ich in der Spätschicht bin und ihn sehe. Ich habe jetzt immerhin vier Jahre den Dreischichtwachdienst gemacht. In ein paar Wochen geht Schmalert in Pension, vielleicht kann ich dessen Aufgabengebiet übernehmen. Kleimann äußerte sich beim letzten Personalgespräch schon mal in diese Richtung. Dann hätte ich nur noch Innendienst und Tagschicht." Ellen lächelte: "Das wäre doch nett. Wozu habe ich Dich geheiratet, wenn Du nie zu Hause bist?" Karl-Peter biss das letzte Stück Fruchtfleisch von dem Apfelspeitel und warf den Rest in den Mülleimer. Er ging kauend in den Flur, nahm seine Uniformjacke vom Haken und schlüpfte in seine Schuhe, während er in die Jacke schlüpfte.

Ellen stand in der Küchentür, lehnte mit der Schulter am Rahmen und hatte die Arme über ihrer Brust verschränkt. Sie betrachtete ihn, während er sich bückte und die Schuhe zuband. Ein attraktiver Mann, dachte sie. Sie hatte ihn vor etwa drei Jahren bei einem Tanzkurs kennengelernt. Beide hatten sich dort unabhängig voneinander angemeldet und waren von der Tanzlehrerin einander zugewiesen worden, weil sie von Größe und Figur gut zueinander passten. Nach einigen Abenden in der Tanzschule hatte Karl-Peter sie nach der Stunde schüchtern gefragt, ob sie mit ihm noch etwas trinken gehen wollte.

Aus dem Etwas-trinken-gehen war eine lange Nacht geworden, in der sie sich gegenseitig ihre Lebensgeschichten erzählt hatten, geflissentlich die Versuche der Serviererin der Bar übersehend, sie rauszuwerfen, indem sie die Stühle hochstellte, den Boden wischte, die Lichter ausschaltete. Irgendwann zum Morgengrauen hatte Karl-Peter sie vor ihre Haustür gebracht, weil sie "in ihrem übermüdeten Zustand nicht mehr verkehrstüchtig" sei, hatte sich von ihr mit einem Händedruck und den Worten "bis nächste Woche" verabschiedet und war davongefahren. In jenem Moment hatte sie sich in ihn verliebt. Es hatte dann aber noch eine ganze Weile gedauert, ehe sie intim wurden, weil es Karl-Peter zu genügen schien, mit ihr zusammen zu sein oder sie nur in der Nähe zu wissen, während er seinem Hobby nachging, dem Bau von Flugzeugmodellen. Keine Flugzeuge, die man fliegen lassen konnte, sondern meist aus Kunststoffformteilen hergestellten

Nachbildungen von Linienmaschinen, Kunstflug-Doppeldeckern und ähnlichem. Er baute keine Militärmaschinen, weil er überzeugter Pazifist war, der Grund, warum er zur Polizei gegangen war. Er hatte ihr diesen scheinbaren Widerspruch so erklärt, dass er als Polizist verantwortlich dafür sei, dass in der Bevölkerung Frieden herrsche. Es sei wesentlicher Bestandteil seiner Tätigkeit, für diesen Frieden im Alltag zu sorgen, während ein Soldat die meiste Zeit seines Lebens damit verbringe, den Krieg zu trainieren und mit Waffen zu spielen. Die Subtilität der Argumentation hatte sie anfänglich belustigt, weil sie ihr nicht folgen konnte, mittlerweile wusste sie aber, dass Karl-Peter längst gemerkt hatte, dass seine Idealvorstellung der Tätigkeit eines Polizeibeamten nicht mit der Realität übereinstimmte. Er war immer noch Pazifist und versuchte, in seinem Umfeld und in seinem Leben Frieden zu bewahren, was sie manchmal zur Weißglut reizte, wenn sie mit ihm versuchte, einen kontroversen Standpunkt zu klären. Mit Karl-Peter konnte man nicht streiten. Er blieb stur auf der Sachebene und hörte irgendwann auf zu reden, wenn sie ihn persönlich angriff, um ihn aus der Reserve zu locken. Er war der Meinung, dass die Wahrheit am Ende übrig blieb, dass er nicht das Recht auf Wahrheit gepachtet hätte und dass man bei gegensätzlichen Standpunkten schließlich nur abwarten könne, was sich als die Wahrheit entpuppen würde.

Karl-Peter drehte sich noch einmal um, schluckte den Rest des zerkauten Apfelbreis hinunter und küsste sie

Eigentumswohnung einzutauschen. Trotz seines nicht überragenden Gehaltes hatte Ellen es geschafft, regelmäßig Geld zu sparen und ein ordentliches Sparkonto anzufüttern. Er musste mit ihr mal reden, was sie von einer eigenen Wohnung hielt. Er blickte in den Rückspiegel. Ein Paar Fahrlichter tauchte auf, dahinter noch einige. Die Fahrzeuge näherten sich mit schätzungsweise 100 Stundenkilometern und fuhren an ihm vorbei, wie an einer Perlenschnur gezogen. Plötzlich sah er, dass auf der linken Fahrbahn ein Audi A6 mit schätzungsweise 180 km/h herankam. Die Anlage im Fond klickte wieder, der rote Blitz erschien. Mechanisch notierte Karl-Peter das Kennzeichen. Wahrscheinlich erhielt dieser Fahrer jedoch keinen Bußgeldbescheid, weil gleichzeitig mit ihm ein Fahrzeug auf der rechten Spur fotografiert worden war. Karl-Peter machte sich eine Notiz und blickte wieder in den Rückspiegel. Leer.

Er versagte es sich, auf die Uhr zu blicken, weil er wusste, dass ihm die acht Stunden Dienst dann noch viel länger vorkämen. Er warf einen Blick in den Rückspiegel und nahm wieder die Zeitung hoch. In Verbindung mit der Kindermordserie in Essen hatten sie nun einen Verdächtigen gefasst. Er war als Handelsvertreter in Deutschland gereist und sollte gelegentlich von einem Kinderspielplatz ein Kind entführt und umgebracht haben. Keine Zeichen von sexuellen Vergehen. Das Motiv war unklar, der Festgenommene hatte sich noch nicht geäußert. Karl-Peter blickte in den Rückspiegel. Ein Fahrzeug näherte sich mit wahrscheinlich vorgeschriebener

12

Geschwindigkeit, wurde noch etwas langsamer. Karl-Peter schüttelte innerlich den Kopf. Warum konnten die Leute ihre Geschwindigkeit nicht auf dem Tachometer ablesen und steuern? Der Wagen fuhr vorbei und beschleunigte wieder. Karl-Peter blickte in den Rückspiegel. Leer. Er blickte nach vorne, auf die Gegenfahrbahn. Ein Fahrzeug fuhr auf der linken Spur, wurde langsamer. Karl-Peter war es, als sei ein Gegenstand aus dem linken Seitenfenster geflogen. Er hörte ein Geräusch unter seinem Auto und spürte plötzlich etwas wie einen Schlag von unten. Er hörte die Explosion noch, ehe sie das Messfahrzeug zerstörte und ihn tötete.

Kapitel 1

"Können wir diese Diskussion nun abschließen? Stuttgart möchte, dass wir in diesem Jahr mit drei Repräsentanten beim Trucker Grand Prix vertreten sind, und zwar vom ersten Tag bis zum letzten Tag. Von daher werden Sie alle drei Ihre Koffer packen und dorthin fahren. Frau Weibel wird Ihnen ein Hotel reservieren, die Reiseroute für Sie ausarbeiten und sich um die VIP-Karten für Sie kümmern. Soweit ich informiert bin, gibt es am Sonnabend Abend in der Mercedes-Box eine große Feier. An der werden Sie teilnehmen, und nicht nur, bis der offizielle Teil beendet ist. Meine Herren, sehen Sie es doch mal so: Aus ganz Deutschland werden sechs Verkaufsrepräsentanten für die Nutzfahrzeugsparte von Stuttgart zum Nürburgring geschickt. Betrachten Sie es als Ehre, dorthin fahren zu dürfen. Ihr seid die Besten Verkäufer Deutschlands." – "Ehre. Beste Verkäufer. Pah. Ich habe seit fünf Monaten kein freies Wochenende mehr gesehen. Ich wollte an diesem Wochenende mit meiner Frau zum Seefest nach Genf fahren. Immerhin ist an diesem Wochenende unser fünfjähriges Hochzeitsjubiläum." – "Dann nehmen Sie Ihre Frau doch mit zum Nürburgring … Okay, okay, war ein Scherz. Nehmen Sie die Messer wieder aus Ihren Augen, Werner. Sie bekommen nach dem Trucker Grand Prix eine Woche frei. Ohne Urlaub zu nehmen, alle Drei. Die Einladung zum Nürburgring ist Stuttgarts Belohnung für unsere Verkaufsleistung in den letzten Jahren, und die freie Woche ist meine

Belohnung für Eure Leistung. Und nun lächeln Sie gefälligst, Herr Ober. Noch Fragen?" Auf das unisono ertönende "Nein" der drei Nutzfahrzeugverkäufer reagierte Walter Schneider mit einem innerlichen Seufzen und einem Nicken und winkte sie aus seinem Büro. Er konnte den Unwillen seiner drei Starverkäufer, wie er sie immer nannte, gut verstehen. Seit Monaten wurden Überstunden gemacht, Urlaub war rigoros gestrichen worden, und nun auch noch die Fahrt zum Nürburgring, zum Trucker Grand Prix. Die Daimler-Konzernleitung wollte in diesem Jahr das große Nutzfahrzeugrennereignis für eine eigene Werbeveranstaltung nutzen und hatte dafür europaweit die erfolgreichsten Verkäufer zusammenbeordert. Der Indikator für den Erfolg waren die jeweiligen Verkaufszahlen, und die Verkaufszahlen waren nicht nur zufrieden stellend gewesen in den letzten beiden Jahren, sondern hervorragend, dank der Leistungen seiner Stars. Er lächelte. Er wusste, auch wenn die Drei nun gegrummelt hatten, sie würden ihn nicht im Stich lassen. Weil sie loyal waren. Darum waren sie erfolgreich.

Der alljährlich stattfindende Trucker Grand Prix am Nürburgring ist ein mehrtägiges Fest für alle Freunde schwerer Lastkraftwagen, brüllender Dieselmotoren, Sehnsucht gebärender Country- und Westernmusik und der Stimmung, die durch Männerschweiß, Bier und dem Geruch nach gebratenem Fleisch und Dieselkraftstoff erzeugt wird. Die Kernveranstaltung bilden die Rennwettbewerbe der schweren

Sattelzugmaschinen. Diese werden eingerahmt durch eine Show, die am Freitag Abend beginnt und am Sonntag Abend endet. Hier werden Männer wieder zu Kindern, ziehen sich traditionelle Westernkleidung – oder das, was sie dafür halten – an und leben den Traum von Lagerfeuern und Freundschaft.

Werner Ober, Karl-Heinz Zeismann und Justus Kernbauer waren nicht das erste Mal zu diesem Ereignis gefahren, meistens sogar auf eigene Rechnung. Noch nie jedoch waren sie über eine derart lange Zeit beruflich so eingespannt gewesen wie in diesem Jahr; alle drei merkten mittlerweile, dass ihre Kraftreserven erschöpft waren und wollten sich nur noch ausruhen. Sie bildeten ein starkes Verkaufsteam und ergänzten sich hervorragend. Während Werner der "Techniker" unter den Dreien war, verstand Karl-Heinz es am Besten, die Leute für ein Gespräch zu öffnen. Er war der Typ Verkäufer, der einem Senner auf einer Alpe ohne Stromanschluss einen Staubsauger verkaufen konnte. Da er zum rechten Zeitpunkt von den anderen Beiden zurückgeholt wurde, fühlten sich die Kunden von ihm nicht so sehr überrannt, dass sie flüchteten, ehe das Geschäft zustande kam. Justus war der Stratege. Er hatte Ideen, wie man durch Veranstaltungen Kaufinteressenten en masse ansprechen konnte oder wie man durch geeignete Werbekampagnen auf neue, unbedingt notwendige Einzelheiten der Nutzfahrzeuge aufmerksam machte. Dabei war er selbstbewusst genug, sogar gegen die Marketing-Leitung in Sindelfingen anzutreten, wenn es ihm notwendig erschien, wenn Sindelfingen seiner Meinung nach "das Geld verbrannte, ohne Leistung zu erzeugen", wie er zu sagen pflegte. Werner war ein zurückhaltender Typ. Er kannte seine Produkte jedoch in- und auswendig und wurde immer für die technischen Beratungen herangezogen. Gemeinsam mit den Kunden hatte Werner schon neue Technikkonzepte entworfen, die dann an die Entwicklungsleitung nach Sindelfingen gegangen waren und sich in späteren Nutzfahrzeuggenerationen umgesetzt fanden.

Als die Drei am Freitag Morgen in die "alte Schleuder" stiegen, wie der bereits vier Jahre alte Werkstatt-PKW liebevoll genannt wurde, waren sie trotz ihres Gegrummels einige Wochen vorher guter Laune. Werner saß am Steuer, weil Justus mit Karl-Heinz' Rennfahrer-Allüren seine Probleme hatte und Karl-Heinz immer Zustände bekam, wenn Justus "mit einhundertsechzig auf der linken Spur herumstand", wie er sich ausdrückte. Lachend und scherzend stellten sie ihre Reisetaschen in den Kofferraum, setzten sich auf ihre Plätze und schnallten sich an. Werner überprüfte noch einmal alle Fahrzeugfunktionen, was ihm den gutmütigen Spott der anderen beiden einbrachte. "Hast Du die Kohlebürsten der Lichtmaschine schon geprüft? Ich glaube, das Schmierintervall am Wagenheber ist schon abgelaufen." Werner reagierte auf die Sprüche der beiden mit einem Lächeln.

Sie verließen Hamburg über die Elbbrücken, fuhren dann die A1 an Bremen vorbei, wechselten später im

Rheinland mehrfach die Autobahn, um in Gelsdorf auf die B257 zu wechseln. Anfänglich drehte sich das Gespräch der Drei um verschiedene Belange ihrer Tätigkeit. Nach und nach wurden die Gesprächspausen länger und als Werner sich nach einer Weile umsah, stellte er fest, dass Karl-Heinz und Justus schliefen.

Kurz vor dem Kamener Kreuz in einer lang gezogenen Kurve sah er vor sich ein Verkehrszeichen mit Geschwindigkeitsbegrenzung auf 120 km/h. Er nahm den Fuß vom Gas, viel zu früh kam eine weitere Reduzierungsstufe auf 100 km/h, das Schild für 80 km/h war bereits deutlich sichtbar. Er konnte nichts erkennen, was die Reduzierung der Geschwindigkeit begründet hätte. Eine Radarfalle? Nein, nicht in Deutschland. Früher in der DDR ja, aber nicht hier. Er blickte auf den Tachometer, noch 160 Stundenkilometer, da vorne war bereits das Schild zu sehen, das die Geschwindigkeitsbegrenzung wieder aufhob. Da blitzte es in seinem rechten Augenwinkel, ein kräftiger roter Blitz. Verdammt. Doch eine Falle. Ärger stieg in ihm hoch, er atmete tief durch. Das war nun nötig gewesen.

Sie kamen gegen fünfzehn Uhr in Nürburg an und suchten als Erstes ihr Hotel auf. Sie erhielten ihre Schlüssel an der Rezeption und begaben sich auf ihre Zimmer, nachdem sie vereinbart hatten, sich in einer Stunde wieder in der Lobby zu treffen.

Werner fuhr mit dem Lift in den zweiten Stock, ging zur Tür mit der Nummer, die auf seinem Schlüssel eingeprägt war, schloss die Tür auf, trat ins Zimmer und verschloss die Tür wieder. Er stellte die Reisetasche ab, ging zum Telefon und wählte eine Nummer. Nach dem dritten Klingelzeichen klickte es und seine Frau sagte: "Ober." – "Hier ist auch Ober. Hallo Karin. Wir sind angekommen." – "Fein. Wie geht es Dir?" – "Naja, ich bin ein bisschen müde." Sie plauderten eine Weile über das Wetter und die Fahrtbedingungen und verschiedene andere alltägliche Themen und verabschiedeten sich schließlich. Dies sollte das letzte Mal sein, dass Werner mit Karin sprach.

Er legte sich auf das Bett und begab sich später zur Toilette, ehe er wieder nach unten in die Hotellobby ging. Er setzte sich dort in einen Sessel, um auf Karl-Heinz und Justus zu warten.
Eine Frau in Jeans und karierter Bluse betrat die Lobby. Sie trug üppig bestickte und verzierte Westernstiefel und auf dem Kopf einen schwarzen Stetson. Sie blickte sich um, gewahrte Werner, lächelte ihm zu und wandte sich dann an die Rezeption. Dort nannte sie ihre Zimmernummer, erhielt den Schlüssel, drehte sich zu Werner um, lächelte ihm noch einmal zu und verschwand in dem Flur, der zum Wohntrakt führte. Kurz darauf tauchte Karl-Heinz aus dem gleichen Flur auf. Er hatte sich ein besticktes Hemd angezogen und trug ebenfalls einen Stetson. Er ließ sich Werner gegenüber in den Sessel fallen und meinte: "Die Wettervorhersage meint, wir werden nur Sonne haben während der nächsten Tage." Nach einer Weile: "Hast Du die Braut

gesehen, die da vorhin reinkam, mit dem karierten Hemd und dem schwarzen Stetson?" – "Das war kein Hemd, das war eine Bluse." – "Also hast Du die Braut gesehen. Die trug keine Unterwäsche, sage ich Dir." – "Ja?" Werner war nicht interessiert. Er war zufrieden verheiratet und schüttelte bisweilen innerlich den Kopf über den permanent unter Hormonproblemen leidenden Karl-Heinz. "Soll ich sie für Dich ansprechen?" Unbemerkt von den beiden war Justus herangetreten. Während Werner bei Karl-Heinz' Reaktionen auf weibliche Reize für gewöhnlich passiv blieb, reagierte Justus offensiv. Sie wussten, wie schüchtern Karl-Heinz wurde, wenn es zur Sache ging, und Justus nutzte dieses Wissen als Basis mehr oder weniger freundlicher Spötteleien.

Da ihr Hotel unmittelbar am Nürburgring lag, gingen sie direkt zu Fuß dorthin. Ein dichter Menschenstrom bewegte sich in Richtung der Müllenbachschleife. Neben der Straße standen die schweren Zugmaschinen, liebevoll gepflegt und umfangreich ausgestattet. Man sah hier chromblitzende Bullenfänger und großflächige Paint-Brush-Kompositionen neben Zusatz-Leuchten und Mehrklanghörnern. Die Boliden strömten einen Geruch nach Dieselkraftstoff, heißem Gummi, Wachspolitur und Sehnsucht nach der Ferne aus. Die Menschen waren gut gelaunt, scherzten und lachten, Männer und Frauen, Jungen und Mädchen, gekleidet in Jeans und Leder, Cowboy-Stiefel und weit geschnittene Blusen.

Werner spürte, wie der Druck des Alltags langsam von ihm wich und die Lebensfreude durch alle Poren in ihn eindrang. Er bedauerte, dass Karin nicht mitgekommen war. Sie waren nun bis auf einen Tag fünf Jahre verheiratet und hatten ursprünglich geplant, ihren Hochzeitstag, zumal er auf einen Samstag fiel, in Genf zu verbringen. Dort hatten sie sich kennen gelernt.

Er hatte nach dem Gespräch mit Walter Schneider mit Karin gesprochen, ob sie ihren Hochzeitstag dann eben am Nürburgring feiern wollten, aber sie hatte abgelehnt, weil die Musik und das viele Bier nicht nach ihrem Geschmack waren.

Schon von weitem konnte man die Klänge der ersten Band auf der Bühne hören, der Duft nach Grillfleisch zog in dichten Schwaden über die Menschen hinweg. Karl-Heinz meinte: "Höchste Zeit für das erste Bier. Sind wir heute eingeladen oder lädst Du uns ein, Justus?" – "Ich habe von Frau Weibel Gutscheine erhalten für Getränke und Speisen in der VIP-Lounge, aber erst für Morgen Abend. Heute wirst Du uns wohl freihalten müssen, mein Lieber. Oder hattest Du heute nicht Deinen Hochzeitstag, Werner? Dann bist Du wohl am Dransten mit dem Freihalten." Werner schüttelte den Kopf: "Nee, mein Hochzeitstag ist erst Morgen, heute ist Karl-Heinz dran. Da drüben ist schon mal eine Schlange, in die Du Dich einreihen kannst. Du kannst mir gerne gleich zwei Bier bringen, wenn es Dir nichts ausmacht."

Einige Stunden später, der Himmel war bereits von Sternen überzogen, die Combo auf der Bühne spielte gerade ein Stück mit sehr viel Blues, tauchte die Frau aus dem Hotel neben Werner auf. Ihre Augen glänzten, ihren Hut hatte sie in den Nacken geschoben. "Hallo Großer, bist Du noch auf den Beinen heute." – "Hallo Kleine, ich muss doch darauf achten, dass Du rechtzeitig zu Bett kommst." Die Frau verzog ihren Mund: "Ich bin nicht klein." Sie blickte auf den Becher in seiner Hand. "Willst Du noch einen Schluck zu trinken?" – "Danke, aber meine Blase ist schon voll." Sie lachte, dann fragte sie: "Wo kommst Du denn her, Großer?" – "Aus Hamburg." – "Du klingst aber nicht hanseatisch." – "Nee, klinge ich nicht, weil ich in Württemberg gelernt habe zu sprechen. Aber der Kollege hier ist ein waschechter Hanseate. Nicht wahr, Karl-Heinz?" Mit diesen Worten schlug Werner Karl-Heinz auf die Schultern. Dieser drehte sich um, sah die Frau, schluckte nervös und lächelte. Die Frau hob prostend den Becher und sagte: "Hi, ich bin die Ellen." – "Äh, hi, ich bin Karl-Heinz." – "Und wer bist Du?", wandte sich Ellen an Werner. "Ich heiße Werner." Sie wandte sich an Karl-Heinz: "Und Du bist also ein echter Hanseate. Kannst Du mal ein bisschen hanseatisch reden? Ich höre das so gerne." Karl-Heinz schluckte wieder, sah hilflos zu Werner. Justus hatte sich soeben umgedreht und lachte: "Man möchte ja kaum glauben, dass unser Starverkäufer mal nicht weiß, was er sagen soll. Aber der ist hin und weg von Ihnen. Übrigens, mein Name ist Justus Kernbauer, schönen Abend." Er reichte ihr die Hand. Sie schüttelte die Hand, wandte sich dann an Werner und meinte: "Ich komme auch aus

22

Württemberg. Wo hast Du denn dort das Schwätzen gelernt?" – "Och, in der Nähe von Stuttgart, auf einem kleinen Dorf." – "Nein, wo denn da?" – "Kennst Du Ostfildern?" – "Und ob ich das kenne. Eine Tante von mir lebte dort, und die haben wir immer besucht. Mensch, das ist doch toll, wie klein die Welt ist." Ellen blickte Werner an und lachte, rückte ein bisschen näher. Unversehens roch er eine Nase voll ihres Geruches, ein Gemisch aus frischem Schweiß, Rauch, ein herbes Parfum. "Willst Du tanzen?" Sie nickte, nahm seinen Becher und drückte ihn gemeinsam mit ihrem Becher Karl-Heinz in die Hand, der verdutzt dastand. Während Justus lachte, nahm sie Werners Hand und ging mit ihm nach vorne, in die Nähe der Bühne.

Am anderen Morgen trafen sich Werner, Karl-Heinz und Justus im Frühstücksraum. Karl-Heinz hatte leicht verquollene Augen. Während er sich den Kaffee in die Tasse goss, blickte er Werner an und sagte: "Und, hatte sie nun Unterwäsche an oder nicht?" – "Woher soll ich das wissen? Ich habe sie nicht gefragt." – "Was habt Ihr denn noch gemacht den Rest der Nacht? Wir warteten noch ewig lang auf Dich und sind irgendwann ins Hotel zurückgekehrt." – "Wir haben noch ein bisschen geredet." – "Ach ja, Reden nennt man das bei Euch. So etwas habe ich ja noch nie erlebt. Machst Du das immer so?" – "Hallo, guten Morgen allerseits. Darf ich mich zu Euch setzen?" Eine strahlende Ellen stand am Tisch und blickte sie erwartungsvoll an. Justus nickte und Karl-Heinz blickte auf seine Tasse. Werner winkte ihr zu, sie solle sich einen Stuhl nehmen. Sie setzte sich und sagte: "Wo wart Ihr denn? Als wir vom Tanzen zurückkamen, wart Ihr nicht mehr da." – "Wir wollten Euch nicht stören, Ihr wart ja so vertieft ineinander" meinte Justus. "Ihr hättet überhaupt nicht gestört," lachte Ellen. Sie hielt auffordernd ihre Kaffeetasse hoch, und drei Männerhände griffen gleichzeitig nach dem Griff der Kaffeekanne. "Was habt Ihr heute vor?" – "Du wirst es kaum glauben, aber wir sind rein geschäftlich hier, und heute ist schon ziemlich ausgebucht." – "Werner erzählte mir das gestern Abend schon. Aber Ihr werdet während der Rennen auch unter den Zuschauern sein. Oder seid Ihr etwa selber Fahrer?" Justus zeigte auf Karl-Heinz und sagte: "Das ist der Rennfahrer." Dann zeigte er auf Werner und fügte hinzu: "Und das ist unser Cheftechniker." – "Und Du?" – "Ich bin der Mundwerker und sorge für die Stimmung." Er lachte. Sie blickte Werner an und meinte: "Das hast Du mir gestern gar nicht erzählt, dass Ihr ein Rennteam seid." – "Ach, der verkohlt Dich doch nur. Wir sind heute wohl überwiegend am Mercedes-Stand." – "Dann komme ich auf alle Fälle vorbei."

Später ging Werner mit seinen beiden Kollegen zum Ausstellungsareal der Daimler AG. Sie meldeten sich beim International Marketing Manager, einem Hünen mit großem Bauch, den er in einen maßgeschneiderten dreiteiligen schwarzen Anzug kleidete. Er begrüßte sie mit breitem Lächeln und schweißfeuchtem Händedruck und erklärte ihnen dann, dass sie lediglich für den Abend zur Standfete anwesend sein sollten. Die Daimler AG hatte an der Haupttribüne eine Reihe von Plätzen reserviert. Er gab ihnen hierfür einige Tickets und wünschte viel Spaß. Die Drei sahen sich eher achselzuckend an und gingen dann zur Tribüne.

Die Stimmung hatte sich mittlerweile aufgeheizt. Allenthalben dröhnten Dieselmotoren, lachten Menschen, die vormittägliche Sonne strahlte vom Himmel.

Der Trucker Grand Prix ist in Wahrheit ein gigantisches Festival am Nürburgring in der Eifel, das sich über mehrere Tage hinzieht und in dessen Mittelpunkt natürlich die Championship-Rennen stehen. Dazwischen zeigen Tourenwagenpiloten ihr Können oder ziehen zum Beispiel Korsos mit historischen Lastkraftwagen über die Rennstrecke. Die Stimmung wird getragen von der Musik und von der Freude der Menschen an dem archaischen Brüllen der großvolumigen Dieselmotoren, dem gigantischen Schauspiel, wenn die schweren Zugmaschinen leichtfüßig und mit tief geduckten Schnauzen wegen der brutalen Verzögerung in die Kurven gehen, dass die Bremsscheiben glühen, um anschließend mit einem jubelnden Dröhnen binnen Sekunden ihre Geschwindigkeit wieder auf einhundertsechzig Stundenkilometer hochzupeitschen. Werner spürte, wie sich alle Haare an seinem Körper vor Erregung aufrichteten, als er beobachtete, wie die lange grellfarbige Schlange der

Trucks durch die Schikane vor der Haupttribüne eilte und in der hitzeflimmernden Gerade verschwand.

Er traf Ellen um die Mittagszeit wieder, als er die Tribüne verlassen hatte, um eine Toilette aufzusuchen. Als er aus der Toilettentür kam, stand sie gerade davor und blickte sich suchend um. Sie sah ihn und fing wieder an zu strahlen. Er lächelte zurück und ging zu ihr. "Na, Eure Mercedes scheinen heute nicht sehr erfolgreich zu sein." – "Noch sind wir nicht fertig, wir lassen den MAN nur ein bisschen Vorsprung und machen die Sache spannender." Sie hakte sich bei ihm ein und sagte: "Hast Du schon etwas gegessen? Ich habe einen Wahnsinnshunger auf ein Steak und eine Schüssel Pommes." Er lachte und ließ sich von ihr mitziehen zu einem der Grillstände. Sie nahmen sich je einen Teller mit Fleisch und eine Portion frittierter Kartoffelstäbchen und stellten sich an einen der Bistrotische. Werner ging zu einem benachbarten Getränkeverkauf und holte zwei Becher Bier. Während im Hintergrund eben wieder das satte Orgeln eines Anlassermotors vom Dröhnen der ersten Zündungen eines Achtzylinders abgelöst wurde, sich dieses Dröhnen zu einem ekstatischen Heulen steigerte und wieder nachließ, um in das typische Brummeln eines Selbstzündermotors überzugehen, hob Ellen ihren Becher, blickte Werner in die Augen und sagte: "Auf Rudolf Diesel, dem Erfinder des Selbstzündermotors. Ohne seine geniale Idee könnten wir heute nicht hier stehen und diesem Orchester lauschen, diesen Odor schnuppern und diesen netten Menschen in unserer

Nähe haben." – "Auf Rudi." Sie tranken ein paar Schlucke. "Was treibt Dich eigentlich auf den Nürburgring, während hier die Männer ihre Spielzeuge ausprobieren? Das hat mich gestern Abend schon immer beschäftigt." Ellen wurde ernst. "Ach, weißt Du, mein Vater ist gewesener Fernfahrer. Als Kind hat er mich manchmal mitgenommen auf seine Touren. Damals, als die Lastwagen noch keine synchronisierten Getriebe und Servolenkungen hatten und die Führerstände so hoch waren, dass man dachte, der Liebe Gott müsse einem gleich ins Gesicht sehen. Wir waren teilweise wochenlang unterwegs während der Schulferien und ich habe diese Zeit mit ihm immer genossen. Obwohl – oder weil – wir meistens geschwiegen haben, während wir auf Achse waren. Er und meine Mutter hatten sich scheiden lassen, als ich noch klein war, weil sie nicht mit einem immer abwesenden Mann verheiratet sein wollte. Ich habe ihn eigentlich nur während der großen Ferien gesehen, und dann, wie gesagt, über mehrere Wochen. Es waren schöne Zeiten." Ihre Stimme klang plötzlich belegt. Sie räusperte sich und fuhr fort: "Mein Vater und meine Mutter triezten mich entsprechend, dass ich in der Schule vorankam und überredeten mich später, Jura zu studieren. Ich glaube, ich bin heute eine ziemlich gute Anwältin, aber das richtige Lebensgefühl spüre ich immer noch, wenn ich an einer Straße stehe und ein Vierzigtonner an mir vorüberzieht, der Diesel röhrt und die Erde bebt. Dann frage ich mich, ob ich nicht besser einfach mit Einundzwanzig meinen Führerschein Klasse Zwei hätte machen sollen und auch einen derartigen Truck steuern." Sie lächelte, plötzlich schüchtern. "Aber ich bin im Grunde sehr zufrieden mit meinem Leben." Werner blickte sie an, plötzlich flimmerte es vor seinen Augen, in seinem Gehirn rasteten ein paar Schaltstellen beinahe hörbar ein. Er spürte, wie ihm heiß wurde. "Ellen, ich glaube, Du bringst mich da auf etwas." Vor Aufregung begann er zu stottern. "W-w-warum soll man nicht eine Zugmaschine als Personenwagen zulassen können und damit Leuten ermöglichen, sich wie ein Trucker zu fühlen. Dieses Gefühl von … von … von …" – "Ich weiß, was Du meinst." Ellens Gesicht war schlagartig konzentriert, ganz die Anwältin. "Ich bin nun keine Spezialistin für Straßenverkehrsrecht, aber ich glaube", sie winkte mit dem Zeigefinger: "ich glaube, es gibt da eventuell etwas." Und so entstand eine Geschäftsidee, die Werner für den Rest seines Lebens nicht mehr loslassen sollte.

Ellen und Werner steckten während des gesamten Nachmittags zusammen und diskutierten, regten sich gegenseitig an und auf, was man alles machen könnte. Karl-Heinz und Justus beobachteten die Beiden, letzterer amüsiert, ersterer mit einem Gefühl ohnmächtiger Eifersucht. Als Werner Ellen am Abend zur Standparty mitbrachte, war seinen Kollegen klar, dass es ihn "erwischt" hatte. Justus schüttelte innerlich den Kopf. Er kannte Karin sehr gut und machte sich plötzlich Sorgen über das Verhalten Werners, den er bis zu diesem Zeitpunkt als besonnenen und ruhigen Kollegen, ja beinahe Freund, geschätzt hatte.

Er beobachtete, wie Werner und Ellen die Standparty gemeinsam verließen und nahm sich vor, ihm am nächsten Morgen gehörig die Meinung zu sagen.

Werner hingegen brachte Ellen vor ihre Zimmertür im Hotel und verabschiedete sich von ihr. Sie hatten ihre Adressen und Telefonnummern am Nachmittag ausgetauscht. Ellen wollte in den einschlägigen Gesetzen und Verordnungen suchen, welche Möglichkeiten es gab, eine Zugmaschine als Personenkraftwagen zuzulassen, und Werner wollte schon mal vorsichtig bei seiner Kundschaft rumhorchen, ob es Vermarktungsmöglichkeiten für derartige "Spielzeuge" gebe.

Als er in sein Zimmer kam, sah er, dass eine Rückrufmitteilung an seinem Telefon leuchtete. Er rief in der Rezeption an, wo ihm mitgeteilt wurde, dass die Hamburger Polizei schon seit Stunden versuchte, ihn zu erreichen. Sie hatten eine Nummer hinterlassen, unter der er zu jeder Zeit anrufen solle.

Als er bei der angegebenen Nummer anrief, meldete sich ein Hauptwachtmeister Schermöller, der ihm mitteilte, dass Karin in den Nachmittagsstunden in St. Georg zusammengeschlagen und vergewaltigt worden und kurze Zeit darauf im Krankenhaus wegen der schweren inneren Verletzungen gestorben war, als sie einen ihrer Betreuungsfälle besuchen wollte.

Kapitel 2

Werner öffnete die Tür zu seiner Werkstatt, trat ein und verschloss sie wieder sorgfältig. Er zog noch einmal den Rauch aus seiner Zigarette, inhalierte tief und hielt den Rauch eine Weile in der Lunge eingeschlossen, ehe er ihn wieder ausatmete, gleichzeitig die Zigarette aus dem Mund nahm und sie in einem neben der Tür bereit stehenden Aschenbecher zerdrückte. Dieser letzte Zug jeden Morgen war ein Ritual. Werner rauchte nicht in seiner Werkstatt und gönnte sich nur immer diesen einen Zug, nachdem er die Tür schon zugedrückt hatte. Er wollte nicht, dass es in seiner Werkstatt nach Rauch roch und eventuell seine Ware anfing zu stinken.

Werner veredelte Zugmaschinen. Er kaufte von verschiedenen Herstellern LKW-Sattelzugmaschinen, stattete sie je nach Kundenwunsch in der Fahrerkabine mit edlen Stoffen oder teurer Elektronik aus, lackierte sie bedarfsweise um oder brachte Airbrush-Bilder auf den Führerhäusern an, je nachdem, was die Kunden wollten. Ganz oft kamen hochglanzpolierte Edelstahl-Auspuffanlagen oder Edelstahl-Überdach-Luftfiltersysteme zur Ausstattung hinzu. Einzelne Kunden wünschten sich Zierrohre am Kühlergrill, andere wollten Pressluftfanfaren und Zusatzscheinwerfer. Solange es von der Technischen Prüfstelle genehmigt und zugelassen wurde, erfüllte Werner jeden Wunsch. Die Besonderheit der LKW-Zugmaschinen, die er veredelte, lag darin, dass sie als Personenkraftwagen zugelassen wurden und daher mit einer entsprechenden Fahrerlizenz gefahren werden durften. Sie durften nur nicht mehr als Sattelzugmaschine verwendet werden.

An den Motoren musste Werner meistens nichts verändern. LKW-Zugmaschinen haben weit mehr als vierhundert oder fünfhundert Pferdestärken, genug, um die Gefährte auf einhundertachtzig Stundenkilometer und mehr zu beschleunigen, wenn die Fahrstufen in den Getrieben entsprechend angepasst und die automatischen Geschwindigkeits- begrenzer deaktiviert werden. Alles mit dem Segen der Behörde natürlich. Auf Kundenwunsch machte er natürlich einige kosmetische Veränderungen, zum Beispiel verchromte Ventildeckel und Ansaugstutzen, eventuell in Kombination mit gläsernen Kühlerhaubenteilen.

Werner hatte damals vor über zehn Jahren mit Hilfe der sorgfältig arbeitenden Ellen, einer Juristin, die er auf dem Nürburgring während eines Truck-Grand-Prix kennen gelernt hatte, die einschlägigen Gesetze, die Straßenverkehrsordnung, die Straßenverkehrs- zulassungsordnung und weitere Richtlinien studiert und daraufhin mit der Zulassungsbehörde eine Vereinbarung treffen können, nach der er die Genehmigung hatte, Lastkraftwagen zu Personenkraftwagen umzubauen und entsprechend zuzulassen.

Jedes seiner Produkte basierte auf einem Serienfahrzeug und war nach dem Umbau ein Unikat, ausschließlich nach Kundenwünschen ausgestattet und entsprechend kostspielig. Er verhandelte nicht.

Wenn der Kunde seine Wünsche geäußert hatte oder gemeinsam mit ihm die Lösung zustande gekommen war, nahm sich Werner eine Woche Zeit, um den Preis zu kalkulieren. Wenn der Kunde diesen Preis zu bezahlen bereit war und den Umbau bestellte, dann machte sich Werner an die Arbeit, wenn der Kunde verhandeln wollte, winkte Werner ab. Er brauchte diese Sorte Kunden nicht. Solange er einen LKW veredelte, nahm er keinen weiteren Auftrag an, um sich auf das jeweilige Werk konzentrieren zu können, wie er sagte.

Gerade hatte er einen amerikanischen Peterbilt in seinem Lackierraum stehen. Das Führerhaus mit der langen Motorhaube war karminrot lackiert, die langen Auspuffrohre hinter dem Führerhaus ragten hoch unter die Werkstattdecke. Er hatte diesen Wagen nach Beauftragung im Peterbilt-Werk in Amerika persönlich in Empfang genommen, ihn in einen Container verladen lassen und per Seefracht nach Rotterdam gebracht. Dort war er auf einen Tieflader verladen und nach Deutschland transportiert worden, direkt vor seine Werkstatt. Um den Motor nicht starten zu müssen, hatte Werner die Maschine mit einem Schlepper in die Halle geschoben, dann den Wagen komplett gesäubert und gereinigt, ehe er sich an den Umbau gemacht hatte.

Der Kunde hatte zunächst einige Wünsche geäußert, die Werner nicht zu erfüllen bereit gewesen war. Er wollte ein Airbrush-Pin-Up am Kofferkasten hinter dem Führerhaus. Werner hatte ihm diesen Wunsch versagt. Er machte keine Sauereien, wie er sich ausdrückte. Nun würde die lange rote Kühlerhaube mit einem langmähnigen weißen Mustang, der im Wind galoppiert, versehen werden. Dafür hatte Werner die Teile der Kühlerhaube abgebaut und an einer speziellen Halterung montiert.

Nachdem er sich seiner Jacke, seiner Schuhe und seiner Hose entledigt und sich mit einem weißen Overall und Arbeitsstiefeln bekleidet hatte, ging er in die Lackierhalle. Er blickte auf die Vorlage aus Blech, auf die er das Motiv schon einmal aufgebracht hatte, um die Wirkung der Farben zu testen, und ging in Gedanken noch einmal die Reihenfolge des Farbauftrages durch. Er würde mit dem Hintergrund beginnen, der lichtblaue Himmel, der einige weiße Wolken trug, und selbstverständlich in der kitschigen Pracht eines Sonnenunterganges prangte. Hier lieferte das Rot der Kühlerhaube einen hervorragenden Übergang von dem Motiv zur eigentlichen Wagenfarbe. Dann würde er den geschwungenen weißen Hals des Pferdes, der zur Rumpfseite wie ein nicht zu Ende gedachter Gedanke verlief, nach vorne in den edlen Kopf eines Mustangs führen. Werner hatte zu diesem Zweck eine Reihe von Büchern über Mustangs gekauft, um die charakteristische Augenpartie und Nase dieser von den spanischen Andalusiern und Lusitanos abstammenden wilden amerikanischen Pferde genau zu treffen. Das weit aufgerissene Auge und die geblähten Nüstern zeigten die reine Freude am Dahinstürmen. Um die Muskelkontur am Hals abzubilden, würde er vorher an den entsprechenden

Stellen mit einem leicht aufgetragenen Grau die Basis für die Licht- und Schattenbildung herstellen, um sie dann mit einer weit fächernden Düse weiß zu überspritzen.

Werner schaltete die Luftabzugshaube und den Kompressor ein, stellte den Luftdruckregler exakt auf den gewünschten Wert und griff zur Airbrush-Pistole. Er setzte eine Fächerdüse ein und schraubte den Farbbehälter mit dem Lichtblau für den Himmel auf. Er wählte eine Variante mit einem etwas geringeren Rotanteil, weil es sich nie verhindern ließ, dass die Hintergrundfarbe leicht durchschimmerte, zumindest konnte jemand mit einem geschulten Auge dies erkennen. Er hatte die Oberfläche bereits am Vortag mit einem speziellen Lösungsmittel gebeizt, um sie für die Farbaufträge zu öffnen und gleichzeitig abzustumpfen, damit sie nicht zu heftig mit dem Lösungsmittel seiner Farben reagierten.

Mit langen, gleichmäßigen Schwüngen trug er die Farbe auf, hielt zwischendurch inne, um den Farbnebel abziehen zu lassen, betrachtete die geschaffene Fläche und sprühte weiter.

Als er mit dem Himmel fertig war, schraubte er Düse und Farbbehälter ab. Die Düse legte er in ein Gefäß mit Lösungsmittel. Dann nahm er eine Runddüse und mittelgraue Farbe. Er stellte an seiner Sprühpistole einen Gegenluftstrahl ein, machte ein paar Probezüge auf einem bereit liegenden Stück Blech und fügte, als er mit dem Farbstrahl zufrieden war, die Schattenpartien für die Wolken und die

Muskelführungen am Hals des Mustangs auf die Kühlerhauben des Peterbilt.

Er arbeitete etwa drei Stunden und legte dann die Sprühpistole weg. Er zerlegte sie und säuberte die Teile sorgfältig. Dann schaltete er den Kompressor und die Luftabzugshaube ab und ging in einen Nebenraum der Werkstatthalle, in dem sich eine Toilette und eine Küche mit Esstisch befanden. Er ging erst zur Toilette, urinierte, wusch sich die Hände und ging dann in die Küche, um sich aus dem dort stehenden Automaten eine Tasse mit Kaffee und mit Milch zu füllen. Er setzte sich an den Esstisch, hielt den Kaffeebecher am Henkel fest und schlürfte mit Behagen das aromatische Getränk. Zwischendurch blätterte er in einer auf dem Tisch liegenden Zeitschrift, die sich mit Auto-Tuning beschäftigte. Ein Fachbeitrag beschrieb den Einbau von Hochleistungslautsprechern in den kleinen Fahrgastzellen. Nur wenn man die Lautsprecher richtig anordnete, ließen sich unerwünschte Interferenzen vermeiden. Der Autor empfahl weiterhin schallschluckende Röhren unter Fahrer- und Beifahrersitz, um Resonanzen zu reduzieren. Werner lächelte, als er sich die Bilder ansah. Auch er baute auf Wunsch Hochleistungsendstufen und -lautsprecher in die Fahrerkabinen ein. Er empfahl den Kunden jedoch dann, im hinteren Fahrerhausbereich, wo normalerweise die Schlafkabinen untergebracht sind, großräumige Dämmung mit schallschluckendem aufgeschäumtem Polyurethan einzubringen. Das hatte den Nebeneffekt, dass die Kabine nach außen gegen Wärmeaustausch und Schall isoliert wurde. Diese Dämmmatten konnte man zudem mit weiteren Motiven versehen, um den individuellen Charakter des Fahrzeuges zu erhöhen.

Nach einer geruhsamen Pause von mehr als einer halben Stunde ging er wieder in die Werkstatt zurück, um weiterzuarbeiten. Für ein derartiges Motiv benötigte er mit Vorbereitung und Oberflächen-endbehandlung etwas mehr als eine Woche. Natürlich musste er zwischen den einzelnen Lackierschritten etwas Zeit verstreichen lassen, um die vorherige Schicht aushärten zu lassen und dann wieder ordentlich öffnen zu können.

Nachdem Werner dem Kunden den Wunsch nach einem Pin-Up versagt hatte, hatte dieser Ornamentik in der Art von Dali am Kofferkasten vorgeschlagen. Sie hatten lange über die grundsätzlichen Motive diskutiert, und Werner hatte ihn schließlich gebeten, erst das Ergebnis an der Kühlerhaube abzuwarten. Eventuell würde ein weiteres Bild am Kofferkasten die Gesamtkomposition überfrachten.

Werner wollte gerade den Kompressor wieder einschalten, als eine laute Klingel erscholl. Er ging zur Werkstatttür und öffnete sie. Auf dem Vorhof stand ein Wagen von UPS, der Fahrer stand vor der Tür und begrüßte ihn: "Ich habe wieder mal eine Ladung für Sie." – "Einen kleinen Moment bitte, dann öffne ich das Tor. Dann können wir die Pakete gleich reinbringen." Werner ging wieder nach drinnen und betätigte an einer Schalttafel einen Knopf. Rumpelnd lief das Lamellentor in die Höhe, einen breiten

Sonnenstrahl in die Halle lassend. Der UPS-Fahrer hatte in der Zwischenzeit die rückwärtige Tür seines Wagens geöffnet und zeigte auf zwei umfangreiche Pappkartons: "Das sind die Teile, geliefert von ...," hier blickte er noch einmal auf den Lieferschein, den er in der Hand hielt: "... von Chrometech in Bristol." – "Genau, auf diese Teile warte ich," nickte Werner. Er legte eine Holzpalette auf den Werkstattboden. Gemeinsam trugen sie die beiden Pakete in die Halle und legten sie auf die Palette. Werner zog ein Klappmesser aus der Tasche, öffnete es und durchtrennte die Klebebandverschlüsse des ersten Kartons. Er hob den Deckel an und blickte hinein. Drin lagen verchromte Stahlrohre und eine Tüte mit Schellen und Schrauben. "Aha." Er öffnete die zweite Box und blickte wieder hinein. Auch hier verchromte Stahlteile. Er nahm den Lieferschein aus der Hand des Fahrers und blickte drauf. "Hier haben wir diese Rohre, hier die Streben, das sind die Schrauben. Aber wo sind die Pfosten?" Er blickte den Fahrer an: "Die Lieferung ist unvollständig. Hier stehen noch zwei Pfosten. Das sind Vierkantrohre mit Anschlussstücken für die Rohre. Die kann ich nicht finden." – "Ich habe alles mitgebracht, was wir bekommen haben." – "Das mag ja sein, aber die Lieferung stimmt nicht mit dem Lieferschein überein." Werner sah den Fahrer an: "Haben Sie einen Kugelschreiber?" – "Ja, hier." – "Gut, dann schreibe ich hier, dass diese beiden Teile fehlen. So, nun die Unterschrift. Fertig." – "Danke, einen schönen Tag noch." – "Ja, Tschüss." – "Tschüss." Werner verschloss das Werkstatttor, schaltete den Kompressor ein und machte sich wieder an den Mustang.

Nach etwa zwei Stunden konzentrierter Arbeit trat er zurück, kniff ein Auge zu und betrachtete sein Werk. Nicht schlecht, nun musste man die Farbschichten trocknen lassen, ehe man weitermachen konnte. Er stellte den Kompressor ab, zerlegte die Spritzpistole und reinigte die Einzelteile. Dann schaltete er auch die Abzugshaube ab, ging zur Toilette und wusch sich anschließend sorgfältig die Hände. Er kleidete sich wieder in Hose und Jacke um, verließ die Werkstatt, die er sorgfältig verschloss, und setzte sich in seinen Wagen, einen betagten VW-Bus, dessen allgemeinen Pflegezustand man aber die Jahre und Laufleistung nicht ansehen konnte. Außerdem konnte man dem Wagen nicht ansehen, dass er nicht mehr mit dem Serientriebwerk ausgestattet war. Bereifung und äußere Karosserie entsprachen dem Serienmodell, abgesehen davon, dass die Reifen erheblich breiter waren als normal. Anstatt der serienmäßigen 195/70 auf Fünfzehn-Zoll-Stahlfelge – "195" bedeutet, dass die Lauffläche 195 mm breit ist, die "70" steht für das Breiten-Höhenverhältnis von 70 % – trug der Wagen 285/30, ebenfalls auf Fünfzehn-Zoll-Stahlfelgen, aber auf speziell für ihn gefertigten. Werner schloss den Wagen auf, setzte sich hinein und zog die Tür zu. Er rückte sich in der lederbezogenen Schale des Sportsitzes zurecht, schnallte sich an und steckte den Startschlüssel ins Schloss. Als er den Schlüssel um etwa neunzig Grad drehte, leuchtete in der Armaturenkonsole eine Reihe von Lämpchen auf. Er kontrollierte sie kurz. Öldruckwarnlampe, Generatorwarnlampe, ABS-Warnlampe, MCS-Warnlampe, Wassertemperaturwarnlampe, Wischwasserniveauwarnlampe, Bremsbelagswarnlampe, Feststellbremswarnlampe. Sein Blick blieb an der Vorglühkontrolllampe hängen. Diese ging nach einer Weile aus und Werner drehte den Schlüssel weiter. Ein kurzes Röcheln, als hätte sich ein sehr großes Tier im Schlaf umgedreht und dabei tief eingeatmet, ein fast wie eine Explosion klingendes Pusten, als der erste Zylinder seine noch nicht zur Verbrennung angereicherte Luft wieder über die Auslassventile an den Auspuff abgab, wieder ein Röcheln, als der nächste Zylinder einatmete, dann kam die erste Explosion. Der Diesel hatte gezündet. Ein sehr tiefes und sehr sattes Grollen erklang. Das war kein Serienboxer, wie er in Wolfsburg vom Band fiel, hier spielte ein erheblich größeres Orchester zum Marsch auf. Werner blickte auf die Armaturen, alle Kontrolllampen waren erloschen, mit Ausnahme der Feststellbremswarnlampe, der Drehzahlmesser zeigte vierhundertfünfzig Umdrehungen pro Minute. Er schaltete das Fahrlicht ein, tippte auf das Bremspedal und löste die Feststellbremse, die Warnlampe erlosch. Werner stellte den Wahlhebel für das automatische Getriebe von Parkstellung auf "D" und gab etwas Gas. Der Tiger in seinem Rücken vibrierte leicht, als die zehn Kolben in ihren ölfilmüberzogenen Sinterlaufbuchsen sich auf die Pleuelstangen stemmten, um den VW-Bus vorwärts zu drängen, das Grollen sackte einen kurzen Moment ab, als die

Ölkupplung griff, und nahm dann zu. Werner schlug das Lenkrad ein, drehte eine Schleife auf dem Vorplatz der Werkstatthalle und rollte auf die Ausfahrt zu. Er blickte links und rechts und gab dann gemächlich Gas. Der Tiger brüllte das erste Mal auf, plötzlich vom Pianissimo ins Forte wechselnd, der Wagen machte geradezu einen Satz auf die Straße, das Automatik-Getriebe wechselte flugs in die nächste und übernächste Fahrstufe, der Geschwindigkeitsanzeiger stand bereits auf siebzig Stundenkilometern, das Motorengeräusch war wieder zu einem Grollen geworden. Mit sechshundertfünfzig Umdrehungen pro Minute, also etwas erhöhter Leerlaufdrehzahl, puschte das Antriebsaggregat den VW-Bus die Straße entlang. Werner aktivierte den CD-Spieler und lehnte sich in seinem Sitz zurück. Der erste Akkord Mahlers dritter Symphonie erklang und füllte den kleinen Innenraum des Wagens aus.

Nach einigen Minuten nahm Werner den Fuß vom Gas und ließ den Wagen weiterrollen. Er setzte den Blinker, blickte in den rechten Außenspiegel und bog nach rechts ab. Nach einigen Hundert Metern sah er das riesengroße gelbe "M" auf rotem Grund auftauchen, ein international verbreitetes Symbol für schnelle und kostengünstige, wenn auch nicht unumstrittene Ernährung. Er bog in die Fahrspur für "Drive-In" ein, fuhr an das vorkragende Fenster für die Bestellannahme heran und ließ das linke Seitenfenster herab. Das junge Mädchen mit dem Mikrofon-Kopfhörer-Set beugte sich leicht nach vorne und sagte: "Einen wunderschönen Guten Tag und

Herzlich Willkommen beim Drive-In-Service von MacDonalds. Was kann ich für Sie tun?" – "Sie können mir zwei Doppeldecker und eine große Schüssel Salat geben. Ach was, ich weiß nicht, ob Sie's können, aber Sie dürfen zumindest." – "Häh? Äh - Wie bitte?" – "Schon gut. Geben Sie mir einfach zwei Doppeldecker und eine große Schüssel Salat." Das Mädchen wiederholte die Bestellung mit etwas gefrorenem Lächeln, tippte sie in ihre Registrierkasse und sagte dann: "Sechs Euro zwanzig, bitte." Werner reichte ihr das bereits abgezählte Geld hin, sie nahm es in Empfang, stand dann auf und watschelte in den rückwärtigen Teil, um die Bestellung weiterzugeben. Warum trug sie dann das Headset, fragte sich Werner im Stillen, nicht zum ersten Mal. Er fuhr seit drei Jahren recht regelmäßig hierher, um sein Mittagessen abzuholen, weniger, weil es ihm schmeckte als vielmehr, weil es bequem und nicht zu teuer war. Er machte diesen dämlichen Witz mit "Können" und "Dürfen" regelmäßig und erzielte regelmäßig die gleiche Wirkung. Er fuhr zum Ausgabeschalter und wartete. Nach einer Weile tauchte ein junger Mann auf, der eine bunte Papiertüte in der Hand hielt. Er reichte sie aus dem Fenster und sagte: "Zwei Doppeldecker und ein großer Salat. MacDonalds wünscht recht guten Appetit." Werner nahm die Tüte entgegen, bedankte sich, schloss das Seitenfenster und ließ den Tiger aufröhren. Der Bus machte einen Satz, mit Schwung verließ Werner das Areal des Restaurants. Er fuhr zur Werkstatthalle zurück, stellte den Wagen ab und ging hinein. Nachdem er gegessen hatte, lehnte er sich für einen Moment in seinem Stuhl zurück. Er spürte die Wärme des Essens in seinem Magen, die Stille des Raumes hüllte ihn ein, er schloss die Augen.

Nach exakt dreißig Minuten öffnete er die Augen wieder, erhob sich, ging zur Toilette, urinierte und wusch sich die Hände. Dann wechselte er wieder in den weißen Overall und die Arbeitsstiefel und ging in die Halle hinaus. Er durchquerte sie und öffnete eine Tür. Er trat ein, zog die Tür wieder zu und schaltete die Deckenbeleuchtung an. Der Raum war annähernd einhundert Quadratmeter groß und fast quadratisch. An der Fensterseite zog sich über die gesamte Länge eine Werkbank mit mehreren Schraubstöcken und integrierten Schubladen. An der gegenüberliegenden Seite standen eine Säulenbohrmaschine, eine Zug- und Leitspindeldrehmaschine, eine Konsol- fräsmaschine, eine Vertikalplanschleifmaschine und eine Handwerkzeugschleifmaschine nebeneinander, die dritte Wand war die Basis für ein deckenhohes Regal, das ein komplettes Halbzeuglager mit allen möglichen Stahlprofilstangen und Blechen beinhaltete. An der vierten Wand reihten sich einige verschlossene Schränke, die Aufschriften trugen wie "Fräser", "Drehmeißel", "Schrauben", "Messzeug" oder "Handwerkzeuge", und einige hüfthohe Behälter mit Aufschriften wie "Lappen sauber", "Lappen schmutzig waschbar", "Lappen schmutzig entsorgen", "Stahlspäne" oder "Nichteisenmetalle". In der Mitte des Raumes war ein quadratischer Tisch mit einer dreihundert

Millimeter dicken Stahlplatte und einer Fläche von zwei mal zwei Metern aufgestellt. Die Platte glänzte von einem dünnen Ölfilm. Der gesamte Raum war sauber, kein Span lag auf dem Boden oder auf einer Maschine. Andererseits machte er nicht den Eindruck verstaubter Verlassenheit, hier wurde immer noch gearbeitet.

Werner zog eine Schublade unter der Werkbank heraus und entnahm ihr zwei vorgefertigte Teile. Es waren etwa faustgroße Rohrstücke, die an einem Ende mit einem verschweißten Deckel versehen waren und am anderen Ende ein Innengewinde trugen. Er öffnete eine andere Schublade und holte wieder zwei Teile heraus. Sie sahen aus, als könnten sie als Deckel für die Rohrstücke dienen, allerdings hatten sie auf der den Außengewinden abgewandten Seite einen Aufbau mit gabelförmiger Erweiterung. Aus weiteren Schubladen entnahm er weitere Teile, die er nebeneinander auf einer Werkbank aufreihte. Er begann, die Teilchen und Teile zu einer Art Uhrwerk zusammenzusetzen. Nachdem er sie montiert und zwei gleiche Funktionsblöcke vor sich liegen hatte, setzte er sie in je einen der Deckel ein. Er zog die Schrauben fest und führte an einem Loch im Deckel einen Stab ein, der an seinem Ende ein Gewinde hatte. Er schraubte diesen Stab in dem dafür vorgesehenen Loch fest und zog kräftig. Ein kurzer Stift mit rechteckigem Querschnitt tauchte aus dem Gehäuse auf. Der Stift hatte seitlich eine Bohrung. Er steckte einen vorbereiteten Splint in die Bohrung und löste den Zug. Anschließend drehte er ihn wieder

43

heraus. Nun spannte er den Block in einen Schraubstock, nahm eine Stoppuhr, vergewisserte sich, dass sie aufgezogen war und ihre Zeiger auf Nullposition standen, und drückte den Startknopf der Stoppuhr zum gleichen Moment, als er den Splint aus seinem Loch zog. Die Stoppuhr tickte, plötzlich klickte die Maschine im Schraubstock. Werner drückte den Halteknopf der Stoppuhr und las die Zeit ab: Dreizehn komma fünfneun Sekunden. Er brummte kurz, spannte die Maschine aus, nahm einen kleinen Schraubendreher mit flacher Klinge und fügte ihn in den passenden Schlitz einer Madenschraube. Er drehte den Schraubendreher vorsichtig nach rechts, bis er einen Widerstand spürte, und drehte dann um siebzehn Umdrehungen weiter nach rechts. Dann schraubte er wieder den Zugstab ein, spannte die Maschine und ließ sie ein weiteres Mal ablaufen, dabei die Zeit vom Lösen des Splintes bis zum Aufschlagen im Innern der Maschine messend. Dieses Mal zeigte die Stoppuhr fünf komma dreiacht Sekunden. Werner nickte befriedigt, nahm ein kleines Fläschchen mit Schraubensicherungslack und gab einen Tropfen auf das Ende der Madenschraube, sie auf diese Weise gegen selbstständiges Verdrehen sichernd.

Den Vorgang wiederholte er mit dem zweiten, gleich aufgebauten Funktionsblock.

Anschließend ging er zu einem Nebenraum, dessen Tür mit dem Symbol für "Achtung, Sprengstoff" gekennzeichnet war, holte aus seiner Hosentasche einen Schlüsselbund und öffnete die drei in die Tür eingebrachten O-Zylinderschlösser mit drei verschiedenen Schlüsseln. Ehe er die Tür öffnete, drückte er auf einen Lichtschalter, der rechts neben dem Türrahmen in die Wand eingelassen war. Er öffnete die Stahltür, die in ihren schweren, gut geölten Angeln geräuschlos zurück schwang, und betrat einen mit Leuchtstofflampen hell ausgeleuchteten Raum von etwa fünfundzwanzig Quadratmetern. Die Leuchtstofflampen hatten Lampenkörper aus Guss und schwere, vergitterte Glashauben. Für den Experten waren sie erkennbar als Teile für explosionsgeschützte Bergbauinstallationstechnik.

Der Raum wurde beherrscht von dem zentral aufgestellten schweren Tisch mit massiver Betonplatte. An der Wand, die sich der Tür gegenüber befand, standen einige verschlossene Stahlschränke. sie waren wieder ordentlich beschriftet und trugen Aufschriften wie "Zünder", "Flüssig", "Fest".

Er öffnete einen Schrank und entnahm einer darin stehenden Schachtel zwei kleine Messinghütchen, die aussahen wie die Zündkappen handelsüblicher Gewehrpatronen. Er schloss den Schrank wieder und brachte die beiden Messinghütchen in die Werkstatt, wo er sie neben die beiden vorher zusammen gesetzten Maschinen auf die Werkbank legte. Dann nahm er die beiden faustgroßen Stahlhülsen, ging wieder in den Nebenraum und stellte die Stahlhülsen auf den schweren Betontisch. Anschließend öffnete einen anderen Schrank und entnahm ihm ein mit einem geschliffenen Glasdeckel versehenes Glasgefäß, das mit einer weißen pastösen Masse gefüllt war. Er nahm das Gefäß, schloss den Schrank wieder und stellte das Gefäß auch auf den Betontisch. Aus einer Schublade, die unten in den Tisch eingebracht war, entnahm er einen polierten Ahornholzspatel und legte ihn ebenfalls auf den Tisch. Dann nahm der die beiden Stahlhülsen, blickte in ihr Inneres und kontrollierte sie noch einmal sorgfältig auf Schmutzreste. Sie waren sauber. Er öffnete das Glasgefäß und löffelte mit dem Holzspatel von der pastösen Masse in die beiden Stahlzylinder. Er strich die gefüllten Zylinder erst an der Oberfläche glatt und grub dann in der Mitte der Oberfläche wieder mit dem Spatel etwa einen Fingerhut voll heraus und gab sie ins Glas zurück. Dann verschloss er das Gefäß wieder, wischte den Holzspatel penibel mit einem weichen Küchentuch blank und legte den Spatel zurück in die Schublade. Dann ging er in die Werkstatt und holte die beiden Maschinen mit den eingebauten Uhrwerken und schraubte sie als Deckel auf die gefüllten Stahlzylinder. Sie hatten nun eine gewisse Ähnlichkeit mit handelsüblichen Granaten. Es waren Granaten. Er nahm sie mit in die Werkstatt, legte sie auf die Werkbank, verschloss die Tür zu seiner Sprengstoffkammer wieder sorgfältig und schaltete das Licht aus. Die beiden Granaten legte er in eine Schublade unter der Werkbank. Die Schublade war mit Thermoisolierung ausgekleidet.

Anschließend räumte er die herumliegenden Werkzeuge wieder an ihren Platz, wischte mit einem Lappen die Werkbank sauber und verließ die Werkstatt. Er ging in die Lackierhalle, betrachtete die

Motorhaube des Peterbilt mit dem teilweise aufgebrachten galoppierenden Mustang, trat einige Schritte zurück und betrachtete das Motiv noch einmal. Er legte den Kopf schief, trat noch einen Schritt zurück, betrachtete die Motorhaube und brummte zustimmend. Dann ging er in die Montagehalle, in der die Zugmaschine stand wie ein großes Tier. Die entfernte Kühlerhaube ließ den Blick auf den langen Zwölfzylinder-Reihen-Grauguss-Motorblock zu. Er trat näher und betrachtete den matt schimmernden metallischen Auspuff-Reihenkrümmer, der oben am Zylinderkopf entlang lief und von dem insgesamt zwölf armdicke Krümmerstutzen an den Block heranführten. Am hinteren Ende des Motors konnte er die Antriebsturbine des mächtigen Turboladers sehen, der später für einen maximalen Ladedruck von drei Bar in der Ansaugluft sorgen würde und dem Peterbilt einen Leistungszuwachs von 450 auf 520 Pferdestärken bescherte. Nach dem Turbolader krümmte sich das oberschenkeldicke Auspuffrohr nach unten, um unter dem Führerhaus hindurchzuführen und hinter dem Kofferkasten in Form zweier verchromter Rohre wieder aufzutauchen. Er ging vorne um den Peterbilt herum und erblickte auf der anderen Seite einen ähnlichen Krümmer, dieses Mal für die Ansaugluft, die für die Verbrennung in den Motor eingeführt wurde. Der Ansaugkrümmer endete in der Abtriebsturbine des Turboladers. Auf der anderen Seite des Laders schlängelte sich das Rohr auf die rechte Seite der Führerkabine und endete nach einem senkrechten Rohrstück in den riesigen verchromten Luftfilterkasten, der über das Führerhaus hinausragte. Anders als viele deutsche und europäische Zugmaschinen nimmt der Peterbilt außer dem relativ grobporigen Luftfilter am äußeren Ende des Ansaugstutzens keine weitere Reinigung der Ansaugluft mehr vor. Dies ist einer der Gründe für diesen unverwechselbaren rauen röchelnden Klang des Peterbilt in Fahrt.

Der Kunde wünschte sich, dass Ansaug- und Auspuffkrümmer ebenso wie das Turboladergehäuse und alle Befestigungsteile des Auspuffs hochglanzverchromt werden sollten. Werner musste also alle Teile demontieren, reinigen und einem Galvaniseur senden, mit dem er für diese Art von Sonderwünschen zusammen arbeitete. Einmal hatte ein Kunde sogar darauf bestanden, dass der komplette Motor mit allen Anbauteilen verchromt werden sollte. Werner war fast eine Woche damit beschäftigt, alle Teile zu demontieren und für die Prozedur vorzubereiten. Den Motorblock zu bearbeiten, hatte sich als ziemliches Problem herausgestellt, weil das Verchromungsbad seines Galvaniseurs den Block sowohl hinsichtlich seiner Masse als auch hinsichtlich seines Gesamtvolumens nicht aufnehmen konnte. Sie hatten eine Vorrichtung gebaut, mit deren Hilfe sie erst die eine Hälfte verchromten, dann den Block drehten und die andere Hälfte verchromten. Die Naht zwischen den beiden Chromflächen legten sie in eine zufällig an dieser Stelle vorhandene Innenkante des Blocks.

Er ging in den Umkleideraum, zog sich einen dunkelgrauen Overall an und Arbeitsstiefel, ging dann wieder in die Montagehalle zurück, holte sich aus einer Ecke die dort stehenden mobile Werkbank mit integriertem Werkzeugschrank und schob sie an die rechte Seite des Peterbilt. Dann holte er eine mehrstufige Trittleiter und baute sie neben dem Führerhaus und dem Luftfilterstutzen auf. Der Peterbilt hat rund um den Motorblock auf dem Rahmen eine Lauffläche angebracht. Diese erleichtert für den Mechaniker die Arbeit im Bereich des Zylinderkopfes. Um diesen Laufsteg nicht zu beschmutzen, bedeckte Werner rund um den Motorblock den Steg mit Pappstreifen, die er von einer Rolle abriss.

Dann begann er, den Luftfilterkasten und das Zuleitungsrohr zu demontieren. Bis zur Einführung in den Motorraum waren diese bereits verchromt und mussten deshalb nicht bearbeitet werden. Er legte die Teile sorgfältig nebeneinander auf eine Palette, die für diesen Zweck bereitgestellt und mit dicken Decken bedeckt hatte. Anschließend demontierte er das Rohr zum Turbolader. Dieses Rohr war aus drahtwendelverstärktem Kunststoffgewebe angefertigt. Er legte es auf eine andere Palette. Auch dieses Rohr würde verchromt werden. Allerdings erfordert es eine aufwändige Oberflächen-vorbereitung, ehe man den Chrom aufgalvanisieren kann. Erst muss die Oberfläche verschlossen und anschließend leitfähig gemacht werden. Dies besorgte

Werner mit einer transparenten Farbe, die mit winzigen Metallpartikeln angereichert war.

Kapitel 3

Rosita öffnete die Augen und blinzelte ins helle Sonnenlicht, das ihr Schlafzimmer durchflutete. Sie hatte wohl wieder einmal vergessen, die Rollläden zu schließen, ehe sie zu Bett gegangen war. Nicht, dass sie zu betrunken gewesen wäre. Sie hatte es schlichtweg vergessen. Sie wartete blinzelnd, bis ihre Augen sich an die Helligkeit gewöhnt hatten und blickte dann auf den altmodischen Wecker mit der großen Chromschelle oben drauf. Erst kurz nach Acht. Sie hatte noch jede Menge Zeit. Wohlig rekelte sie sich unter der leichten Daunendecke und schloss noch einmal die Augen. Nach einer Weile öffnete sie sie wieder. Es half nichts. Beim besten Willen schaffte sie es nicht, ihre volle Blase zu negieren. Seufzend schlug sie die Bettdecke zur Seite und setzte sich auf. Ihre Füße tasteten nach den Plüsch-Pantoffeln. Als sie sie nicht fand, stand sie auf und ging barfüßig ins Badezimmer. Sie klappte den Toilettendeckel hoch, setzte sich und entspannte ihren Schließmuskel. Plätschernd entleerte sich ihre Blase. Sie horchte in ihren Mastdarm. Dieser schien aber noch nicht aktiv zu sein. Darum stand sie auf, riss ein Stück Toilettenpapier ab und tupfte die letzten Tropfen von ihrer Scheide. Sie warf das zerknüllte Papier in die Schüssel und betätigte die Spülung. Dann kletterte sie in die Badewanne, zog den Duschvorhang mit den lächerlichen Blumenmotiven vor und öffnete den Wasserhahn für die Brause. Während die heißen Wasserstrahlen über ihr Haar und ihre Schultern prasselten und dann gurgelnd im Abfluss verschwanden, nahm sie aus dem Spender etwas Waschgel und massierte es in ihr Haar. Sie spülte das Haar und wiederholte die Prozedur, dieses Mal mit spezieller Spülung, um dem Haar mehr Fülle und Glanz zu verleihen. Anschließend nahm sie noch eine Portion Körperduschgel mit Orangenduft, seifte sich gründlich und am ganzen Körper ein und spülte auch diesen Schaum wieder unter dem heißen Wasserstrahl weg. Sie schloss den Wasserhahn, nahm sich das große flauschige Badetuch von der Heizung und hüllte sich darin ein. Systematisch begann sie, ihren Körper, von den Haaren beginnend, trocken zu reiben. Schließlich stieg sie aus der Wanne, hängte das Badetuch wieder auf, nahm noch einmal die Brause zur Hand und spülte die Badewanne. Sie tappte zum Waschbecken mit dem großen Spiegel, nahm einen dort liegenden Kamm und begann, ihr Haar vorsichtig auszukämmen. Das war das Problem an Naturlocken. Sie hatten einen starken Hang, sich zu verkletten, und ihre Pflege war teilweise ziemlich schmerzhaft. Während sie Strähne um Strähne bearbeitete, zog sich der Dampfbelag auf dem Spiegel zurück und gab ihr Bild frei, als träte sie aus einem Nebel.

Rosita inspizierte sich gnadenlos, während sie weiterkämmte. Höchste Zeit, dass sie wieder einmal ins Sonnenstudio kam. Die Sonnenbräune begann, fleckig zu werden. In ihrem Job konnte sie sich das nicht leisten. Die Haut um ihre Augen sah aus, als sei sie grobporiger geworden. Offenbar war das neue

Augen-Make-Up, das ihre Kosmetikerin empfohlen hatte, doch nicht so verträglich, wie diese ihr zugesichert hatte. Außerdem war es höchste Zeit, die Augenbrauen nachzuzupfen. Sie musste wohl in den nächsten zwei Tagen einen Termin bei Frau Schnellig machen, ihrer Kosmetikerin und Visagistin.

Die Partie um den Mund wirkte verkniffen, wie immer, wenn sie mal längere Zeit zu viel Alkohol trank. Sie musste wohl das morgendliche Glas Sekt und die abendlichen Weine weglassen. Ansonsten sah die Gesichtshaut nicht schlecht aus, ein Ergebnis konsequenter Pflege mit entsprechenden Tages- und Nacht-Cremes. Nur der Hals war keine siebzehn mehr. Vielleicht sollte sie die Gesichts-Creme auch auf den Hals anwenden. In einem Anflug von Sarkasmus dachte Rosita, vielleicht könne sie die Creme gleich auf den ganzen Körper anwenden. Sie war eben keine siebzehn mehr. Sie hob ihre volle rechte Brust leicht an. Die Brüste hingen schon immer etwas, weil sie sehr groß und sehr schwer waren. Aber sie waren noch ganz in Ordnung, das Ergebnis unnachgiebiger Fitnessübungen im Studio. Der Bauch war noch straff, nur hier knapp unter dem Rippenbogen über der Taille musste sie etwas mehr acht geben und ihren Speiseplan wieder konsequent einhalten. Sie hob das rechte Bein und bewegte den Unterschenkel langsam vor und zurück, die Bewegung mit dem Fuß erweiternd und dabei die langen Muskeln an den Oberschenkeln beobachtend. Abgesehen von den feinen Härchen, die im hellen

Licht des Badezimmers blond schimmerten, konnte sich auch dieser Teil noch sehen lassen.

Rosita war als Kreszenzia Hintermeier in einem süddeutschen Tal auf einem Einödhof groß geworden. Als sie eingeschult worden war, mussten ihre Eltern einen Antrag bei der örtlichen Behörde stellen, weil der öffentliche Schulbus diesen Einödhof bislang nicht angefahren hatte und ihre Eltern kein Auto besaßen, mit dem sie sie täglich zur Schule oder zum nächstgelegenen Dorf mit Bushaltestelle bringen hätten können. Sie war ein schüchternes Kind gewesen, die mit adultem Ernst ihre Schulaufgaben erledigte und sich kaum an den Spielen der Jungen und Mädchen beteiligte. Dabei war sie nicht unbeliebt, sie hatte nur Hemmungen, von sich aus auf andere Menschen zuzugehen.

Da sie hervorragende Leistungen erbrachte, setzten sich ihre Lehrer dafür ein, dass sie die weiterführende Schule in der Kreisstadt besuchen konnte, um das Abitur zu bekommen. Ihre Eltern waren zwar strikt dagegen und unterstützten sie dem entsprechend nicht in ihrem Bemühen, den Lernanforderungen gerecht zu werden, sie erlaubten ihr aber immerhin, die Schule zu besuchen. Eine ihrer ehemaligen Lehrerinnen übernahm es, sie auf eigene Kosten zur Schule zu bringen beziehungsweise sie wieder nach Hause zu fahren, wenn der öffentliche Busfahrplan und ihr Stundenplan kollidierten.

Mit der Zeit wuchs Kreszenzia zu einem ansehnlichen Mädchen heran. Mit der Pubertät bildete sich ein sehr üppiger Körper aus, der wegen der harten Bauernarbeit am elterlichen Hof aber immer straff blieb. Bereits früh begannen Klassenkameraden, ihr Anträge zu machen, die sie aber abschlägig beschied, weil sie sich ein bisschen ob ihres einfachen Elternhauses schämte und nicht wollte, dass ihre Mitschüler sähen, unter welchen Umständen sie tatsächlich leben musste. Außerdem war sie sich nicht sicher, wie diese Anträge gemeint waren. Nicht zuletzt hätte ihr Vater sie wahrscheinlich erschlagen, wenn er erfahren hätte, sie habe „etwas" mit Jungs oder Männern.

Sie bestand die Abschlussprüfungen mit Auszeichnung und musste sich nun mit der Frage auseinander setzen, welchen Berufsweg sie einschlagen sollte. Die Lehrerin, die sich früh um ihre Bildung gekümmert hatte, war mittlerweile eine Freundin geworden und beteiligte sich gemeinsam mit ihren Eltern an den Diskussionen, was sie aus ihrem Leben machen sollte. Der Vater wollte ganz gerne, dass sie eine Ärztin würde, eine Doktorin, wie er sich ausdrückte, während die Mutter sie lieber als Anwältin gesehen hätte. Letztere müsste nicht so viel arbeiten, meinte sie. Da Kreszenzia hervorragende Noten auch in den naturwissenschaftlichen Fächern und in Mathematik hatte und sich besonders für Zusammenhänge der Technik und der Physik interessierte, ermutigte die Lehrerin sie, ein entsprechendes Studium anzutreten.

In jedem Fall bedeutete ein Studium aber, dass sie von ihrem heimatlichen Umfeld weg ziehen musste, da die nächste Hochschule oder Universität vom elterlichen Hof auch mit großem Aufwand nicht zum täglichen Besuch erreicht werden konnte.

Sie immatrikulierte in München an der Technischen Universität im Fach Physik und suchte sich eine Bleibe. Sie hatte von ehemaligen Klassenkameradinnen gehört, dass eine Wohngemeinschaft eine ganz passable Möglichkeit sei, günstig zu wohnen und ihr Studium durchzuziehen. Die Mitbewohner seien meistens ebenfalls Studenten und Studentinnen und hätten entsprechend viel Verständnis für die besonderen Anforderungen. Sie fand am Schwarzen Brett der Universität ein Inserat, das einem Mädchen Mitwohngelegenheit in einer kleinen familiären WG bot. Sie rief die Telefonnummer an, die auf dem Inserat stand, und vereinbarte mit der Frau einen Besichtigungs- und Kennenlerntermin.

Als sie pünktlich zum vereinbarten Zeitpunkt vor der Tür eines Altstadtgebäudes im Zentrum Münchens stand und auf den Klingelknopf drückte, regte sich eine ganze Weile nichts, so dass sie erst mal überprüfte, ob sie wirklich zum notierten Termin angekommen war. Sie war. Sie klingelte wieder und endlich schnarrte der Türöffner. Sie trat ins Treppenhaus und kletterte die ausgetretenen Holzstufen bis zum dritten Stock hoch, wo eine Tür offen stand. Sie blickte noch einmal auf das Namensschild an der Tür, klopfte und trat ein. Eine etwa fünfundzwanzigjährige Frau kam ihr in dem düsteren Flur entgegen. Sie war nur in Unterhosen gekleidet und zog sich gerade einen Pullover über

den Kopf, so dass Kreszenzia sehen konnte, dass sie darunter nackt war. Ihre Augen glänzten, sie fuhr sich mit den Händen achtlos durch die verstrubbelten Haare und wischte sie aus dem Gesicht. Sie streckte eine Hand aus, lächelte und sagte: „Hallo, ich bin die Mona. Du kommst bestimmt wegen des Zimmers. Wie war Dein Name noch mal? Ich habe ihn am Telefon nicht verstanden." Kreszenzia war immer noch schockiert wegen Monas Nacktheit und suchte nach Worten. Sie streckte die Hand aus und sagte mit deutlicher Verzögerung: „Hallo. Ich heiße Kreszenzia Hintermeier. Ja, ich komme wegen des Zimmers, aber wenn ich störe, kann ich gerne später noch einmal …"
– „Ach, das macht gar nichts, nein, Du störst nicht. Ich war nur gerade im Bett gelegen, als Du an der Tür geklingelt hast. Also, das Zimmer ist hier." Sie drehte sich um und ging ein Stück den Flur hinab, hielt dann vor einer Tür auf der linken Seite an und öffnete diese. Kreszenzia blickte sich im Flur neugierig um und folgte ihr dann. Die Räume waren hier sehr hoch, der Flur schien schon seit längerer Zeit keine frische Farbe mehr erhalten zu haben, die Wände waren entsprechend dunkel und ließen den Raum noch höher scheinen. An einigen Stellen prangten grellfarbige Bilder an den Wänden. Kreszenzia konnte nicht erkennen, was die Bilder ausdrücken sollten, abgesehen von ihren grellen Farben. Im Bereich der Tür befanden sich ein Schuhregal, das halb leer war, und ein Karton, offenbar für Altpapier.
Die Tür zum Zimmer war eine uralte Holztür mit Kassettenfüllung. Allerdings hatten ihr die zahlreichen

Bewohner eine Farbschicht um die andere verpasst, so dass die Konturen der Füllung nur noch zu erahnen waren. Das Schloss war ebenso alt wie die Tür, der dazugehörige Aufnehmer der Klinke im Rahmen sah nicht sehr stabil aus. Das Zimmer war ebenso hoch wie der Flur, allerdings war die Farbe frischer, ein melancholischer Farbton reifer Aprikosen mit einem Hauch von Sahara. Vor dem Fenster waren Raffrolleaus aus Bambus, von der Decke hing eine einflammige Lampe mit einer riesengroßen Reispapierkugel als Schirm. Der Boden bestand aus gewachsten Schiffsdielen, die bei jedem Schritt knarrten. Ansonsten war das Zimmer leer. Kreszenzia ging zum Fenster und zog die Rolleaulamellen auseinander. Sie blickte in einen Innenhof mit einem Schuppen, wahrscheinlich für Müllcontainer, und zwei Wäschespinnen, die leer waren. In einer Ecke des Hofes stand ein buntbemaltes Dreirad. Sie wandte sich ins Zimmer zurück und blickte sich um: „Das Bett und den Schrank bringe ich dann wohl selber mit?" Sie blickte Mona fragend an. Diese zuckte mit den Schultern: „Ja, klar. Ich hoffe, das ist kein Problem. Wir wohnen hier zu fünft. Ich, Karla, Benny und Jasmin, und jetzt Du, wenn Du einziehst. Jede hat ein Zimmer, mehr oder weniger so wie Deines hier. Wir haben außerdem eine Küche." Mit diesen Worten wandte sie sich um, um aus der Tür zu treten. Kreszenzia folgte ihr in die Küche. „Wir haben hier Gasanschluss. Kannst Du mit Gas kochen?" Ohne eine Antwort abzuwarten, fuhr sie fort: „Jede hat einen Schrank, in dem sie ihr Geschirr unterbringen kann, und ein Fach im Kühlschrank. Das Bad ist hier." Sie verließ die Küche wieder und steuerte eine andere Tür an, Kreszenzia folgte ihr. Plötzlich öffnete sich eine Tür am Ende des Flurs und ein Mann trat heraus. Er war nackt, seine Haare standen nach allen Seiten vom Kopf ab. Seine Augen waren vom Schlaf verquollen, auf seinem Gesicht zeichneten sich Falten des Kissens ab, auf dem er offenbar gerade gelegen hatte. Er hielt auf eben jene Tür zu, deren Klinke Mona gerade in der Hand hielt. Sie sagte zu ihm: „Kannst Du bitte eben aufs Gästeklo gehen, ich wollte unserer neuen Mitbewohnerin die Wohnung zeigen." Der Mann riss seine Augen auf, lächelte Kreszenzia unsicher an und sagte: „Oh, hallo, ich bin Hannes." Kreszenzia war wieder einmal schockiert und sprachlos. Mona schaltete das Licht im Bad ein und sagte munter: „Das muss Dich nicht stören. Hannes hatte heute auch seinen freien Tag und war bei mir. Also, im Bad ist es so ähnlich wie in der Küche. Jede hat ein Fach hier in diesem Schrank. Wir haben sogar eine Waschmaschine hier, die ist mal dageblieben von einer früheren Mitbewohnerin. Du musst nur Dein Waschpulver selber mitbringen. Das Putzen erledigen wir reihum einmal pro Woche. Zwei machen die Küche sauber, eine das Bad, eine den Flur. Die fünfte hat frei und kommt das nächste Mal wieder dran.

Die Miete ist zweihundert Euro plus Gas und plus Telefon. Wir haben hier ISDN-Anschluss und in jedem Zimmer einen Kontakt. Du musst nur ein Telefon mitbringen. Jedes Mal, wenn die Rechnung kommt, klamüsern wir die einzelnen Anrufe auseinander und legen das Geld zusammen. Ich überweise dann den Rechnungsbetrag. Das Gas wird jährlich abgerechnet. Hier gilt das Prinzip, dass sich jedes Zimmer nach Quadratmetern an der Rechnung beteiligt. Du hast das kleinste Zimmer und daher auch den niedrigsten Anteil. Wenn jemand hier auszieht, kannst Du in das entsprechende Zimmer umziehen, wenn nicht jemand schon frühere Rechte angemeldet hat. Das Geld für die Miete gibst Du auch mir, ich leite es dann an denjenigen weiter, der den Mietvertrag unterzeichnet hat und die Miete an den Vermieter bezahlt."

Kreszenzia war in Gedanken immer noch bei dem nackten Mann. Nicht, dass sie noch nie einen nackten Jungen oder Mann gesehen hätte. Sie hatte vier ältere Brüder und war mit ihnen, zumindest so lange sie noch klein war, immer in einem nahe gelegenen Weiher zum Baden gegangen. Dort hatten sie auch nie Badekleidung getragen. Sie war nur schockiert, dass hier die Leute offenbar Fremden gegenüber keine Scham kannten. Sie schüttelte innerlich den Kopf und versuchte, sich wieder auf die Erklärungen Monas zu konzentrieren. Diese schwieg nun und sah sie abwartend an. Nach einer Weile meinte sie: „Was studierst Du eigentlich? Wann beginnen Deine Vorlesungen?" – „Ich studiere Physik, die Vorlesungen fangen am fünfzehnten Oktober an." – „Physik? Ist das nicht total langweilig? Und fürchterlich schwer?" Kreszenzia zuckte mit den Schultern: „Ich weiß nicht, ob es langweilig ist. In der Schule fand ich den Physikunterricht interessant, auch Mathematik. Jedenfalls interessanter als

Kunsterziehung." Mona lachte: „Oje, dann wird es hier wieder endlose Diskussionen geben. Benny studiert Kunst und Kunstgeschichte. Sie hat auch diese Bilder hier gemalt. Naja, du wirst sie ja kennen lernen. Wenn Du einziehen willst." Kreszenzia nickte zögernd: „Ich weiß nicht, aber ich glaube, ich werde erst mal einziehen. Das Zimmer scheint ja einigermaßen ruhig zu sein." – „Gut, dann kriegst Du von mir die Schlüssel und ich kriege von Dir eine Monatsmiete Kaution. Als Sicherheit. Wir rechnen die Miete dann ab nächsten Monatsbeginn ab. Bis dahin sind ohnehin nur noch einige Tage."

Kreszenzia kaufte sich ein Bett, einen Schrank und einen Schreibtisch und zog ein. Mit dem Beginn des ersten Semesters stürzte sie sich auf die Vorlesungen und arbeitete gewissenhaft, wie sie schon die Jahre vorher an der Schule und auf dem elterlichen Hof gewissenhaft ihre Aufgaben verrichtet hatte. Ihre Mitbewohnerinnen bekam sie erst nach und nach zu Gesicht. Karla, die Medizinstudentin, verbrachte die meiste Zeit in ihrem Zimmer und zog bald aus. Jasmin studierte Philosophie mit dem Schwerpunkt der antiken Philosophie und hielt sich für ein Jahr in Griechenland auf, um authentische Luft zu schnuppern, wie sie sagte. Benny war fast immer irgendwo unterwegs, obwohl sie kaum Vorlesungen oder Universitätsveranstaltungen besuchte. Was Mona machte, wurde Kreszenzia nie ganz klar.

In den ersten drei Semestern schaffte Kreszenzia es, ihre Prüfungen mit sehr guten Leistungen abzulegen. Die Professoren diskutierten bereits untereinander, welche Fachrichtung sie einschlagen und bei wem sie ihre Promotion machen sollte.

Dann kam Bernd. Bernd war einer von Monas Freunden, der aber im Gegensatz zu den anderen blond war. Außerdem redete er. Sie sah ihn zum ersten Mal an einem Abend, als sie alleine in der Küche ihr Abendbrot aß. Mona kam herein und stellte Bernd vor. Dann setzten sich die beiden ebenfalls zum Abendessen an den Tisch. Bernd verstand es, beide Frauen gleichermaßen zu unterhalten, so dass sich weder Mona zurückgesetzt fühlte noch Kreszenzia der Meinung war, sie sei überflüssig. Nach dem Essen und Abwasch ging Kreszenzia auf ihr Zimmer, um sich auf eine anstehende Prüfung vorzubereiten. Aber an jenem Abend konnte sie sich nicht konzentrieren. Bernds Stimme hallte immer noch in ihren Ohren nach und sein Geruch hing immer noch in ihrer Nase. Sie stand auf, ging zum Fenster, lehnte sich an das Sims und starrte auf den Hof hinunter. Das Dreirad in der Ecke war verschwunden, jetzt stand dort ein Kinderfahrrad, sonst hatte sich nichts geändert, außer, dass ihr der Hof noch schäbiger vorkam. Aus der Wohnung drangen die leisen Stimmen von Bernd und Mona in ihr Zimmer. Das war auch früher schon so gewesen, nur hatte sie sich früher nicht gestört gefühlt. Sie hielt plötzlich die Enge ihres Zimmers nicht mehr aus, verließ es leise, zog sich leise Schuhe und Jacke an und verließ ebenso leise die Wohnung. Sie wohnte in der Kreuzstraße, in der Nähe der Fußgängerzone und des Marienplatzes, und machte sich auf den Weg dorthin. Die warme

Sommerabendluft war gesättigt mit Gerüchen von den Lokalen und den Menschen, um sie herum schwirrte der Stimmenlärm. Sie zog den Kopf ein, steckte die Hände in die Taschen ihrer Jacke und lief zum Marienplatz, überquerte ihn, ließ den Donisl links liegen, als sie die Weinstraße hinabeilte, schwenkte dann über die Theatiner- und die Perusastraße in die Maximilianstraße ein. Dort eilte sie die Straßenschlucht hinab, ohne sich einen Blick in die verführerischen Auslagen der Boutiquen zu gönnen. Als sie vor den Maximiliananlagen stand, hielt sie atemlos inne. Sie starrte an dem steinernen Monument empor, das sich hochmütig über sie erhob und keinen Blick für sie übrig hatte. Was machte sie hier? Warum musste sie hier sein, in dieser Stadt, in dieser unsäglichen Wohnung? Was wollte sie eigentlich? Sie setzte sich auf eine Bank, blickte auf die Grünanlagen der Isarauen, ohne sie zu sehen und schloss die Augen. Ihre Gedanken kehrten dorthin zurück, wo sie aufgewachsen war, auf den Bauernhof mit seinen Tieren und seinen festen Regeln. Eine Träne drang aus ihrem linken Auge, lief die Nase hinunter und blieb eine Weile an der Oberlippe hängen, eine weitere folgte, einen Sturzbach öffnend. Sie presste die Hände vors Gesicht, um ihr Schluchzen zu unterdrücken und sich gleichzeitig vor dieser Welt zu schützen. Sie vermochte später nicht zu sagen, wie lange sie auf der Bank gesessen und geweint hatte. Es war jedenfalls merklich kühler geworden. Sie fröstelte und zog den Reißverschluss ihrer Jacke zu. Dann stand sie auf und machte sich auf den Weg zurück in die Stadt. Sie ging zur Frauenkirche, hatte plötzlich das Gefühl, dass sie hier Trost finden könnte. Aber die Kirche war verschlossen.

Sie lief kreuz und quer durch die Straßen und Gassen, kam zum Hauptbahnhof, überlegte einen Augenblick, sich in einen Zug zu setzen und irgendwohin zu fahren. Aber es war sinnlos wegzulaufen. Ernüchtert kehrte sie um und ging in ihre Wohnung zurück. Dort war alles still, als sie eintrat. Sie ging in ihr Zimmer, zog sich aus und einen Schlafanzug an, legte sich ins Bett und löschte das Licht. Sie konnte lange nicht einschlafen, immer wieder stiegen ihr Tränen in die Augen und schnürte Schluchzen ihr die Kehle zu.

Sie sah Bernd etwa zwei Wochen später wieder. Er kam an einem Abend wieder gemeinsam mit Mona. Die beiden strahlten eine geradezu überwältigende Vitalität aus, kamen gerade vom Schwimmen und hatten mächtigen Hunger. Kreszenzia saß gerade beim Abendbrot, einem frugalen Mahl aus Vollkronbrot, Käse und Kräutertee. Mona holte zwei Töpfe hervor, um Spaghetti mit Sauce zuzubereiten, während sich Bernd ein Schneidebrett und ein Messer nahm und Gemüse für einen Salat klein schnitt. Sie lachten und alberten herum. Plötzlich wandte sich Mona um und sagte zu Kreszenzia: „Willst Du auch ein paar Spaghetti mitessen? Wir haben auch eine Flasche Rotwein. Willst Du ein Glas?" Bernd drehte sich in eben diesem Moment zu ihr um und lächelte sie an. Kreszenzia spürte, wie sie errötete, und stotterte: „Ja, danke, gerne, wenn es keine Umstände macht. Äh, ich habe natürlich schon gegessen und …" „Ach, das macht gar nichts," winkte Bernd ab. „Wo für zwei reichlich ist, wird auch eine dritte noch satt. Ich schneide halt noch ein Gürkchen klein und pack es in die Schüssel rein." Kreszenzia errötete noch mehr. Sie blickte auf den Tisch und rückte verlegen an ihrer Gabel.

Dann stand sie auf, packte Gabel und Messer auf den Teller und brachte beides zur Spüle. Dort stieß sie mit dem Teller so ungeschickt gegen den Spülenrand, dass ein Stück des Porzellans absplitterte. Sie war schon wieder den Tränen nahe. Sie setzte sich mit lautem Stühlescharren wieder an den Tisch und blickte verlegen auf das Tischtuch. Mona und Bernd waren in der Zwischenzeit fast fertig geworden. Bernd stellte die Salatschüssel mit Schwung auf den Tisch, während Mona Pastateller und Salatschüsseln aufdeckte. Bernd legte Bestecke dazu und Mona stellte drei Weingläser auf den Tisch. Bernd holte die Weinflasche aus dem Einkaufskorb, zog den Korken, schnupperte daran, nickte anerkennend und schenkte einen Schluck in sein eigenes Glas, um eventuell vorhandene Korkreste aus dem Flaschenhals zu spülen. Dann ließ er ein paar Schlucke in Kreszenzias Glas laufen und blickte sie auffordernd an: „Ist diese Flasche recht? Ein hervorragender Jahrgang, nebenbei bemerkt. Die lange Sonnenperiode im Sommer gab der Traube die Gelegenheit, sich zur Völle ihres Geschmackes zu entwickeln, während kurze Regenphasen ausreichend Feuchtigkeit gaben und für pralle Fülle sorgten. Außerdem ist das Weingut für die schonende Behandlung der Rebe und des Mostes bekannt." Er strahlte Kreszenzia an: „War gut eben, oder?" – „Verstehst … mhm, verstehst Du etwas von Wein?" – „Nein, gar nicht, aber die Sprüche der so genannten Sachverständigen sind eh immer die selben. Da kommt dann noch etwas vom nussigen Geschmack und von der vollwürzigen Blume, aber das kriege ich auch noch hin." Er lachte. Kreszenzia spürte wieder einmal, wie sie errötete. Mona hatte in der Zwischenzeit das Nudelwasser abgegossen und die Nudeln auf den Tisch gestellt. Nun stellte sie auch die Sauce auf den Tisch und fragte Bernd: „Und was sagt der Sachverständige zu dieser Hackfleisch- und Tomatensauce?" – „Diese Sauce Bolognese ist … warte mal," Bernd nahm eine Löffelspitze aus dem Topf und kostete sie mit viel Grimassen und Augenrollen, „… ist eine geniale Komposition aus schonend zubereiteten Naturprodukten und schmissigen Gewürzen, geradezu bahnbrechend in seiner Geschmacksfülle und seiner Entfaltung am Gaumen. Alleine dieser Hauch von Knoblauch schmettert den abgebrühtesten Nichtsversteher vom Stuhl, während seine Seele in den siebten Gourmet-Himmel entschwebt. Gut so?" – „Ja, gut so. Nun iss, Du Spinner," sagte Mona freundlich. Sie hob ihr Glas prostend in Richtung Kreszenzia und sagte: „Auf uns, das Leben und die Wohngemeinschaft. Ich bin glücklich." Mit einem Zug leerte sie das Glas. Kreszenzia nickte und trank einen Schluck. Sie verstand nicht viel von Weinen, hatte das Gefühl, dass dieser Wein ihr schmecken könnte, dachte aber gleichzeitig, dass er ihr fürchterlich zu Kopf steigen würde.

Etwas später ging Mona zur Toilette und Bernd, der die ganze Zeit lustig gewesen war und Späße gemacht hatte, war schlagartig ernst. Er sah Kreszenzia an und sagte: „Du scheinst im Moment nicht sehr glücklich zu sein. Gibt es Ärger im Studium?" Sie blickte überrascht zurück: „Nein, nein, mit dem Studium hat es nichts zu tun. Hoffe ich wenigstens." Sie winkte hilflos mit der Hand. Bernd nickte und fragte: „Wo kommst Du eigentlich her? Du bist so anders als ..." – „Ach, von weit weg." – „Wie weit?" – „Sehr weit." – „Wo ist sehr weit?" – „Hinterm Mond." – „Das glaube ich nicht. Hinterm Mond ist es sehr kalt, und Du scheinst mir sehr warm zu sein. Wo ist hinterm Mond?" – „Wenn Du die Garmischer Autobahn Richtung Süden fährst, dann kommst Du nach langer Zeit an einen Bretterzaun mit Tor und Gesichtskontrolle. Da fährst Du durch ..." – „... wenn sie mich durchlassen ..." – „... wenn sie Dich durchlassen. Nach drei Tagen geradeaus kannst Du dann an der großen Föhre links abbiegen. Die Straße wird dann nach weiteren vier Tagen ein Waldweg mit ziemlich großen Schlaglöchern und endet an einem Holzschuppen, vor dem drei Hühner im Dreck kratzen. Rund ums Gebäude herum findest Du zweihundert Tagewerk Not und schlagbare Brennnesseln, nur zur Orientierung. Ehe Du aussteigst, ziehe Dir Gummistiefel an und hol die Axt unterm Sitz hervor. Da, wo ich herkomme, ist man Fremden gegenüber sehr misstrauisch und schlägt zu, bevor man fragt." – „Darum bist Du mir gegenüber auch misstrauisch?" – „Warum? Ich? Dir?" – „Du erzählst mir nicht die Wahrheit. Ein Mädchen wie Du kann gar nicht aus so einer Gegend stammen. Aus derartigen Gegenden kommen Trampeltiere mit dicken Beinen mit Krampfadern und Kröpfen und fettigen Haaren, aber nicht Schönheiten mit schmalen Fesseln, wunderschönem Haar, einer Symphonie von einem Gesicht, derartigen Händen," er wies auf ihre Hände, die unruhig die Serviette zerpflückten, „und nebenbei auch noch Verstand." Kreszenzia war dunkelrot geworden. Sie hörten Monas Schritte auf dem Flur. Bernd nahm sich etwas Salat aus der Schüssel, Kreszenzia stand auf und brachte die Fetzen der Serviette zum Abfalleimer. Für diesen Abend war die Stimmung gebrochen. Als Kreszenzia im Bett lag, gingen ihr Bernds Worte wieder und wieder durch den Kopf. Was wollte er von ihr? Wollte er „etwas" von ihr? Sie hatte keine Erfahrung mit Männerbeziehungen und ihre Brüder waren sehr rau mit ihr umgegangen.

Bernd tauchte von nun an sehr regelmäßig in der Wohnung auf und schien das Gespräch mit Kreszenzia zu suchen. Er zeigte sich als verständnisvoller Zuhörer und sie begann, sich ihm gegenüber zu öffnen, ihm Dinge und Gedanken mitzuteilen, die sie vorher noch mit niemandem geteilt hatte. Mona beobachtete diese Entwicklung mit einer gewissen Belustigung. Sie machte sogar den Eindruck, als sei es ihr recht, wenn sich Bernd auch um Kreszenzia sorgte. Immerhin war sie mit ihm schon länger zusammen als mit allen anderen Männern, die Kreszenzia vorher zu Gesicht bekommen hatte.

Kreszenzia durchlebte in diesen Wochen ein Auf und Ab ihrer Emotionen. Stunden und Tage der Euphorie wechselten mit Wochen der Niedergeschlagenheit, wenn sie sich mit Mona verglich und feststellte, sie konnte nichts vorweisen, um mit dieser Frau zu konkurrieren. Bernd machte sich sicherlich insgeheim über sie lustig. Sie nahm sich dann vor, ihm das nächste Mal mit Kälte und Zurückhaltung zu begegnen oder die Wohnung zu verlassen, wenn er sie betrat. Wenn sie aber seine Stimme auf dem Flur hörte, dann pochte ihr Herz im Hals, ihre Hände begannen zu zittern und ihre Magenwände mit den Flügeln zu schlagen. Dieser Zustand wirkte sich allmählich auch auf ihre Studienleistungen aus. Sie, die alle Prüfungen mit der besten oder zweitbesten Punktzahl innerhalb des Jahrganges bestanden hatte, rutschte plötzlich ab auf das Mittelfeld. Eine Prüfung in Mathematik legte sie sogar mit der schlechtesten Punktezahl ab. Mathematik, die vornehmste Kunstform, wie sie sich auszudrücken pflegte und die sie so liebte. Die strengen Regeln, die in sich ein festes Gebäude bildeten und mit deren Hilfe man die Welt abbilden konnte, wenn man sie beherrschte, zeigten für sie eine Ästhetik, die sie sonst nirgends fand und deretwillen sie immer wieder Diskussionen mit Benny hatte.

Dr.-habil. Florian Schwab, Professor für Mathematik, bat sie um ein Gespräch. Sie folgte ihm in sein Büro, das wie fast alle Professorenbüros sehr klein und mit vollen Bücherregalen, Zeitschriftenstapeln und einem überbordenden Schreibtisch vollgestopft war. Er bot ihr einen Stuhl an, den er erst von seinen eigentlichen Inhalt, einem Stapel unkorrigierter Prüfungen, befreien musste. Kreszenzia setzte sich. Der Professor legte seine Brille auf eine kleine freie Fläche vor sich auf dem Schreibtisch, stützte seine Ellenbogen links und rechts daneben auf, faltete seine Hände und stützte sein Kinn darauf. Er betrachtete sie eine Weile und sagte dann: „Wissen Sie, Frau Hintermeier, ich werde nun ganz offen mit Ihnen reden, weil ich mir Sorgen mache. Sie kamen vor anderthalb Jahren hier an die Uni, um Physik zu studieren. Es kommt nicht sehr häufig vor, dass Frauen für dieses Fach immatrikulieren, daher ist das Interesse der Professoren an der Fakultät an dieser Frau ziemlich groß. Oder die Neugier. Jedenfalls stellten wir fest, dass Sie mit einem hervorragenden Zeugnis hier ankamen, aus einer ziemlich bodenständigen Gegend, um es vorsichtig auszudrücken. Ich habe mich mal in Ihrem Heimatort umgesehen. Nun, dieses Mädchen kommt hier an und legt vom ersten Tag an einen Spurt hin, dass wir uns schon freuen, wir hätten endlich mal einen Kandidaten für einen Nobelpreis, der von der TU München kommt. Wenn der Kandidat so weiter macht, wie er angefangen hat. Es ist nämlich ganz selten, dass jemand mit einer derartigen Konstanz dieses Leistungsniveau bringt. Ich habe in meiner zwanzigjährigen Laufbahn hier an der TU noch nie einen Studenten erlebt, der eine derart hohe Durchschnittspunktzahl hat wie Sie. Nebenbei, und das mag damit zusammenhängen, dass Sie eine Frau sind und wir Sie, wie bereits erwähnt, beobachten, scheinen Sie eigene Ideen zu haben. Sie sind nicht nur eine Lernmaschine, sondern hoch intelligent. Sie haben in einer Mathe-Prüfung einen Lösungsweg aufgezeichnet, der nicht mit den Inhalten der Vorlesungen übereinstimmt und der schneller und effektiver zum Ergebnis führt. Wir mussten diese Lösung mehrfach überprüfen, weil wir uns nicht sicher waren, ob das Ergebnis Zufall war. Dieser Lösungsweg, Frau Hintermeier, ist mindestens eine Publikation wert und bietet inhaltlich mehr als viele Dissertationen, die unsere hochqualifizierten Ingeniere und Naturwissenschaftler einreichen, um zu promovieren. Sie können diesen Weg auch nirgends abgeschrieben haben. Er existiert nicht in der Literatur. Sie sind der intelligenteste Mensch, der mir bis dato begegnete. Und darum bin ich höchst erstaunt und stinksauer," nun begann die Stimme des Professors, lauter zu werden: „weil Sie schlagartig Ihren Weg verlassen und nur noch Murks machen. Die letzte Prüfung haben nicht Sie geschrieben, Frau Hintermeier, sondern jemand, den sich die Allgemeinheit vorstellt, der Ihre Heimat gesehen hat. Was ist los mit Ihnen?" Kreszenzia hörte Professor Schwab zu, der sich zusehends in Rage geredet hatte. Er blickte sie nun fragend an. Sie schluckte und sagte: „Was wollen Sie wissen? Wo ich den

Lösungsweg herhabe?" – „Das auch. Aber wichtiger ist, warum Sie plötzlich nicht mehr denken können?" – „Der Lösungsweg ist meiner Meinung nach der einzig sinnvolle, um die numerische Iteration bei der Koeffizientenbestimmung dieses Integrals, das wir lösen sollten, zu umgehen. Die numerische Iteration hat immer nur eine begrenzte Genauigkeit und konvergiert an dieser Stelle viel zu langsam, als dass man in einer Klausur mit der Zeit zurechtkommen könnte. Der Lösungsweg fiel mir ein, als wir ein ähnliches Integral als Übungsaufgabe lösen sollten. Ich bin davon ausgegangen, dass er die Standardlösung für die Koeffizientenbestimmung ist, weil er so nahe liegend ist. Ich hatte an jenem Abend keine Lust mehr, in der Literatur nachzuschlagen, wie er heißt, weil ich sehr müde war. Später habe ich es vergessen. Außerdem studiere ich Physik und muss mich nicht hauptamtlich damit beschäftigen, mathematische Funktionen zu beweisen." – „Sehen Sie, das meine ich. Sie machen so etwas mit links, wofür wir uns jahrelang plagen. Nun zur zweiten Frage. Was ist los mit Ihnen? Wie lautet hier die Antwort?" Kreszenzia sah Professor Schwab schweigend an. Ihr fiel auf, dass er müde aussah, dass seine Haare ungepflegt und fettig waren, dass seine Augenpartie zu viele Falten und lose Haut hatte und dass er schwarzen Schmutz unter den Fingernägeln hatte. Wie alt mochte er sein? Fünfundvierzig? Sie blickte in seine Augen. Das Braun mit den grünen Sprenkeln passte nicht ganz zur Haarfarbe, einem Farbton, der sie irgendwie an das Heu erinnerte, das sie jedes Jahr an der steilen Hangwiese von Hand mähen, wenden und einbringen mussten, weil keine Maschine sich an der steilen Fläche halten konnte. Seine Lippen waren schmal, trocken und rissig. In den Mundwinkeln standen einzelne Barthaare, die wohl der morgendlichen Rasur entgangen waren. Er hatte sie gefragt, was mit ihr los sei. Die Frage war gut. Was war mit ihr los? Kreszenzia zuckte die Schultern. Sie fühlte plötzlich Tränen aufsteigen. Nein, sie würde nicht in Gegenwart eines Professors anfangen zu heulen. Sie schluckte, atmete tief ein, dabei den Atem ganz vorsichtig einziehend, um keinen verräterischen Schluchzer freizulassen, blickte ihm fest in die Augen und sagte: „Es ist nichts los. Ich hatte ein bisschen Heimweh. Es wird nicht wieder vorkommen." Professor Schwab schien plötzlich kleiner zu werden, zu altern. Er nickte, schien jedoch unzufrieden. „Ich hätte gerne, dass wir diesen Lösungsweg von Ihnen in Form einer Publikation in Math's Review veröffentlichen. Soll ich Ihnen mal zeigen, wie man einen derartigen Text aufbaut? Ich werde Ihnen einen Beispieltext geben. Dann sehen Sie, wie er strukturiert ist, und können daraus einen eigenen Text ableiten." Kreszenzia zuckte wieder mit den Schultern: „Ich glaube wirklich nicht, dass das so wichtig ist, dass man es publizieren muss." – „Sie sollten sich frühzeitig ans Publizieren gewöhnen, wenn Sie eine Wissenschaftslaufbahn einschlagen wollen. Und es hieße – verzeihen Sie bitte das Bild – Perlen vor die Säue zu werfen, würde aus Ihnen keine

Wissenschafterin." Er kramte eine Weile in einem seiner Papierstapel, zog eine Zeitschrift hervor, hielt sie ihr hin und sagte: „Hier ist eine Ausgabe des Math's Review. Blättern Sie sie mal durch und schauen Sie sich die Beiträge an. Besonders diesen hier." Mit diesen Worten öffnete er die Zeitschrift, suchte eine Weile und schlug sie dann ganz um, so dass die Überschrift lesbar war, „also, dieser hier ist vom Aufbau ganz gut gelungen, auch wenn der Inhalt ein bisschen dünn ist." Kreszenzia blickte auf den Titel und sah darunter als Autor „Dr.-habil. Florian Schwab" stehen. „Der ist von Ihnen?" – „Ja, wie gesagt, der Inhalt ist ein bisschen dünn. Wenn Sie Fragen haben, dann sagen Sie bitte Bescheid." Kreszenzia nahm die Zeitschrift, nickte und stand auf. Sie hielt Professor Schwab ihre Hand hin und sagte: „Auf Wiedersehen. Vielen Dank. Ich werde mal einen Text entwerfen und Ihnen dann geben." Professor Schwab hielt ihre Hand fest und sagte: „Auf Wiedersehen. Und vergessen Sie nicht: Sie sind die Beste hier. Wir lernen von Ihnen, nicht Sie von uns. Aber nur, wenn Sie ihren Weg beibehalten. Auf Wiedersehen."

Auf dem Nachhauseweg von der Universität ließ sie sich Schwabs Worte immer wieder durch den Kopf gehen. Er meinte, sie sollte Wissenschaftlerin werden, so wie Frau Maringer, ihre ehemalige Lehrerin, gemeint hatte, sie solle studieren. Aber was wollte sie? Was war das Leben? Wenn sie ihre Wohngenossinnen betrachtete und deren Einstellung zum Leben, das in erster Linie aus Spaß zu bestehen schien, dann verfehlte sie das Leben. War Professor Schwab glücklicher in seinem unordentlichen Büro und mit seiner gesicherten Position als verbeamteter Professor, als Mona, die in den Tag hinein lebte und immer gute Laune zu haben schien?

„Hallo, na, das ist ja eine Überraschung." Kreszenzias Herzschlag setzte für einen Moment aus und schien dann seine Frequenz zu verdoppeln. Sie blickte auf und in das freudestrahlende Gesicht Bernds, der neben ihr stand und sie anlachte. Sie schluckte und krächzte: „Hallo." Sie räusperte sich und wiederholte: „Hallo. Was machst Du denn?" – „Die Frage kann ich Dir auch stellen. Was machst Du denn? Du siehst reichlich traurig aus." Kreszenzia zuckte die Schultern: „Ach, nichts. Ich gehe nur nach Hause." – „Hast Du Lust auf eine Tasse Cappuccino oder ähnliches? Hier in der Nähe gibt es einen netten Italiener, bei dem man gut sitzen und reden kann." Kreszenzia durchfuhr ein Stich. Ehe sie sich bremsen konnte, war sie schon herausgeplatzt: „Das mit dem gut sitzen und reden hast Du wohl schon öfters ausprobiert?" Bernd gestattete sich etwas Verlegenheit: „Ja, äh … Also, hast Du Lust?" Sie zuckte unentschlossen mit den Schultern. Bernd nahm sie am Arm und führte sie in eine Seitenstraße, wo er nach kurzer Zeit vor einer leicht windschiefen alten Holztür anhielt. Links an der Wand war ein kleiner Holzkasten mit Glaswand angebracht, in der zwei mit Schreibmaschine beschriebene Blätter mitteilten, dass das „Roma" von morgens 7:00 bis abends 24:00 durchgehend geöffnet sei und warme Küche hätte. Darunter war ein gleichermaßen mit Schreibmaschine geschriebener Auszug aus der Speisekarte. Darunter stand der obligatorische Abfalleimer mit dem Logo eines Herstellers von Eiscreme. Der Abfalleimer war etwas verbeult und ziemlich rostig. Einige zerknüllte Papiertaschentücher und eine knitterige Zigarettenschachtel lagen darin. Neben dem Abfalleimer schwammen einige Kippen in einer kleinen Pfütze. Bernd stieß die Tür auf und winkte sie hinein. Obwohl der Abend noch fern war, war es im Innern schon sehr dunkel. Das Mobiliar des Schankraumes bestand aus fast schwarzem Holz, die niedrige Decke desgleichen. Die einzelnen Tische waren voneinander durch brusthohe Balustraden getrennt, die unten in Bänke mit abgewetztem weinrotem Textilbezug ausliefen. Einige verstaubte Kunststoffweinranken, die sich um die Holzsäulen und die Balustraden wanden, unterstrichen den Eindruck von Schäbigkeit. Bernd steuerte auf einen kleinen Tisch in einer Ecknische zu, sah sie fragend an und nahm ihre Jacke entgegen, als sie nickte, den Reißverschluss öffnete und aus den Ärmeln schlüpfte. Er hängte die Jacke auf einen Haken an der Balustrade in der Nische, wartete, bis sie auf der Bank Platz genommen hatte, und setzte sich neben sie. Ein junges Mädchen mit schwarzen Haaren, dunklen Augen und zu viel Lippenrot tauchte auf. Bernd sah Kreszenzia fragend an. Sie sagte: „Du sagtest doch etwas von dem hervorragenden Cappuccino, den es hier geben soll. Einen Becher davon, bitte." Die Serviererin nickte und blickte Bernd an. Er sagte: „Mir auch, bitte," und drehte sich wieder Kreszenzia zu, während das Mädchen davon schlurfte und Kreszenzia ihr hinterher blickte. Das Mädchen trug eine weiße Bluse, wahrscheinlich aus Polyester. Die Träger ihres BH schimmerten durch das Gewebe und schnitten etwas ins Fleisch, was man erkennen konnte, wenn sich der Blusenstoff durch die Bewegungen des Mädchens an ihre Körperkonturen anlegte. Die Bluse hing locker über den Bund ihrer Blue Jeans, einer sehr verwaschenen und abgewetzten 501 von Levis. Sie saß wie eine zweite Haut, was zur Folge hatte, dass sich bei jedem Schritt unter dem Gesäß eine Falte ausbildete. In den Falten war der Stoff so abgescheuert, dass er alle Färbung verloren hatte und die Kettfäden deutlich erkennbar waren. An den Hinterbacken verursachte ein knapp sitzender Slip Abdrücke durch den Hosenstoff. Die nackten Füße des Mädchens staken in ausgetretenen Filzpantoffeln.

Bernd blickte sie erwartungsvoll an: „Also, was ist los? Willst du mir erzählen, warum Du traurig bist?" – „Ach Gott. Ich habe im Moment ein bisschen Stress an der Uni, habe eine Prüfung vergeigt und ein aufmunterndes Gespräch mit dem Prof hinter mir." Sie zuckte mit den Schultern. Bernd legte seine rechte Hand auf ihre linke, die auf dem Tisch ruhte, streichelte sie ein wenig und meinte: „Ich kann mir kaum vorstellen, dass Du wirklich Stress an der Uni hast. Du scheinst Deinen Stoff doch ganz gut im Griff zu haben, was ich von meinen Besuchen bei Euch und den Gesprächen mit Dir mitbekommen habe."

Kreszenzia horchte auf die pulsierende Wärme, die von der Hand Bernds ausging, verspürte den Reflex, ihre Hand wegzuziehen, widerstand ihm jedoch und ließ sie liegen. „Der Prof nimmt das alles fürchterlich ernst. Er meint, weil ich mir mal einen Ausrutscher geleistet habe, bin ich schon verloren für alle Zeiten." Sie schwieg einen Augenblick, weil die Bedienung kam und die beiden dampfenden und duftenden Tassen auf den Tisch stellte. Sie streifte Kreszenzia mit einem Kaugummi kauenden trägen Blick und wandte sich wieder ab.

Kreszenzia hob die Tasse unter die Nase, schnupperte, blies sachte in den Milchschaum und nahm einen vorsichtigen Schluck. Sie schnupperte noch einmal an der Tasse, leckte sich den an ihren Lippen hängenden Milchschaum ab und stellte die Tasse zurück. Bernd hatte sie während dieser Zeit nicht aus den Augen gelassen, hatte selbst die Tasse hochgenommen, einen Schluck getrunken und sie dabei unentwegt über den Rand hinweg beobachtet. Kreszenzia drehte ihm ihr Gesicht zu und lächelte plötzlich. „Was sagt eigentlich Mona dazu, wenn Du mit mir hier in diesem …", sie zögerte, blickte sich suchend um und fuhr fort:" … in diesem Lokal zu einer Tasse Kaffee ausführst. Ich kann mir vorstellen, dass sie nicht sehr begeistert ist." – „Ach, Mona sieht das nicht so verbissen. Ich glaube, sie ist auch nicht gerade ein Engel, was das anbelangt. Weißt Du eigentlich, wie ich sie kennen gelernt habe?" – Nein, wieso sollte ich?" – „Sie ging mit einem Mann auf eine Party, ich glaube, es war ihr Freund damals, und sprach mich an, während wir am Büffet unsere Teller vollluden. Sie war ziemlich aufgedreht an diesem Abend. Damals dachte ich, sie hätte besonders gute Partylaune, aber heute weiß ich, dass sie total sauer war auf ihren Freund. Obwohl ich mir immer noch nicht sicher bin, ob der Typ, mit dem sie auftauchte, derjenige war, auf den sie sauer war. Mona ist eine große Rätselkiste und eine fürchterliche Geheimniskrämerin. Man erfährt so gut wie nichts über sie oder ihr Leben." Bernd starrte auf die Tasse, die vor ihm stand, und dachte einen Moment nach. „Ich finde sie sehr nett und sehr unterhaltsam, aber ich fühle keine Geborgenheit bei ihr. Sie ist wie ein Haus, das verschlossen ist, vor dem man steht, und bei dem man versucht, den einen oder anderen Blick durch die Fenster zu erhaschen. Ab und zu ist ein kleiner Spalt im Vorhang, man schaut genauer hin und sieht nichts, weil dahinter kein Licht im Raum ist. Ein- oder zweimal hat sie die Haustür geöffnet, dann steht man in einem Flur und sieht eine Menge Türen, die aber alle verschlossen sind. Und plötzlich ist man wieder draußen, so als hätte jemand das Haus wie einen Teppich unter den Füßen weggezogen. Man sitzt dann auf dem Hintern, starrt auf die verschlossene Tür und möchte nur heulen." Plötzlich lachte Bernd, zog das Kinn an den Hals und sagte mit tiefer, gepresster Stimme: „Aber ein Mann heult nicht, und darum lache ich." Kreszenzia lachte einen Moment und verstummte dann wieder. Bernd sah zu ihr und sagte: „Aber wir wollten nicht über mich oder über Mona reden, sondern über Dich und Deine

Traurigkeit." Kreszenzia schüttelte den Kopf: „Über mich gibt es nichts zu reden. Erzähl mir eine Geschichte." Bernd sah sie eine Weile an, runzelte die Stirn, schnitt ein paar Grimassen, schüttelte dann den Kopf und sagte: „Mir fällt keine Geschichte ein. Erzähl mir, von wo Du herkommst. Ich weiß, dass Ihr zweihundert Tagewerk Not und – wie sagtest Du noch – schlagbare Brennnesseln – was ist das eigentlich – ums Haus herum habt.." – „Also, ein Tagewerk ist soviel Grund, wie ein Bauer in den alten Tagen während eines Tages bestellen konnte. Drei Tagewerk sind ein Hektar, und zweihundert Tagewerk Not sind sechsundsechzigzweidrittel Hektar Not. Not ist ein Mangel an Lebensgrundlagen, und sechsundsechzigzweidrittel Hektar Mangel an Lebensgrundlagen ist ganz schön bitter. Wäre zumindest ganz schön bitter, wenn da nicht die schlagbaren Brennnesseln wären. Die schlagbaren Brennnesseln sind so dick gewachsene Brenn-nesseln, dass man sie mit der Axt ernten und als Basismaterial für Nesselstoff verkaufen kann. Da die Brennnesselernte ziemlich grobe Arbeit ist, sind die dickbeinigen fetthaarigen kropfigen Mädchen genau die richtige Rasse für diese Gegend. Bei uns machen nämlich die Mädchen die Hofarbeit, weil die Männer damit beschäftigt sind, neugierigen Fremden aufzulauern und ihnen den Schädel einzuschlagen, bevor sie die erste dumme Frage gestellt haben." – „Oh, entschuldige, ich bin wohl auch einer der neugierigen Fremden, der dumme Fragen stellt." – „Nein, nein, wir sprachen ja nur ganz allgemein und nicht im Besonderen." Bernd lächelte und sah sie an. „Hat Dir schon mal jemand gesagt, wie schön Du bist? Vor allem, wenn Du ein bisschen zornig wirst?" Kreszenzia errötete schlagartig, schlug die Augen nieder, zwang sich dann, Bernd anzusehen: „Ich bin nicht zornig. Nicht ein bisschen und nicht ganz. Ich bin nicht zornig." Sie nahm die Tasse heftig vom Tisch, dass etwas Kaffee überschwappte und einen weiteren braunen Fleck auf der Decke hinterließ. Sie trank einen Schluck, stellte dann die Tasse wieder auf den Tisch und dachte nach. „Warum verstehst Du so viel von Wein?" – „Verstehe ich etwas von Wein?" – „Naja, der Sermon, den Du damals abgelassen hast, lässt zumindest diesen Schluss zu. Oder was sollte diese Vorführung?" – „Wann? Ach so, damals, als ich das erste Mal bei Euch in der WG war. Ach, das war nur ein bisschen Theater. Nein, ich verstehe nichts von Wein. Ich trinke ganz gern mal ein Glas oder eine Flasche, aber eher als der dilettierende Genießer denn als der große Kenner. Und Du bist immer noch schön." Kreszenzia merkte, wie ihr die Röte wieder ins Gesicht stieg, atmete tief ein und sagte: „Bernd, Du nervst." Sie tippte mit der Zeigefingerspitze auf den Kaffeefleck.

„Was machst Du eigentlich, wenn Du nicht mit Mona zum Schwimmen gehst oder über Weine psalmodierst?" – „Ich studiere." – „Und was?" – „Das Leben. Du weichst aus. Mein Studium ist völlig uninteressant." Kreszenzia tippte mit der Fingerspitze auf die Kaffeepfütze, hob den Finger etwas an, tippte wieder in die Pfütze, hob den Finger wieder an.

Beugte sich ganz nach vorne, tippte wieder in die Pfütze, ganz vorsichtig dieses Mal, ihre Bewegungen waren nur noch in Millimetern zu messen. Sie sagte: „Schau mal, das ist doch toll. Wenn ich auf das nasse Tischtuch tippe, dann taucht die Nässe an der Oberfläche auf, wenn ich den Finger weg nehme, zieht sie sich wieder zurück. Ob man auf diese Weise flüssige Medien in feinfasrigem Material wie Baumwolle wohl transportieren kann? Indem man neben der getränkten Stelle Druck ausübt. Schau mal. Es funktioniert tatsächlich. Das Tischtuch atmet den Kaffee ein und aus. Und wenn ich den Druck nun mittelbar ausübe?" Kreszenzia nahm das Tischtuch an zwei entfernten Kanten, deren Verbindungslinie durch den Kaffeefleck verlief, und zog. Zwischen den vor Anstrengung zusammen gebissenen Zähnen stieß sie hervor: „Wenn man – so – pulsierend – Zug – aus – übt, dann – müsste – man – die Flüssig – keit doch transportieren. Sieh mal, es funktioniert wirklich." Der Kaffeefleck hatte seine Form deutlich verändert und hatte sich in die Richtung der beiden Zugpunkte ausgedehnt. Bernd beobachtete abwechselnd Kreszenzias Mimik und den Kaffeefleck. Sie blickte ihn an, ihr Gesicht wieder etwas gerötet, blies sich eine Strähne aus dem Gesicht, die während ihrer Zugversuche nach vorne gefallen war, und lachte: „Ich habe gerade eine Lösung gefunden. Nun benötigen wir nur noch ein adäquates Problem, und schon werden wir reich." Bernd lächelte.

Kreszenzia blickte auf ihre Armbanduhr, zuckte zusammen und sagte: „Verdammt, ich habe Maggi

versprochen, heute mit ihr zu lernen. Ich muss los."
Sie trank hastig ihren Kaffee aus und blickte sich nach
der Bedienung um. Bernd sah ihren Blick, winkte ab
und sagte: „Lass gut sein. Das geht auf meine
Rechnung. Du bist eingeladen. Hast Du mal Lust, zum
Schwimmen oder in die Sauna zu gehen?" –
„Schwimmen ja, Sauna nein. Ich mache mir nichts aus
Schwitzkästen." – „Wann?" – „Ooch, diese Woche
geht wohl nicht mehr, am Wochenende wollte ich
wieder mal nach Hause fahren, aber nächste Woche
Dienstagabend?" – „Dienstag Abend? Das passt.
Olympiabad?" – „Gerne. Treffen wir uns direkt dort,
um halb sieben am Eingang?" – „Gut. Ciao." – „Ciao."
Kreszenzia packte ihre Tasche, nahm die Jacke vom
Haken, stellte die Tasche auf die Bank, um sich die
Jacke anzuziehen, zog den Reißverschluss hoch,
nahm ihre Tasche wieder und eilte zur Tür. Im
Hinausgehen winkte sie Bernd noch einmal zu. Kurz
darauf schlurfte die Bedienung zu Bernd an den Tisch
und lächelte ihn unter halb geschlossenen Lidern
träge an. Er bat um die Rechnung, beglich sie und
verließ ebenfalls das Lokal.

Als Kreszenzia am Freitagnachmittag im Zug saß, der
sie nach Hause brachte, sah sie aus dem Fenster,
ohne viel von der Landschaft zu sehen, die da vorüber
flog. Sie beschäftigte sich seit einigen Tagen mit den
Fragen, wie es nun weiter gehen solle. Wollte sie nun
eine Physikerin werden oder nicht? Sie war sich
sicher, dass sie sich nun entscheiden müsse.
Einerseits interessierte sie die Naturwissenschaft

immer noch, die methodische Arbeitsweise, mit der Vorgänge und Zustände der Natur analysiert wurden, faszinierte sie ohnehin und Mathematik war immer noch die am Besten geeignete Art, Zusammenhänge abzubilden. Andererseits registrierte sie zu ihrem Entsetzen, wie sehr sie auf Bernds Nähe reagierte, wie sehr sie durch seine Abwesenheit blockiert wurde. Sie kam nicht auf den Gedanken, beides zu vereinen und beiden einen Platz in ihrem Leben einzuräumen. Der Grund lag sicherlich darin, dass sie bisher in ihrem Leben noch nie eine Prüfung mit einem schlechten Ergebnis abgeschlossen hatte und dass ihr jede Erfahrung mit emotional begründeten Beziehungen fehlte.

Plötzlich wurde ihr heiß. Sie hatte gar kein Recht darauf, sich an Bernd „heranzumachen". Er war Monas Freund, Geliebter oder was auch immer. Sie müsste in jedem Fall aus der WG ausziehen und sich eine eigene Wohnung suchen. Das konnte sie sich in München aber gar nicht leisten. München war dafür viel zu teuer. Sie erhielt zwar die staatliche Ausbildungsförderung und ein Stipendium wegen ihrer anhaltend guten Leistungen, aber das reichte gerade so zum Leben, in einer WG.

Ihr fiel plötzlich ein, dass das Stipendium an ihren guten Leistungen hing. Sie durfte sich also für dieses Semester keine weiteren schlechten Noten mehr leisten. Ihr wurde noch wärmer, sie begann zu schwitzen.

Die Gedanken begannen sich im Kreis zu drehen, ihr fielen die Augen zu. Sie nickte ein. Als sie wieder erwachte, lief der Zug gerade in ihrem Zielbahnhof ein. Sie nahm ihre Tasche, blickte sich noch einmal um und stieg dann aus. Einer ihrer Brüder wartete am Ende des Bahnsteigs. Unwillkürlich begann sie zu strahlen und lief auf ihn zu. „Hallo, Kalle, danke, dass Du mich abholst." – „Hallo, Zenzi. Ist schon recht." Er reichte ihr die Hand, drehte sich um und ging zum Parkplatz. Sie folgte ihm und verglich ihn in Gedanken unwillkürlich mit Bernd. Sie dachte sich, dass es Karl wahrscheinlich nie in den Sinn käme, einem Mädchen zu sagen, sie sei hübsch oder er freue sich, sie zu sehen. Das war Energieverschwendung. Karl wurde erst lebhaft, wenn die Diskussionen sich um die Vorzüge und Nachteile bestimmter Kaltblutpferderassen drehten. Dann zeigte er eine verblüffende Beredsamkeit und legte ein phänomenales Wissen dar. Freizeit neben der sicherlich harten und eintönigen Bauernarbeit bedeutete für Karl, mit seinen „Rössern" zusammen zu sein. Sie zuckte mit den Schultern. Er war ihr Bruder und er war halt so. Aber war ein Leben als Physiker nicht ähnlich?

Das einzige Lebewesen, das zu Hause so etwas wie Freude über ihren Besuch erkennen ließ, war Hektor, der Schäferhundemischling, den sie als Welpen kennen gelernt und der mit ihr groß geworden war. Er wedelte mit dem Schwanz, als sie aus dem Auto ausstieg, und sprang auf sie zu. Er beschnupperte ihre Schuhe, lehnte sich an ihre Beine und hechelte, als lachte er.

Das Wetter war das gesamte Wochenende über sehr sonnig, Erntearbeit war zu erledigen, und sie fügte sich wieder in ihre Rolle beim Mähen, Trocknen und Einbringen des karg gewachsenen Grases. Am Sonntag Nachmittag, als alle Arbeit erledigt war, wusch sie sich, zog sich saubere Kleider an, lieh sich von ihrer Mutter das Fahrrad und fuhr ins benachbarte Dorf, um Frau Maringer zu besuchen. Diese saß auf dem Balkon und las, als Kreszenzia ankam. Sie strahlte, als sie Kreszenzia an der Tür begrüßte: „Hallo, Kreszenzia, wie schön, Dich zu sehen. Komm doch rein. Bist Du zu Besuch hier? Ja, klar, jetzt sind ja keine Ferien." Sie lief in die Küche und blickte sich um. „Ich habe leider keinen Kuchen. Aber ein paar Kekse. Willst Du etwas zu trinken? Tee? Oder lieber etwas kaltes?" Kreszenzia beobachtete die Aufregung ihrer früheren Lehrerin mit einer gewissen Rührung, lächelte und sagte: „Ich glaube, etwas kaltes ist heute angenehmer." – „Willst Du – warte mal, was habe ich denn überhaupt? – Ach ja, Apfelsaft. Willst Du Apfelsaft? – „Gerne." Frau Maringer nahm eine Flasche aus dem Kühlschrank und zwei Gläser aus dem Geschirrschrank über der Spüle und ging auf den Balkon. „Man sitzt hier so herrlich, wenn die Sonne nicht direkt auf den Balkon scheint. Es ist so friedlich hier." Kreszenzia folgte ihr und setzte sich, ihr gegenüber, auf einen der schon etwas älteren Klappstühle mit Textilbespannung. Frau Maringer goss aus der Flasche erst in Kreszenzias, dann in ihr eigenes Glas etwas von dem golden schimmernden Saft. Die Gläser beschlugen von außen. Sie verschloss die Flasche wieder und setzte sich auch. Dann sah sie Kreszenzia eine Weile an und sagte schließlich: „Hast Du Kummer?" Kreszenzia nahm ihr Glas, merkte, dass es von dem Kondensat an der Außenseite glitschig geworden war, fasste noch einmal fester zu, hob es hoch und trank einen Schluck. Schmerzhaft rann die kalte Flüssigkeit durch ihre Kehle, lief die Speiseröhre hinab und breitete sich in ihrem Magen aus, wo sie sich langsam erwärmte. Kreszenzia horchte dem Saft in ihrem Inneren hinterher, ehe sie das Glas wieder absetzte. Sie strich mit dem Zeigefinger über die beschlagene Oberfläche des Glases, blickte endlich Frau Maringer an und nickte: „Ja, ich glaube, ich habe Kummer." – „Hast Du Liebeskummer?" Kreszenzia lachte kurz und heftig auf, es klang fast wie Schluchzen: „Ich weiß nicht, ob es Liebeskummer ist." Sie begann zu erzählen, von Bernd, wie er aufgetaucht war, wie er sich einerseits für sie zu interessieren schien, andererseits aber Monas Freund war, und schließlich, wie sie ihre letzte Mathematikklausur mit der schlechtesten Punktzahl des Jahrganges abgeschlossen hatte. Frau Maringer hörte zu, ohne ein Wort zu sagen. Manchmal nippte sie an ihrem Glas und nickte. Kreszenzia endete mit den Worten: „Einerseits möchte ich gerne weiter studieren und denke auch, dass ein Leben als Wissenschaftler spannend sein kann. Physik ist so interessant. Andererseits halte ich es aber nicht aus, immer nur der Zuschauer zu sein, wenn andere Spaß haben. Warum habe ich keinen Spaß? Warum?" Frau Maringer sagte nichts. Sie blickte von ihrem Balkon auf den Horizont, wo in der flimmernden Nachmittagshitze die Alpen zu erkennen waren, drehte sich endlich wieder Kreszenzia zu, die sie mit Tränen in den Augen anblickte. Sie schüttelte leicht den Kopf und sagte: „Was ist Spaß? Was empfindest Du, wenn Du eine Prüfung mit der besten Punktezahl abschließt? Was empfandest Du, als der Mathematikprofessor Dir sagte, dass Deine Lösung etwas bislang noch nicht da Gewesenes ist? Dass Du die Beste bist, die er jemals kennen gelernt hat?" Kreszenzia zuckte die Schultern. Frau Maringer lächelte leicht und sagte: „Du bist es so gewohnt, die Beste zu sein, dass Du nichts mehr dabei empfindest. Darum leidest Du jetzt auch so, wenn Du nicht mehr die Beste bist. Und denkst, dass das Leben zu Ende ist. Hast Du schon einmal darüber nachgedacht, wie sich Deine Kommilitonen fühlen, wenn sie wieder und wieder bei Prüfungen versagen und diese wiederholen müssen?

Ich glaube, Du hast ein Riesentalent für Naturwissenschaften. Darum habe ich mich dafür eingesetzt, dass Du Physik studierst. Ich habe keine ausgeprägten Talente und bin nicht besonders gut in irgendetwas Speziellem. Darum bin ich Lehrerin geworden und versuche, Talente zu erkennen und zu fördern. Der größte Lohn für mich über all die Jahre war es zu sehen, wie Du Dich entwickelt hast.

Ich glaube, dass es für Dich einen Weg gibt, den Du ohne Reue gehen kannst. Du musst nicht trennen zwischen emotionalen Beziehungen und Deinem

Talent. Lass doch einfach den Mann zu in Deinem Leben und konzentriere Dich auf Deine Physik.

Ich glaube, dass Du Dir keine Gedanken machen musst, was Du anderen Frauen entgegen setzen kannst. Du bist wunderschön und hochintelligent. Dir würden die Männer in Scharen zu Füßen liegen, wenn Du sie ließest und wenn Du sie nicht verunsichern würdest, wegen Deines Aussehens und Deiner Intelligenz.

Ich glaube, dieser Bernd ist sehr mutig, wenn er sich um Dich bemüht. Gib ihm eine Chance. Und wenn Du merkst, dass Dich zu viel Nähe zu sehr belastet, dann vergrößere wieder den Abstand. Es wird dann etwas einfacher für Dich sein, weil Du nicht mehr hungrig bist. Der Mensch ist nicht dazu geschaffen, zölibatär und allein zu leben.

Mach Dir keine Gedanken über Bernd und Mona. Wenn Du glaubst, dass Du mit Mona nicht mehr zusammen leben willst oder kannst, gibt es andere Wohnmöglichkeiten. München ist groß. Hast Du schon einmal versucht, in der Studentenstadt ein Appartement zu bekommen?"

Kreszenzia hatte Frau Maringer unverwandt angeblickt, während diese eindringlich auf sie einsprach. Nun schüttelte sie den Kopf und sagte: „Ich habe gehört, die Wartezeit ist dort fast zwei Jahre, wenn man sich angemeldet hat, bis man ein Appartement zugewiesen bekommt."

Die beiden lehnten sich in ihren Stühlen zurück, was diese mit einem leisen Knarren quittierten, und blickten sich an. Kreszenzia wurde plötzlich rot. „Ich habe noch nie … noch nie mit einem Mann … also, ich habe noch nie mit einem Mann …" – „Du hast noch nie mit einem Mann geschlafen? Das ist nicht schlimm." – „Aber, tut das denn nicht weh?" – Es tut ein bisschen weh. Es kommt darauf an, wie der Mann mit Dir umgeht, beim ersten Mal."

Nach einer Weile geruhsamen Schweigens, unterbrochen von Gedankenfragmenten, die die beiden der jeweils anderen mitteilten, verabschiedete sich Kreszenzia wieder und fuhr zum elterlichen Hof zurück. Von dort brachte Karl sie mit dem Auto wieder zur Bahn.

Kreszenzia dachte lange über Frau Maringers Worte nach, soweit ihr Studienpensum ihr Zeit dazu ließ. Sie verfasste die Publikationsschrift, wie Professor Schwab ihr das angeraten hatte, und er sorgte dafür, dass der Text in der nächsten Ausgabe der Math's Review erschien. Er brach eine umfangreiche Fachdiskussion in der Welt der Mathematiker vom Zaun, weil neue Erkenntnisse von den alten Unvollkommenheitsbewahrern natürlich immer erst mal mit Misstrauen und Ablehnung abgeschmettert werden.

Kreszenzia holte die Lücken in ihrem Wissen innerhalb einiger Wochen wieder auf und stürzte sich mit neuem Eifer auf ihre Aufgaben. Bernd, der ihre Nähe suchte, begegnete sie nicht mehr mit Unsicherheit und Ablehnung, und nur kurze Zeit später geschah das Unausweichliche. Die beiden landeten im Bett, in seinem Bett. Er führte sie sehr liebevoll und fürsorglich in die Freuden des

Geschlechtsverkehrs ein und sie genoss das Zusammensein mit ihm. Dieser Zustand trug sicherlich zu ihrer euphorischen Stimmung bei. Mona merkte sehr früh, was sich neben ihr abspielte. Sie stellte Kreszenzia lachend zur Rede und bot ihr an, auf Bernd ganz zu verzichten, wenn sie, Kreszenzia, dafür Sorge tragen würde, dass Bernd nicht mehr in der WG auftauchte. Kurze Zeit später kreuzte ein anderer Mann gemeinsam mit ihr auf, mit dunklen Haaren und schweigsam, wie früher.

Noch vor dem Ende des Semesters begann Bernd, ihr Vorhaltungen zu machen, weil sie ihre Zeit mit ihm sehr sparsam einteilte. Sie musste sich auf Prüfungen vorbereiten und war oft müde und unausgeglichen. Das Vordiplom sollte mit Ende des Semesters erreicht werden und die Entscheidung stand aus, ob ihr Stipendium verlängert werden würde. Kreszenzia schwieg lange auf seine Vorwürfe, weil sie ihn nicht verlieren wollte. Eines Abends platzte ihr aber der Kragen. Sie waren in seiner Wohnung, und sie holte nach dem Abendessen noch mal ihre Bücher hervor, um ein Detail zur Chemie von Silikonpolymerisaten nachzulesen. Bernd wollte mit ihr ins Kino gehen und anschließend ein bisschen durch die Stadt bummeln. Als er das Buch sah, seufzte er ostentativ und meinte: „Das war's dann wohl wieder mal. Hast Du für mich eigentlich noch irgendetwas übrig neben Deiner …", mit diesen Worten nahm er ihr das Buch aus der Hand, um den Titel lesen zu können. „… neben Deiner scheiß Chemie. Ich dachte, Du studierst Physik. Wozu brauchst Du dann Chemie?" Kreszenzia starrte ihn an. Sie schwieg eine Weile, dann sagte sie langsam und betonte dabei jedes Wort: „Ich brauche zwei Semester Chemie, um das Vordiplom zu bekommen, und ich muss das Vordiplom mit mindestens vierzehn Punkten Durchschnitt erreichen, um mein Stipendium verlängert zu bekommen. Außerdem gibt es in meinem Leben genau zwei Dinge, die mir wichtig sind. Das sind mein Studium und Du. Aber wenn ich mich zwischen Physik und Dir entscheiden muss, dann ziehst Du den Kürzeren. Ich werde jetzt mein Zeug einpacken …" Mit diesen Worten stand sie auf, schob ihr Buch in die Tragetasche, ging dann ins Bad, um ihre Zahnbürste und ihre Haarbürste zu holen, steckte diese auch in ihre Tragetasche, wanderte dann noch einmal durch die Wohnung, hier und dort einen Gegenstand aufnehmend und in ihre Tasche schiebend. Dann zog sie ihren Schlüsselbund aus der Tasche und entnahm ihm einen Schlüssel, dabei sagte sie: „… Dir Deinen Schlüssel zurück geben und Deine Wohnung verlassen. Du brauchst mich nicht mehr anzurufen oder Dich bei mir zu melden. Wie gesagt, Du hast eben den Kürzeren gezogen. Viel Spaß im Kino." Sie hob die prall gefüllte Tasche hoch, legte sich den Trageriemen auf die rechte Schulter, schlüpfte in ihre Schuhe und verließ die Wohnung. Bernd war sprachlos.

Als sie in der WG ankam, saß Mona gerade alleine in der Küche. Sie blickte Kreszenzia mit hochgezogenen Augenbrauen an, sagte aber nichts. Kreszenzia verschwand wortlos in ihrem Zimmer.

Sie erreichte das Vordiplom mit Höchstpunktzahl und orientierte ihre Studien anschließend um Themen der theoretischen Quantenphysik. Bernd traf sie einige Male auf der Straße, ignorierte ihn aber.

Ungefähr ein Jahr später wurde sie zu einer Konferenz in Montreal geladen. Sie sollte dort über den von ihr zufällig gefundenen Weg zur Koeffizientenbestimmung berichten.

Als sie beim Abendessen im Restaurant saß, das dem Hotel angegliedert war, kam einer der Kongressteilnehmer an ihren Tisch und fragte, ob er sich zu ihr setzen dürfe. Sie blickte hoch und sah ein sonnengebräuntes Gesicht, braune Augen, die von dichten dunklen Brauen beschattet waren, sorgfältig gescheiteltes Haar, ein schneeweißes Hemd mit einer zartrosa Krawatte und einen schwarzen Dreiteiler mit Nadelstreifen. Der Mann lächelte sie an. Kreszenzia war gerade dabei, die Vorspeise zu essen, und nickte kauend. Er zog einen Stuhl vom Tisch weg und setzte sich. Kreszenzia schluckte und sagte: „Entschuldigen Sie bitte, guten Abend. Kreszenzia Hintermeier." – „Angenehm, ich heiße Peter Schrack. Ich hörte heute Ihren Beitrag und sah Sie eben hier sitzen ..." Er blickte sich nach einer Bedienung um.

Während er auf dieselbe und anschließend auf sein Essen wartete, tauschten sie einige Bemerkungen über ihre Herkunft aus. Er war wissenschaftlicher Mitarbeiter am Fachbereich für Mathematik der Universität von Boston, stammte aber ursprünglich aus Frankfurt am Main. Er besuchte diese Konferenz jährlich, weil sein Professor zum

Organisationskomitee gehörte. Nebenbei organisierte er den Ablauf der Konferenz und war Ansprechpartner für alle Teilnehmer. Kreszenzia hatte mit ihm noch keinen Kontakt, weil Professor Schwab für sie die Anmeldung und die Formalitäten erledigt hatte.

Als sie nach dem Essen zu einem Glas kanadischen Rotweins übergingen, Herr Schrack hatte dem Wein schon während des Essens reichlich zugesprochen, sein Gesicht war schon etwas gerötet und sein Aussehen hatte den Hauch von Distinguiertheit verloren, bot er ihr das „Du" an. Kreszenzia fühlte sich von Herrn Schrack – Peter – sowohl angezogen als auch abgestoßen. Sie hatte gerade ihren ersten Auftritt als „Wissenschaftlerin" hinter sich, war das erste Mal in einem fremden Land, und Peter sah nach ihrem Verständnis gut aus und verstand durchaus, charmant zu plaudern. Andererseits riss sein Verhalten einige alte Wunden in ihr auf, die Bernd hinterlassen hatte.

Irgendwann fielen ihr die Worte Frau Maringers wieder ein und sie dachte, sie könnte ihre Wirkung auf Männer doch einmal ganz bewusst testen. Peter schmolz geradezu dahin, als sie ihre Zugbrücke herunterließ und vor ihre Schutzburg trat. Es war selbstverständlich, dass er die Rechnung für den Abend übernahm, ebenso wie es selbstverständlich war, dass sie gemeinsam im Bett landeten, in seinem. Ehe sie aktiv wurden, schickte sie ihn noch einmal los, um Präservative zu kaufen, was er gerne machte.

Sie genoss die Nacht mit Peter, der zwar nicht ganz hielt, was er versprochen hatte, aber doch nicht so enttäuschend war, dass sie ihre Entscheidung bereut hätte. Der Rest der Konferenz bestand für die beiden nur noch aus dem jeweils anderen, Peters Professor wunderte sich möglicherweise über seinen Mitarbeiter, möglicherweise aber auch nicht.

Als Kreszenzia zurück flog nach München, fühlte sie sich nach langer Zeit wieder einmal gut. Peter hatte zwar versprochen, sich „auf jeden Fall so schnell wie möglich" bei ihr zu melden, den Brief, den sie jedoch nach Wochen von ihm erhielt, warf sie nach zweimaligem Lesen in den Papierkorb. Achselzuckend wandte sie sich wieder der Quantenphysik zu und ackerte sich durch die Erkenntnisse eines Schrödinger und eines Heisenberg. Sie lebte längst nicht mehr in der WG in der Kreuzstraße. Ihr Stipendium erlaubte ihr ein eigenes kleines Appartement in Sendling, mit Blick auf den Westpark.

Sie schloss kaum Freundschaften. Wie Frau Maringer ihr prophezeit hatte, verunsicherte sie die Leute in ihrer Umgebung zu sehr, wie sie selbst beobachten konnte. Ihr Verstand war brillant, und ihr Aussehen und Auftreten strahlten eine feminine überlegene Präsenz aus, bei der andere Frauen unwillkürlich die überlegene Gegnerin spürten und Männer der Mut verließ.

Meistens war sie durch ihre Studien so abgelenkt, dass ihr das Alleinsein gar nicht auffiel. Sie war sogar froh darum, nach den langen Tagen an der Universität abends in der stillen Wohnung oder auf dem Balkon zu sitzen oder einen Gang durch den Westpark zu machen. In unregelmäßigen Abständen besuchte sie ihre Eltern, merkte aber, dass sie sich kaum etwas zu sagen hatten.

In einer der seltenen Stunden, in denen das Bewusstsein der Einsamkeit sie mit voller Wucht traf, war sie gerade auf dem Weg von der Universität nach Hause. Spontan kaufte sie sich an einem Zeitungskiosk ein Anzeigenblatt. Zu Hause angekommen, setzte sie sich an den Tisch, schälte und teilte sich einen Apfel, und während sie die Apfelstücke geruhsam zerkaute, fing sie an, in dem Magazin zu blättern. Hier versuchten irgendwelche Leute, alten Hausrat loszuwerden. Sie las einige Anzeigen durch, in denen Wohnzimmerschrankwände aus „Eiche massiv" angeboten wurden neben Designerware in Chrom und Stahl. Sie blickte sich um. Ihr „Wohnzimmer" war immer noch ein leerer Raum, lediglich ein kleiner Holztisch und ein Stuhl mit einfacher gerader Lehne befanden sich darin. Ein Raum so leer wie ihr Leben? Sie blätterte weiter. Kleider für Männer, Frauen, Kinder. Warum kaufen und verkaufen die Leute so viele Kleider? Und teuer war das Zeug. Hier war ein Nerz, kaum getragen, für 6000 Euro. Wer konnte sich so etwas leisten? Sie hatte ihre anerzogene Gewohnheit immer noch nicht abgelegt, Kleider nach Robustheit auszuwählen und sie so lange zu tragen, wie die Kleider tragbar waren.

Kameras, Fernseher, Videogeräte, Hifi-Anlagen, eine komplette Welt schien sich hier neben ihr zu befinden. Sie wusste noch nicht einmal genau, was all diese Begriffe bedeuteten. Dann kam eine ziemlich umfangreiche Rubrik, Fahrzeuge aller Marken, Typen und Preisklassen. Kreszenzia besaß noch nicht einmal einen Führerschein. Sie überlegte einen Moment. Sollte sie sich mal mit dem Gedanken auseinandersetzen, einen Führerschein zu erwerben? Sie blätterte durch die Seiten. Hier kosteten Autos mehr als 40.000 Euro. Sie stoppte und las: „MB 320 CDI, Elegance VA, JW, 12tkm, 62k€. Wahrscheinlich hieß „k€" 1000 Euro. Zweiundsechzigtausend Euro für ein Auto, von dem sie noch nicht einmal wusste, was die Abkürzungen bedeuteten. Sie zuckte mit den Schultern.

Kontaktanzeigen. Mit einem Mal spürte sie Nervosität. Sie registrierte, dass ihre Hände anfingen zu zittern. Er sucht ihn. Die Leute hatten Mut, wenn sie hier ihre abartige Neigung so offenlegten. Er sucht sie. Sie fing an zu lesen. M, 42, sucht sie, für heitere Stunden. M, 34, gut gebaut, sucht Rubensfrau. M, 38, Radfahrer, Jogger, Bergsteiger, sucht sie mit gleichen Interessen im GR M. Sie hielt einen Moment inne. War sie das wirklich? Saß sie wirklich hier und las Kontaktanzeigen? M, 29, 187, 82, sucht kulturell interessierte Sie für Theater und Oper, gerne auch mehr. Sie las die Anzeige noch einmal. M, 29, 187, 82, sucht kulturell interessierte Sie für Theater und Oper, gerne auch mehr. Wie alle anderen Anzeigen war diese hier auch mit Chiffre. Sie nahm einen Kugelschreiber und machte einen Kreis um die Anzeige. In diesem Moment hätte sie den Kreis am liebsten wieder rückgängig gemacht. Was war, wenn jemand die Zeitung fand? In ihrer Wohnung fand niemand diese Zeitung, weil in ihre Wohnung niemand kam.

Sie las weiter, überflog die anderen Anzeigen, in der ein Er eine Sie suchte, las interessiert diejenigen, in denen eine Sie einen Er finden wollte, dachte kurz darüber nach, wie sie eine derartige Annonce formulieren würde, schüttelte den Kopf, stockte kurz bei den Frauen, die gleichgeschlechtliche Interessen zeigten, und landete schließlich bei den Inseraten, bei denen keine Chiffre-Nummer für die Antwort zu finden war, sondern Telefonnummern. Vollbrüstige, dralle, schlanke, rasierte, kleine, erfahrene, kindliche und verdorbene Frauen mit roten, schwarzen, blonden, brünetten und echten blonden Haaren boten hier unverblümt ihre Dienste an, bisweilen „ofl" oder „kfl". Sie benötigte eine Weile, bis sie kapierte, dass diese Frauen „ohne finanzielle Interessen" agierten beziehungsweise „keine finanziellen Interessen" hatten.

Kreszenzia merkte, dass ihr heiß wurde. Sie überlegte, las wieder „M, 29, 187, 82, sucht kulturell interessierte Sie für Theater und Oper, gerne auch mehr." Hatte sie wirklich Zeit, ins Theater oder in die Oper zu gehen? Das war doch ihr Problem mit Bernd gewesen. Seit sie aus seiner Wohnung verschwunden war, hatte sie kein Kino und kein Theater mehr von innen gesehen.

Was waren das für Frauen, die hier ihre Dienste anboten. Sie grübelte eine Weile, holte dann tief Luft, griff sich ihr Telefon und wählte willkürlich die Nummer einer „großen Brünetten mit Idealmaßen und großem Warenkorb". Das Klingelzeichen ertönte einige Male, dann wurde auf der anderen Seite der Hörer abgehoben. Eine aufdringlich sinnliche Stimme sagte: „Hallo?" Beim „o" von „Hallo" schraubte sich die Stimme in die Höhe und kippte ganz kurz nach unten, um dann abrupt zu enden. Kreszenzia holte noch einmal tief Luft und sagte dann: „Legen Sie bitte nicht gleich wieder auf. Ich würde gerne mit Ihnen reden?" – „Ich mache keine Telefonnummern." Die Stimme klang gar nicht mehr sinnlich, nur noch gereizt. „Wie bitte? Ach so. Nein, ich möchte keine Nummer. Ich wollte mit Ihnen reden." – „Hab keine Zeit zum Reden, muss arbeiten." – „Wann haben Sie Zeit?" – „Was wollen Sie eigentlich von mir? Woher haben Sie eigentlich meine Telefonnummer?" – „Wie, was? Ihre Telefonnummer fand ich in dem Inseratenblatt, und ich wollte mit Ihnen reden." Am anderen Ende war ein kurzer Seufzer zu hören. Dann sagte die Stimme: „Okay, dann reden Sie." Kreszenzia stockte. Was sollte sie fragen? Sie hatte plötzlich das Gefühl etwas völlig falsches zu machen. Ihr brach der Schweiß aus. Sie stammelte „Entschuldigung" und legte den Hörer auf. Was wollte sie gerade eben?

Sie lehnte sich zurück und las die Anzeige: Brünett, groß, Idealmaße, mit großem Warenkorb. Sie nahm das Telefon noch einmal hoch und drückte die Taste für Wahlwiederholung. Einige Male das Klingelzeichen, dann wieder die Stimme: „Hallo?" – „Entschuldigen Sie vielmals, dass ich Sie noch einmal störe. Ich wollte doch mit Ihnen reden." Nun klang die Stimme sehr gereizt: „Ich muss arbeiten, also was willst Du?" Kreszenzia schluckte und begann, stotternd erst: „Also, ich studiere und bin hier ziemlich alleine und suche nach einem Mann ... " – „Da bist Du bei mir ganz falsch, Schätzchen." – „Ja, ich weiß, aber vielleicht können Sie mir ja sagen, wie ..., wie ..." – „Was willst Du denn? Auf den Strich gehen? Weißt Du, ich habe heute meinen sehr guten Tag, drum höre ich mir Deine Scheiße überhaupt an. Warum sollte ich Dir erzählen, wie Du mir Konkurrenz machen kannst? Aber wie ich schon sagte, ich habe heute meinen sehr guten Tag. Lade mich zu einem Abendessen ein, es gibt da am Rindermarkt ein Maredo Steakhouse. Wir können uns dort in einer Stunde treffen. Dann kannst Du mit mir reden."

Es klickte, das Besetztzeichen ertönte. Kreszenzia legte den Hörer auf. Sie fühlte sich wie betäubt. Was machte sie hier?

Sie setzte sich in ihrem Stuhl zurück und las noch einmal: „M, 29, 187, 82, sucht kulturell interessierte Sie für Theater und Oper, gerne auch mehr." Dann: „Brünett, groß, Idealmaße, mit großem Warenkorb." Sie stand auf, ging in die Küche, ließ sich ein Glas mit Wasser einlaufen und trank einige Schlucke. Sie spürte plötzlich einen heftigen Harndrang und ging zur Toilette. Als sie ihre Blase leeren wollte, kamen nur einige Tropfen. Seufzend wischte sie sich ab, betätigte die Spülung und zog sich wieder an.

Sie nahm ihre Jacke vom Haken, prüfte den Inhalt ihres Portemonnaies, schlüpfte in ihre Schuhe und verließ die Wohnung. Etwa fünfundvierzig Minuten später war sie am Rindermarkt und steuerte auf das

Maredo zu, ein in grellem Gelb und Rot gehaltenes Restaurant. Vor dem Eingang stand eine großgewachsene schlanke Frau mit Kapuzenjacke. Die Kapuze hatte sie hochgeschlagen, so dass ihr Gesicht im Schatten lag. Sie musterte Kreszenzia eindringlich. Als Kreszenzia zögernd stehen blieb, trat sie auf sie zu. „Bist Du diejenige, die unbedingt reden will?" Kreszenzia zuckte zusammen, schluckte und nickte: „Ja. Danke für's Kommen." Die andere lachte, mit rauer und tiefer Stimme: „Ich war neugierig. Lass uns doch reingehen." Sie schlug die Kapuze zurück und schüttelte ihre kastanienbraune Mähne. Gemeinsam betraten sie das Restaurant. Eine junge Frau in roter Bluse, schwarzer Hose und schwarzer Schürze trat auf sie zu, musterte sie kurz und sagte: „Guten Abend. Zwei Personen?" Kreszenzia nickte und die Frau sagte, sich umdrehend: „Wenn Sie mir bitte folgen wollen." Sie ging durch das Lokal, durchquerte einen in Pastelltönen bemalten Rundbogen und betrat einen weiteren Raum, in dem an zwei Wänden Bänke angebaut waren, vor denen kleine Tische standen. An einem Tisch in der Nähe des Rundbogens saßen sich ein junger Mann und eine junge Frau gegenüber, vor sich je ein Glas Mineralwasser. Sie hatten die Ellenbogen aufgestützt, ihre Finger ineinander verschlungen uns sahen sich schweigend an.

Die Serviererin winkte mit der rechten Hand und sagte: „Wo immer Sie möchten. Es ist noch Platz frei." Kreszenzia steuerte auf den Tisch zu, der vor der Bank an der Querwand stand. Sie blickte fragend auf die „große Brünette", die zustimmend nickte. Kreszenzia setzte sich auf die Bank, gleichzeitig ihre Jacke ausziehend und diese neben sich auf die Bank legend. Die Brünette zog ihre Kapuzenjacke aus und setzte sich neben sie. In der Zwischenzeit hatte die Serviererin zwei Speisekarten von einem Beistelltisch genommen und brachte sie ihnen. Sie reichte erst Kreszenzia und dann der Brünetten ein Exemplar und fragte: „Darf es denn schon etwas zu Trinken sein?" Kreszenzia blickte fragend zu ihrer Begleiterin. Diese sagte: „Zum Anfangen bitte ein Mineralwasser. Was ich zum Essen nehme, entscheide ich später." – „Mir auch ein Mineralwasser, bitte." Die Serviererin nickte und verschwand. Die Brünette sagte: „Nun bin ich aber gespannt, wann wir die Kleine das nächste Mal sehen. Das hier ist der ungünstigste Platz, wenn man Hunger hat. Insbesondere, weil hier sonst niemand sitzt und die Beiden da vorne auch nur mit Träumen beschäftigt sind, anstatt mit Konsumieren und Umsatz machen. Ich heiße übrigens Reni. Wie heißt Du?" – „Ich heiße Kreszenzia Hi …, ich heiße Kreszenzia." – „Das ist nicht wahr? Kreszenzia? So heißt doch kein Mensch. Entschuldige, aber das macht mich jetzt baff." Die Brünette lachte einmal kurz auf und war wieder ernst. Sie betrachtete Kreszenzia kurz und sagte dann: „He, entschuldige bitte. Ich bin noch nie jemand mit diesem Namen begegnet und dachte, diesen Namen gibt es nur in Heimatfilmen. Entschuldige." – „Ja, ja, schon gut. Von welchem Namen leitet sich denn Reni ab." – „Das sage ich nicht. Ich heiße Reni." Die beiden schwiegen eine

Weile. Dann begann Reni wieder: „Du wolltest mit mir reden." – „Ja. Wahrscheinlich ist das alles völlig blödsinnig, hier zu sitzen und mit … mit …" – „… mit einer Nutte reden zu wollen. Du hast mich angerufen. Außerdem sind wir Menschen." – „Ja, entschuldige." – „Ich glaube, wir sollten aufhören, uns gegenseitig dauernd um Entschuldigung zu bitten." Eine andere Frau mit roter Bluse, schwarzem Rock und schwarzer Schürze kam auf sie zu. Sie trug ein Tablett mit zwei Gläsern voll sprudelndem Mineralwasser, hielt an, sagte: „Zwei Mineralwasser?" Ohne eine Antwort abzuwarten, stellte sie die Gläser auf den Tisch. Dann zückte sie einen kleinen Block und einen Kugelschreiber, sah sie wieder an und fragte: „Haben Sie schon etwas gewählt?" Reni schüttelte den Kopf und sagte: „Geben Sie uns noch fünf Minuten, dann sind wir fertig. Okay?" Die Frau nickte und verschwand.

Reni öffnete die Speisekarte, blätterte ein paarmal vor und zurück, klappte die Speisekarte wieder zu und blickte Kreszenzia an. Diese hatte auch angefangen zu blättern, überlegte, schlug wieder eine Seite um, dachte wieder nach, blätterte eine Seite zurück, schüttelte den Kopf. Reni lachte ihr tiefes und raues Lachen: „Kannst Du Dich nicht entscheiden? Ich nehme ein Putenschnitzel mit Kroketten und einen kleinen Salat. Dazu den Amselfelder. Trinkst Du auch Rotwein? Dann können wir uns eine Flasche bestellen." Kreszenzia nickte und sagte: „Keine schlechte Idee. Ich glaube, ich nehme das Pfeffer-Steak mit den Kartoffelecken." Sie klappte ihre

Speisekarte zu und lehnte sich zurück. Nach einer kleinen Weile sagte sie: „Ich habe Sie vorhin angerufen, weil ich einen Rat suche. Ich studiere und habe eigentlich nicht sehr viel Zeit. Ich habe festgestellt, dass Männer entweder kein Verständnis dafür aufbringen, dass ich nicht viel Zeit für sie habe oder dass man ihnen nicht trauen kann ..." – „Nicht oder, und." – „Was?" – „Ich sagte, nicht oder, und. Du sagtest, dass Männer kein Verständnis haben oder man ihnen nicht trauen kann, und ich sage, sie haben kein Verständnis und man kann ihnen nicht trauen." – „Ach so. So viel Erfahrung habe ich, ehrlich gesagt, noch nicht, um das schon sicher behaupten zu können." – „Aber ich behaupte es. Ich habe Dich jedoch unterbrochen." – „Ja, also, man kann ihnen nicht trauen. Ich habe außerdem festgestellt, dass ich nicht ganz ohne Männer auskommen kann, seit ich angefangen habe, mit ihnen zu schlafen. Es geht immer eine Weile gut, aber irgendwann werde ich kribbelig und unkonzentriert und nun habe ich gedacht ... habe ich gedacht ..." – „Hast Du gedacht, Du könntest doch das Nützliche mit dem Angenehmen verbinden und auch noch einen Haufen Geld damit verdienen." Reni lachte wieder einmal ihr kurzes, raues Lachen. „Du bist mir ein Herzchen, und so nüchtern." – „Nein, ja, nein, ich wollte erst mal fragen, ob Ihnen ..." – „Sag einfach Du, so vornehm bin ich nicht." – „Also, ich wollte fragen, ob Dir ..." Kreszenzia blickte auf, weil eine weitere Frau mit roter Bluse, schwarzer Hose und schwarzer Schürze an den Tisch trat und fragte: „Haben Sie bereits gewählt?" Reni zückte die Speisekarte und sagte: „Also, eine Flasche vom Amselfelder und zwei Gläser, dann für die Dame ein Pfeffer-Steak mit Kartoffelecken und für mich das Putenschnitzel mit den Kroketten und einen kleinen gemischten Salat." – „Wollen Sie amerikanisches, französisches oder italienisches Dressing zum Salat?" – „Äh, amerikanisches bitte." – „Sonst noch einen Wunsch?" Die Frau blickte von Reni zu Kreszenzia. Als beide den Kopf schüttelten, sagte sie: „Okay, vielen Dank," stopfte den Schreibblock und den Kugelschreiber in die Tasche ihrer Schürze, nahm die beiden Speisekarten vom Tisch und verschwand wieder. Reni blickte wieder Kreszenzia an und sagte: „Du wolltest mich fragen, was?" – „Ich wollte Dich fragen, ob Dir Deine Arbeit Spaß macht." – „Hm, das kommt darauf an. Manchmal schon, wenn ein Mann kommt, der gut aussieht, gepflegt ist und Phantasie hat. Aber oft nicht, weil diese Männer nicht sehr häufig zu mir kommen. Manchmal ist es ziemlich ekelhaft, dann schalte ich einfach ab und warte, bis es vorbei ist." – „Und wie wird man ..." – „Das ist ganz verschieden. Ich kann Dir nur erzählen, wie es bei mir kam. Ich geriet als junges dummes Mädchen an einen Typen, meinen ersten Lover übrigens, der mir erst alles Mögliche beigebracht hat. Nebenbei hatte er mit Drogen gehandelt und mich auch immer animiert, das Zeug zu nehmen. Irgendwelche Tabletten, die einem ein tierisches Wohlgefühl verpassten. Wir gingen dann zu Partys, zu denen er angeblich eingeladen war. Wenn ich dann unter Drogen stand, war ich geil auf alles, was nach Mann aussah. Was ich nicht wusste, war, dass der Typ bei den Kerlen abkassiert hat, ehe sie mit mir ihre Nummer machen durften. War mir auch egal, Hauptsache, ein Mann, und noch einer und noch einer. Naja, irgendwann habe sogar ich gerafft, was wirklich los war, beziehungsweise einer der Kerle, den ich auf einer dieser Partys kennen gelernt hatte, meldete sich später wieder bei mir. Er hatte sich verliebt, sagte er, und wollte mich ‚retten', wie er sich ausdrückte.

Ihm verdanke ich eigentlich eine ganze Menge. Er vermittelte mich an einen Arzt, bei dem ich eine Entziehungskur machte, und besorgte mir einen Job. Aber da war es mir zu langweilig, und nach kurzer Zeit stiegen mir die Männer wieder nach beziehungsweise ließ ich es zu, dass mir die Männer nachstiegen. Dann begann mein Retter, mir Szenen zu machen. Er wollte mich für sich alleine haben, was mir zu langweilig war, und ich ließ ihn sausen. Kurze Zeit später wurde ich aus dem Job gefeuert, angeblich wegen Unzucht mit einem Minderjährigen. Ich sollte einen der Lehrlinge verführt haben. Stimmte aber nicht.

Da der Typ, der mich erst in die ganze Situation gebracht hatte, also mein erster Lover, auch noch suchte, um mich zu bestrafen, wie mir eine ehemalige Kollegin heimlich mitteilte, beschloss ich, zu verschwinden. Ich änderte meinen Namen und zog nach München. Dort suchte ich mir eine kleine Wohnung und begann, wieder das zu machen, was ich am Besten kann. Ich arbeite hauptsächlich mit Stammkunden und kann ganz gut davon leben. Meine größte Angst ist, dass eines Tages der Typ wieder auftaucht und mich fertig macht. Als Du anriefst und so komisch warst, dann dachte ich wieder mal, es ist so weit."

Reni hörte auf zu reden, weil die Frau mit der roten Bluse kam. Sie trug zwei Teller und eine Schüssel und stellte alles auf ihrem Tisch ab. „Das Pfeffer-Steak?" – „Für mich, bitte." – „Der Salat und das Putenschnitzel für Sie?" – „Ja." – „Der Wein und das Besteck kommen gleich." Die Frau verschwand, um kurz darauf mit dem versprochenen wieder aufzukreuzen. Sie legte je einen Satz Besteck vor Kreszenzia und vor Reni ab, zog dann den Korken, der nur noch ein kleines Stück im Flaschenhals stak, ganz aus der Weinflasche und füllte den Rotwein in die beiden ebenfalls mitgebrachten Gläser. Dann stellte sie die Flasche auf den Tisch, sagte: „Zum Wohl" und verschwand.

Reni hob ihr Glas prostend in Richtung Kreszenzia und nahm dann einen Schluck. Sie wickelte Messer und Gabel aus der Serviette, breitete dieselbe auf ihrem Schoß aus, zog den Teller mit dem Schnitzel zu sich heran und die Salatschüssel links daneben und schnitt ein Stück vom Fleisch ab. Kreszenzia hatte in der Zwischenzeit auch begonnen zu essen. Plötzlich sagte sie mit unterdrückter Stimme: „Ist Dir eigentlich schon aufgefallen, dass die beiden da vorne sich bis jetzt noch nicht bewegt haben. Sie sitzen da, halten Händchen und starren sich an. Sie haben noch nicht getrunken und noch nichts gesagt." Reni blickte zu dem Paar, das am ersten Tisch saß, stutzte und sagte: „Nein, das ist mir noch nicht aufgefallen. Aber die Haltung ist ein bisschen komisch." Sie nahm die Serviette von ihrem Schoß und legte sie auf den Tisch, legte ihr Besteck darauf und stand auf. Kreszenzia sagte: „Was machst Du da?" – „Ich gehe jetzt da hin und tippe die beiden an, ob sie wirklich leben." – „Das kannst Du doch nicht machen." – „Und ob ich kann." Reni lachte wieder mal ihr kurzes raues Lachen. Sie ging zu dem Tisch, trat am Schluss ganz langsam auf und näherte sich vorsichtig. Die Beiden am Tisch rührten sich nicht. Sie blieb hinter der Frau, die auf dem Stuhl saß, stehen und betrachtete die beiden eine Weile. Dann tippte sie der Frau auf die Schulter. Die Frau bewegte sich nicht. Reni berührte sie an der Nase, tippte noch einmal und begann zu lachen. Sie nahm das Glas mit Wasser vor der Frau hoch, schüttelte es ein bisschen und stellte es wieder ab. Sie schüttelte den Kopf und kam lachend wieder zurück an den Tisch. „Das sind zwei Puppen, sitzen da und halten Händchen, und haben sogar zwei Gläser mit frischem Mineralwasser vor sich stehen. Das ist ein Gag." Sie lachte und setzte sich, nahm ihr Besteck und ihre Serviette wieder auf, legte die Serviette auf ihren Schoß und fuhr fort zu essen.

Nachdem sie ihren Teller und ihre Schüssel geleert hatte, tupfte sie den Mund mit der Serviette ab, legte sie sorgfältig zusammen und klemmte sie am Tellerrand unter die Gabel. Kreszenzia war auch schon fertig mit Essen, hatte ihre Serviette zusammengeknüllt und auf den Teller gelegt. Nun nahm sie sie wieder hoch, faltete sie ebenfalls und klemmte sie am Tellerrand unter ihre Gabel. Reni nahm ihr Weinglas und lehnte sich seufzend zurück. „Das war mal gut. Vielen Dank für die Einladung. Meistens bin ich zu faul, irgendwo ordentlich zum Essen zu gehen, und kochen kann ich nicht. Jedenfalls bleibe ich auf diese Weise schlank.

Wir waren vorhin bei meiner Lebensgeschichte stehen geblieben. Ich habe immer noch nicht ganz verstanden, was Dich treibt. So, wie Du aussiehst, und dämlich scheinst Du auch nicht zu sein, müssen die Männer Dir doch nachlaufen." – „Davon habe ich bislang noch nichts gemerkt." – „Oder nichts merken wollen. Also ich halte es für keine gute Idee, wenn Du Dich an die Sorte Kundschaft wegschmeißt, von der ich lebe. Schau mich an und schau Dich an. Dein Haar ist ein Traum, Deine Gesichtshaut eine Wonne zu betrachten. Darf ich sie mal berühren?" Ohne eine Antwort abzuwarten, strich Reni mit einer Fingerspitze über Kreszenzias Wange und fuhr ihr durchs Haar. „Hier, fass mal meine Haut an und mein Haar. Da stecken jede Menge Kosmetik und Chemie drin. Wenn Du Dich tatsächlich mit dem Gedanken beschäftigst, Dich zu prostituieren, dann solltest Du einen anderen Weg gehen. Den reichen Säcken die dicke Kohle aus dem Kreuz leiern. Zwei, drei Abendeinsätze im Monat und Du bist saniert für den Rest der Zeit und kannst Dich Deinen Studien widmen." Sie überlegte eine Weile und trank einen Schluck. „Hey, das macht mir richtig Spaß hier mit Dir. Ich habe auch schon eine Idee. Wir versuchen mal, Dich bei einer Hostessen- oder Model-Agentur unterzubringen. Eine Kollegin von mir macht solche

Jobs, die ist in der Kartei einer Agentur. Mit der muss ich mal reden. Kann ich Dich irgendwie erreichen?" Als Kreszenzia einen Moment zögerte, sagte sie: „Du brauchst keine Sorge zu haben wegen der Telefonnummer, ich behandle sie streng vertraulich." Sie kramte aus ihrer Kapuzenjacke die Miniaturausführung eines Terminkalenders und einen kleinen Bleistift hervor, schlug eine Seite auf, schrieb „Kreszenzia" auf die oberste Zeile und schob ihr das Buch und den Bleistift zu: „Hier, trag Deine Adresse und Deine Telefonnummer ein, wenn Du willst." Kreszenzia nahm den Bleistift, zögerte noch einmal und schrieb dann ihre Telefonnummer unter ihren Namen. Nach kurzem Nachdenken ergänzte sie ihre Adresse, und nach einem weiteren kurzen Nachdenken ihren Nachnamen. Reni hatte sie beobachtet, nickte nun und sagte: „Okay, Vertrauen gegen Vertrauen." Sie riss eine leere Seite aus dem Buch, schrieb oben auf das Blatt „Reni", darunter „Cordula Werdingmann" und eine Adresse sowie eine Telefonnummer. „Diese Telefonnummer ist geheim. Die kennen nur drei Leute. Hier kannst Du mich immer erreichen. Ruf bitte nicht mehr auf der anderen Leitung an."

Kreszenzia las den Namen, blickte Reni lange an, sagte dann: „Danke für das Vertrauen" und steckte den Zettel sorgfältig in ihr Portemonnaie, nachdem sie ihn gefaltet hatte.

Reni verstaute ihren Terminkalender wieder in ihrer Jacke, nahm das Weinglas, lehnte sich zurück und lachte. Dann sah sie Kreszenzia ernsthaft an und sagte: „Was studierst Du eigentlich?" – „Physik mit Schwerpunkt Theoretische Quantenphysik." – „Das ist wohl ziemlich schwer?" – „Überhaupt nicht, wenn man sich seit Jahren nur damit beschäftigt. Was hast Du früher gemacht, bevor Du den Typen kennen gelernt hast?" – „Nichts, ich ging noch zur Schule. Gymnasium. Wollte Graphik, Kunst und Kunstgeschichte studieren. Ich war echt gut im Zeichnen und Malen. Naja, nun bin ich Lebenskünstler." Sie lachte, dieses Mal klang es etwas wehmütig. „Weißt Du, ich bin nun vierzig, da ist der Ofen aus, da kannst Du nur noch zusehen, wie Du auf Deinem Weg weiterkommst. Da ist keine große Änderung mehr drin." – „Findest Du? In meiner WG, in der ich früher wohnte, war auch eine Kunststudentin, ich glaube, die war nicht mehr so jung. Sie hat immer noch studiert oder war zumindest immatrikuliert." – „Du meinst, ich sollte noch mal von vorne anfangen?" Kreszenzia zuckte die Schultern. Reni starrte in ihr Weinglas und war plötzlich ernst. Sie atmete ein paar mal heftig ein und aus und schüttelte den Kopf: „Nein." Sie hob den Kopf und lachte: „Lass uns von was anderem reden, sonst werd ich schwermütig."

Sie betrachtete Kreszenzia eine Weile, seufzte dann, strich mit den Fingern sachte über Kreszenzias Ärmel und sagte: „Ist das reine Wolle? Wie pflegst Du die denn?"

Die beiden Frauen unterhielten sich noch lange. Als es ans Bezahlen ging, winkte Reni nur ab, als Kreszenzia die Rechnung übernehmen wollte, und sagte: „Ich habe mich heute so gut wie schon seit

Jahren nicht mehr unterhalten. Sei mein Gast." Beim Verabschieden versprach sie, sich wieder zu melden.

Einige Tage später, Kreszenzia saß gerade an einer Hausarbeit, klingelte das Telefon. Sie nahm den Hörer und meldete sich. Reni antwortete: „Hallo, hier ist Reni. Du, ich glaube, ich habe etwas gefunden. Eine Bekannte von mir führt eine Hostessen-Agentur. Sie hat mehrere Kategorien, beginnend bei Event-Teilnehmerinnen, über persönliche Begleitung bis zum Full-Service. Full-Service ist am besten bezahlt und trifft wahrscheinlich am ehesten Deine Interessen. Wenn Du im Monat zweimal den Full-Service machst, hast Du genügend Kohle für den Rest der Zeit. Ich spreche jetzt noch nicht einmal von den Trinkgeldern, die auch ziemlich großartig sein können." – „Oh, hallo. Das ging aber schnell." – „Störe ich Dich oder komme ich ungelegen?" – „Nein, nein, ich sitze nur gerade über einer Hausarbeit. Es geht um die Frage der isolierten Beschleunigung von Neutrinos aus einem Gemenge verschiedener Partikel. Da bin ich wohl etwas abgetaucht. Entschuldige." – „Wir wollten uns doch nicht mehr entschuldigen. Wenn ich ungelegen bin, dann melde ich mich etwas später wieder, oder Du rufst mich an, sobald Du wieder aufgetaucht bist." – „Kann ich Dich in zwei bis drei Stunden anrufen. Ich glaube, dann habe ich meine Idee skizziert und bin frei." – „Okay, bis später." Es klickte. Kreszenzia legte gedankenverloren den Hörer auf das Telefon und wandte sich wieder ihren Aufzeichnungen zu. Nach etwa anderthalb Stunden lehnte sie sich zurück, betrachtete den Stapel Papier, der vor ihr lag, und ein befriedigtes Lächeln breitete sich auf ihrem Gesicht aus. Es funktionierte. Sie hatte den Weg gefunden und den Beweis auch schon skizziert. Sie würde morgen noch einmal im Internet recherchieren, ob dieser Lösungsweg schon existierte. Dann musste sie vor der Abgabe der Hausarbeit mit dem Professor reden. Sie würde an diesem Thema gerne weiterarbeiten. Es gab da noch einige offene Fragen, die man klären sollte. Vielleicht konnte sie diese Fragen sogar als Basis für ihre Abschlussarbeit verwenden. Die Antworten waren sicherlich spannend. Sie stand auf, jauchzte leise und ging in die Küche, um sich ein Glas Wasser zu holen. Plötzlich fiel ihr das Telefonat mit Reni ein. Sollte sie zurückrufen oder wollte Reni sich wieder melden? Sie machte kehrt und ging an ihren Schreibtisch. Wo war die Karte, die Reni ihr gegeben hatte? Stak sie etwa noch in ihrem Portemonnaie. Sie öffnete es und holte den Zettel heraus. Cordula Werdingmann. Einer Eingebung folgend, setzte sie sich an den Rechner und tippte den Nachnamen als Suchbegriff in die Suchmaschine. Einige Hinweise auf Susanne Werding und einen ihrer Songs, dann ein paar Hinweise auf einen Händler namens Werdingmann. Sie klickte auf den Link zu dessen Homepage. Import von Seidenstoffen und -garnen aus Fernost, eine Möbelgroßhandlung. Sitz des Unternehmens war Bremen. Dann wieder Juliane Werding, noch ein Hinweis auf den Händler, mehr Hinweise gab es nicht.

Sie hob den Hörer von ihrem Telefon ab, das Freizeichen ertönte. Sie tippte die Nummer in ihrem Telefon ein, das Rufzeichen ertönte viermal, dann ein Klicken und die mittlerweile vertraute raue Stimme: „Hallo?" – „Hallo, hier ist Kreszenzia. Ich bin nun fertig. Was hattest Du mir vorhin noch mal erzählt. Ich habe nichts verstanden." – „Ich habe eine Hostessen-Agentur für Dich gefunden. Aber erst musst Du mir erzählen, was Du vorhin machtest. Das klang irgendwie abgefahren." – „Naja, ich soll eine Hausarbeit machen und stieß vor einigen Monaten auf ein Problem. Neutrinos sind winzige Partikel, noch kleiner als Atome, und sind elektrisch neutral. Darum ist es sehr schwierig, sie aus einem Gemenge von anderen Teilchen rauszufiltern. Nun habe ich eine Idee entwickelt, wie man durch ein künstliches Schwerefeld die Teilchen nicht über die Ladungen filtert, sondern über die Massen. Das Problem ist die Erzeugung des künstlichen Schwerefeldes. Aber ich glaube, ich habe eine Lösung gefunden. Und diese Lösung habe ich vorhin kurz skizziert." – „Das klingt aber sehr nach Nobelpreis, oder?" – „Ich weiß nicht. Ich bin mir noch nicht sicher, ob ich alles berücksichtigt habe und dass dieser Gedanke noch nie bearbeitet wurde. Eigentlich klingt das alles sehr einfach, was ich hier aufgeschrieben habe." – „Mal ganz ehrlich, Kreszenzia, bist Du Dir sicher, dass Leute wie ich der richtige Umgang für Dich sind? Und dass Du solche Arbeit wie ich machen willst? Gegen Geld mit Männern schlafen?" – „Ich weiß nicht. Im Moment bin ich nur selig über das, was hier vor mir liegt. Aber irgendwann werde ich wohl wieder meine Anfälle haben. Du hattest eine Hostessen-Agentur für mich gefunden?" – „Ja. Die Mädels werden hinzugeholt, wenn irgendwo teure Partys laufen und man noch ein paar hübsche Gesichter benötigt, die möglicherweise auch noch zugänglich sind. Full Service eben. Aber bist Du Dir wirklich sicher ..." – „Nein, Reni, ich bin mir nicht sicher. Aber ich würde es gerne mal ausprobieren." – „Dann schreib Dir mal eine Telefonnummer auf. Du kannst dort tagsüber anrufen, frag nach Christine und sag, dass Du die Nummer von Beate hast. Dann sollte es klappen." Kreszenzia notierte sich alle Details, dann sagte sie: „Danke, dass Du das für mich machst. Dafür lade ich Dich mal zum Essen ein. Aber dann lade ich Dich wirklich ein. Es ist mir immer noch ein bisschen peinlich, dass Du ..." – „Ach, mach Dir darüber mal keine Sorgen. Mir geht es nicht schlecht, abgesehen davon, dass ich halt aufpassen muss, dass mich bestimmte Leute nicht finden. Aber das ist nicht so schlimm. Wann hast Du abends mal Zeit?"

Die beiden plauderten noch eine ganze Weile und verabredeten sich dann für einen der nächsten Abende in einem kleinen Kellerlokal in der Münchner Innenstadt, das Reni gut kannte und in dem man „gut sitzen und reden" konnte. Kreszenzia musste für einen Moment an Bernd denken, schob den Gedanken jedoch schnell beiseite.

Sie meldete sich bei der Agentur, stellte sich dort vor und nannte als verfügbaren Zeitrahmen „maximal zwei Veranstaltungen pro Monat". Die Leiterin der Agentur war zwar nicht sehr begeistert über diese Einschränkung, war jedoch ziemlich hingerissen von Kreszenzias Aussehen und war sich sicher, dass die Frau, hatte sie sich erst mal an das Einkommen gewöhnt, sicherlich bereit war, häufiger für Einsätze zur Verfügung zu stehen.

Sie schloss ihr Studium mit hervorragenden Leistungen ab und erhielt, noch ehe sie ihre Diplomurkunde in der Hand hatte, eine Stelle als wissenschaftliche Mitarbeiterin im Kernforschungszentrum in Garching, mit dem Ziel zu promovieren. Das Thema der Dissertation war tatsächlich die Weiterführung der Lösung, über ein künstliches Schwerefeld Teilchen zu sortieren.

Entgegen der Meinung der Agenturleiterin blieb es für Kreszenzia bei einer bis zwei Veranstaltungen pro Monat. Sie war nicht so sehr an den Einnahmen interessiert, sie benutzte die Männer, die sie im Rahmen ihrer Einsätze kennen lernte, um sich nicht aus einem Gefühl sexuellen Notstandes heraus an einen Mann zu binden. Durch ihr Aussehen und ihr Auftreten vermittelte sie nicht den Eindruck, sie sei eine Hostesse, sondern als gehörte sie zu der jeweiligen Gesellschaft. Der Umgang mit diesen gesellschaftlichen Schichten färbte wiederum ihr Verhalten und gab ihr die notwendige Sicherheit im Umgang mit anderen Menschen, die sie beruflich kennen lernte.

Reni blieb eine Freundin. Sie raffte sich nach einiger Zeit auf, sich wieder mit Kunst zu beschäftigen, und begann, erst zögernd, aber nach und nach selbstbewusster, erst zu zeichnen, später zu malen. Ihrer Tätigkeit als Prostituierte ging sie aber noch lange Zeit nach, um „im Geschäft zu bleiben und ihr Handwerk nicht zu verlernen", wie sie mit ihrer rauen Stimme Kreszenzia mitteilte.

Kapitel 4

Einer ihrer Einsätze führte Kreszenzia, die den Künstlernamen „Rosita" gewählt hatte, zu Daimler Chrysler nach Stuttgart. Dort wurde im Rahmen einer großen Show die zweite Generation des Actros präsentiert. Händler und Vertreter von großen Abnehmern und der Presse aus Europa und Übersee waren zu Besuch. Die Show lief über drei Tage und Rosita war für die gesamte Zeit als „Begleiterin" gebucht. Am Eröffnungsabend stand sie gerade am Büffet und suchte aus dem großen Angebot an geräucherten Fischen einige Häppchen für sich, als ein Mann ihren linken Arm, der den Teller hielt, anrempelte. Es passierte nichts weiter, aber der Mann entschuldigte sich sofort. Sie blickte kurz auf und sah ein verwittertes, kantiges Gesicht mit ziemlich grobporiger Haut und schlechter Rasur, das beherrscht wurde von zwei kieselgrauen Augen, die sie ziemlich gleichgültig musterten. Er öffnete für einen Moment den Mund zu einem Lächeln, als sie zu ihm hinblickte, und sie sah ziemlich dunkle Zähne mit braunen Rändern. Sie lächelte zurück und sagte: „Nichts passiert, und wach bin ich nun auch wieder. Danke für den Service." Sein Gesicht veränderte sich schlagartig, wurde jungenhafter, er wirkte überrascht. Er blickte auf die Platte mit dem Kaviar, nahm sich einen kleinen Löffel voll auf seinen Teller und sagte dann: „He, das ist nicht fair. Normalerweise mache ich die blöden Sprüche und die Frauen sind sprachlos. Das können Sie mit mir nicht machen." Seine Augen begannen zu funkeln. Rosita begann, Spaß an der Sache zu haben. Sie entgegnete: „Es ist natürlich einfach, aus dem Hinterhalt einen plumpen Annäherungsversuch zu starten und dann beim ersten Verteidigungsstoß das Visier zu öffnen und sich zu ergeben. Nun kommen Sie und zeigen Sie mir, mit welchen blöden Sprüchen Sie normalerweise die Frauen sprachlos machen." Der Mann lachte, dann sagte er: „Vielleicht habe ich bisher die falschen Frauen kennen gelernt. Hier trifft man endlich mal Intelligenz." – „Moment, keine Komplimente, das sind schlechte Finten." – „Sie scheinen ja eine ganze Menge vom Kämpfen und von Turnieren und vom Fechten zu verstehen. Machen Sie das beruflich? Wollen Sie noch ein Stück von diesem Filet? Ich habe das vorhin probiert und kann es nur empfehlen." Hinter dem Mann begann jemand zu murren." Der Mann drehte sich um und sagte: „Ganz gelassen bleiben, ich bin gleich fertig, und wenn diese Lady hier sich auch entschieden hat, können Sie ran. Okay?" Er spießte mit der Gabel das Fischfilet auf, auf das er vorher gewiesen hatte, und legte es Rosita auf den Teller. „Wenn es Ihnen nicht zu aufdringlich erscheint: Ich sitze dort drüben. Wollen Sie Ihr Licht an meinen Tisch tragen?" Rosita lachte und folgte ihm. Die beiden unterhielten sich den gesamten Abend über und der Mann erbot sich schließlich, sie in ihr Hotel zu bringen. Als er sich in der Lobby von ihr verabschiedete, ohne einen weiteren Annäherungs-versuch zu machen, war sie fast enttäuscht.

Während der nächsten beiden Tage verbrachten die beiden ihre Zeit fast ausschließlich miteinander in der Menge der Feiernden. Seltsamerweise jedoch machte er nie ein Angebot, sondern lieferte sie lediglich in der Lobby ihres Hotels ab, um dann zu verschwinden. Rosita fragte sich, ob sie die Initiative ergreifen sollte und hielt ihn am dritten Abend, als er sich eben von ihr verabschiedet hatte, fest: „Du kannst gerne mit mir noch oben kommen." Der Mann wirkte verblüfft und plötzlich nicht mehr sehr sicher. „Oder willst Du nicht? Dann entschuldige bitte." – „Doch, schon, aber …" – „Na gut, den Rest können wir oben diskutieren." Sie nahm ihn an der Hand und führte ihn zum Lift. Im Hotelzimmer öffnete Rosita die Bar und entnahm ihr eine Flasche Mineralwasser. „Wollen Sie auch einen Schluck zu trinken?" – „Gerne, ist noch Wasser da?" – „Wollen Sie sich nicht etwas Mut antrinken?" – „Nein." Plötzlich lachte der Mann: „Das ist ein Witz. Ich treffe die schönste und intelligenteste Frau, die mir jemals begegnete, sie beachtet mich sogar, und ich mache mir plötzlich in die Hosen. Entschuldigen Sie, ich muss erst mal auf die Toilette." Immer noch lachend verschwand er durch die Tür, die ins Bad führte. Rosita setzte sich auf das Bett und überlegte. Was sollte sie nun machen? Die Situation war etwas verkorkst geworden. Nach einer Weile hörte sie die Spülung rauschen, dann schien er sich die Hände zu waschen. Endlich kam er wieder aus dem Bad. Sie sagte: „Was machen Sie eigentlich hier? Sie gehören irgendwie nicht zu der Meute da unten." – „Das Gleiche kann ich Sie auch fragen. Ich dachte erst, Sie

seien eine der Hostessen, naja, Sie wissen schon …
Dann dachte ich mir, nee, die ist zu intelligent für eine
dieser … naja. Sie wissen schon. Aber Sie scheinen
keine geschäftlichen Interessen hier zu vertreten. Von
der Presse sind Sie auch nicht. Also, was sind Sie?"
Rosita lächelte plötzlich: „Ich könnte jetzt sagen, dass
ich das nicht sage, aber tatsächlich bin ich eine von
diesen … naja, Sie wissen schon." – „Nee." – „Doch,
das werde ich wohl wissen. Und was sind Sie?" – „Ich
bin Kunde." – „Sie sind einer von diesen Truckern?
Von diesen romantischen Helden, die Ihre Wochen,
Monate und Jahre in einem dieser Actrosse
verbringen?" – „Nein, ich baue LKWs in PKWs um." –
„Das ist ein Witz." – „Nein, wirklich. Ich kaufe einen
LKW, lackiere ihn neu, baue jede Menge Chrom an
und sonstige Accessoires und lasse sie dann als PKW
zu. Es macht einen irren Spaß, mit solch einem Ding
durch die Gegend zu heizen und ich finde genügend
Kundschaften, um davon dann leben zu können." Er
grinste verschämt. „Ich habe eine eigene Homepage,
www.truck2car.de. Da können Sie alle Details finden."
Rosita blickte sich um. „Hier ist leider kein Internet-
Anschluss. Ich werde mir diese Homepage zu Hause
mal ansehen. Wie sind Sie auf die Idee gekommen,
so etwas zu machen?" – „Für mich war es nahe
liegend. Ich habe mal bei Mercedes LKW-Mechaniker
gelernt und bin dann in den Verkauf von
Zugmaschinen gewechselt, weil mir das Einkommen
als Werkstattarbeiter zu gering war. Als Verkäufer
habe ich halt mitbekommen, mit welch hungrigen
Augen die Männer immer die großen Trucks

anstarrten. Dann habe ich ein paar Mal den Trucker Grand Prix am Nürburgring besucht, rein geschäftlich natürlich, und habe dort erlebt, wie die Männer zu kleinen Jungs werden, wenn die großen Dieselmotoren anfangen zu brüllen. Da kam mir die Idee. Zufällig traf ich bei dem Rennen, bei dem ich die Idee hatte, eine Anwältin. Wir tranken die eine oder andere Tasse Bier miteinander und plauderten über alles Mögliche. Als ich ihr davon erzählte, was mir vorschwebte, hängte sie sich gleich mächtig rein und kümmerte sich um die Fragen, wie man diese Umdeklarierung hinbekommen kann. Es war eine ziemliche Lauferei und hat sie fast zwei Jahre gekostet. Dafür habe ich den ersten Truck für sie zu Selbstkosten umgebaut, einen Scania R580 6x4. Sie wollte die volle Ladung haben, Chrom-Bullenfänger vorne, die hohen Auspuffrohre hinter der Kabine, Air-Brush an allen Flächen. Den Motor habe ich zerlegt und komplett verchromt, das Getriebe so modifiziert, dass er im zwölften Gang bei 200 Kilometer pro Stunde abregelt. Dann habe ich noch die Ansaugkanäle und die Turboladerschaufeln poliert. Dadurch verlor er zwar ein bisschen von seinem Sound, aber das war uns die Sache wert. Das Ding geht wie eine Rakete." Rosita lächelte, auch der Mann vor ihr hatte sich in einen Jungen verwandelt, ein schwärmerisches Leuchten im Gesicht. Sie trat auf ihn zu, legte ihm die Hände auf die Schultern, zog ihn an sich und küsste ihn ganz leicht auf den Mund. Erst wehrte er sich noch, dann erwiderte er den Kuss.

Am nächsten Morgen erwachte Rosita ziemlich früh. Sie blickte auf den Mann neben sich, der auf dem Rücken lag und schlief. Seine Kinnlade war nach unten gefallen, seine dunklen Zähne mit den uralten schwarzen Amalgamfüllungen waren gut sichtbar, er schnarchte. Schweiß stand auf seiner Stirn. Sie nahm ein Taschentuch, tupfte ihm die Stirn ab, stand dann leise auf und ging ins Bad. Dort setzte sie sich erst auf die Toilette, duschte dann gründlich, trocknete sich anschließend ab und fönte sich die Haare trocken. Sie ging leise wieder ins Schlafzimmer hinüber, der Mann schlief immer noch. Umso besser. Sie packte ihre Reisetasche, blickte sich noch einmal um, ob sie nichts vergessen hatte, hielt dann inne, zog ihr Portemonnaie aus der Jacke, kramte darin herum und zog schließlich eine Visitenkarte heraus, die sie auf das Beistellschränkchen neben dem Bett legte. Auf der Visitenkarte stand nur „Rosita" und eine Telefonnummer. Dann nahm sie ihre Tasche hoch und verließ leise das Hotelzimmer. Sie fuhr mit dem Fahrstuhl bis zur Tiefgarage. Dort ging sie zu ihrem alten Golf, legte die Reisetasche in den Kofferraum und ihre Jacke auf den Rücksitz und stieg ein. Sie schloss die Tür, lehnte sich einen Moment zurück und dachte noch einmal über die letzten drei Tage nach. Sie lächelte, schüttelte den Kopf, startete den Wagen und verließ die Garage, um nach München zurück zu fahren. Dort warteten ein paar ungelöste Fragen auf sie.

Werner hatte sich einige Monate später telefonisch bei ihr gemeldet und sie gefragt, ob er „auf einen Rutsch vorbeikommen" dürfe. Sie hatte ihm ein Hotel in München genannt und eine Uhrzeit. Als sie den Hörer wieder aufgelegt hatte, spürte sie ihr Herz klopfen. Sie merkte, dass sie sich auf diesen komischen Mann freute, und war eine Stunde zu früh im Hotel. Sie setzte sich in das stille Zimmer, legte ein Buch vor sich auf den Tisch und las. Das Buch hieß „Radnetz" und beschrieb den aussichtslos scheinenden Kampf eines jungen Technikers gegen die Intrigen eines Software-Konzerns und die Hilflosigkeit vieler Anwender der Software jenes Konzerns.

Pünktlich klingelte das Telefon, sie nahm den Hörer ab und sagte: „Ja?" – „Hier spricht Frau Meissner von der Rezeption. Ein Herr ist hier und möchte mit Ihnen reden." – „Schicken Sie ihn bitte rauf? Danke." Sie legte den Hörer wieder auf und ging zur Tür. Sie lauschte. Nach einer Weile hörte sie gedämpfte Schritte, die vor ihrer Tür stehen blieben. Ehe sie ein Klopfzeichen hörte, öffnete sie langsam die Tür. Die gleichgültigen kieselgrauen Augen musterten sie. „Hallo." Sie öffnete die Tür schweigend, ging beiseite, ließ ihn eintreten und schloss die Tür wieder.

Er sah sich um, zog dann seine Jacke aus, öffnete den Schrank und hängte die Jacke ordentlich auf den Bügel. Sie sah, dass seine Hände zitterten. Er ging zur Bar, öffnete sie, nahm eine kleine Flasche Mineralwasser heraus, hielt sie ihr hin. Sie schüttelte den Kopf. Er schloss die Bar wieder, nahm den

Flaschenöffner vom Tisch, öffnete die Flasche, setzte sie an den Mund und trank einen Schluck.

Dann zog er sein Portemonnaie aus der Gesäßtasche seiner Jeans, entnahm ihr zwei Hundert-Euro-Noten und legte sie auf den Nachttisch neben dem Bett.

Rosita lächelte leicht, ging langsam auf ihn zu und küsste ihn. Sie begann langsam, sein Hemd aufzuknöpfen.

Sie blieben einige Stunden zusammen, dann ging sie ins Bad, während er schlief, duschte sich, kleidete sich an und verließ das Hotelzimmer.

So wurde der Mann zu einem wenn auch unregelmäßigen, aber doch festen Bestandteil in ihrem Leben. Manchmal schwieg er die ganze Zeit über und schlief nach dem Geschlechtsverkehr schnell ein. Einige Male nickte er nur kurz ein und begann dann zu reden. Sie erkannte in diesen Stunden einen scharfen Verstand, der aber durch das Leben einige heftige Scharten erhalten hatte und dessen ätzender Zynismus dann verhinderte, eine sorgfältige, differenzierte und distanzierte Analyse eines Sachverhaltes durchzuhalten. Ihre Diskussionen wurden an diesen Stellen leidenschaftlich und nicht selten laut, aber nie unfreundlich, und sie konnten sich meistens mit einem Lachen von einander lösen.

Sie hatte irgendwann die Muße, sich seine Homepage anzusehen und kannte seinen Namen, Werner Ober, und seine Adresse. Er hatte seine Werkstatt in einem Dorf im Taunus. Sie wunderte sich, warum er sich die

Mühe machte, nach München zu kommen, um eine Prostituierte zu besuchen.

Letzte Nacht hatte sie wieder mit ihm verbracht, es war eine der "schlimmen Nächte", wie sie sie nannte, weil er außer dem "Hallo" zur Begrüßung keinen Ton sagte und seine Umarmung etwas Verzweifeltes hatte. Sie zog sich langsam an, dachte noch einmal an die letzte Nacht, lächelte und ging zur Haustür, um ihre Zeitung zu holen. Es war Samstag Morgen und die Zeitung war doppelt so umfangreich wie sonst. Die Inhalte waren sehr von der Weltpolitik und Wirtschaft bestimmt, für Ereignisse des gesellschaftlichen Lebens blieb nur wenig Raum, abgesehen vielleicht von Katastrophen, die sich mittelbar wieder in der Politik fanden, weil entsprechende Konsequenzen notwendig wurden.
Während sie ihr Frühstück nahm, Vollkornbrot mit Käse, und dazu eine Tasse Brennnesseltee trank, ihrer Haut zuliebe, blätterte sie sich durch die umfangreiche Zeitung. In der Rubrik "Deutschland und die Welt" hielt sie inne. Die Schlagzeile, die die Seite beherrschte, lautete: "Der Polizistenmörder hat wieder zugeschlagen". Dem ruhigen und gemächlichen Tagesbeginn Rechnung tragend und sich nicht nur auf das Wesentliche konzentrierend, begann sie den Beitrag zu lesen.

Der Polizistenmörder hat wieder zugeschlagen

In der vergangenen Nacht wurde wieder ein Streifenpolizist getötet, während er an der Autobahn A5 im Rahmen einer temporären Geschwindigkeitskontrolle im Kontrollfahrzeug saß. Er überwachte das unfallträchtige Autobahnstück der A5 zwischen Frankfurt und Darmstadt und wurde aller Wahrscheinlichkeit nach in die Luft gesprengt. Wie schon bei früheren Vorkommnissen dieser Art wurde das Kontrollfahrzeug regelrecht pulverisiert. Von dem Polizisten bleiben nur noch Fragmente, die nicht mehr identifizierbar waren.

Die ermittelnde Kriminalpolizei geht von einem Serientäter aus, weil das Tatziel und das Vorgehensmuster immer die gleichen sind. In jedem der bisher 14 Vorfälle wurde ein mit einem Streifenbeamten besetztes Kontrollfahrzeug an einer Autobahn Ziel des Anschlages. Vermutlich wird die Bombe aus einem vorbei fahrenden Fahrzeug geworfen.

Die Spurensicherung fand in 13 der Fälle marginale Reste des auch als „Plastiksprengstoff" bezeichneten Explosivstoffes „Semtex C4", der offenbar in einem selbstgebauten Sprengkörper untergebracht und mit Hilfe einer mechanischen Zeitverzögerungskonstruktion zur Zündung gebracht wurde. Semtex C4 ist ein gängiger Explosivstoff und findet in der Industrie und in den Armeen häufig Anwendung bei kontrollierten Sprengarbeiten, weil er eine sehr stabile Verbindung ist, solange er nicht zur Zündung gebracht wird, weil er sehr gut dosierbar ist und weil er sehr zuverlässig zündet.

Die Serie der Attentate reicht zurück bis ins Jahr 2001:

8.3.2001 Der Polizeiobermeister Karl-Peter Zeiser aus Göttingen wird an der Autobahn A7 gegen 1:00 morgens getötet. Die Polizei wurde bereits eine halbe Stunde später von einem vorbei fahrenden Autofahrer benachrichtigt, konnte aber nicht viel mehr tun, als den Sachverhalt aufzunehmen und den Tatort aufzuräumen. Es gab keinerlei Spuren.

7.8.2001 Der Polizeiobermeister Justus Kerner aus Nürnberg wird an der Autobahn A9 gegen 2:00 morgens getötet. Die Polizei war bereits nach fünf Minuten am Tatort, weil zwei Streifenbeamte während der Rückfahrt von einer Unfallaufnahme die Stichflamme der Explosion sahen und sofort zum Tatort fuhren. Kurz darauf wurden die Sondereinsatzbeamten der Kriminalpolizei Frankfurt, die den vorhergehenden Fall an der A7 bearbeiteten, hinzugezogen. Der einzige auffindbare Hinweis über die Bombe bestand in einem kleinen Metallstück, an dem sich Verbrennungsrückstände des Sprengstoffes fanden.

23.12.2001 Der Polizeihauptmeister Karl-Friedrich Moser aus Rosenheim wird an der Autobahn A8 gegen 2:00 morgens getötet. Die Polizei war bereits 20 Minuten später am Tatort. Die hinzugezogenen Kriminalbeamten des Sondereinsatzkommandos fanden wieder ein Metallstück mit Verbrennungsrückständen des Sprengstoffes. Der Tatort wurde großräumig abgeriegelt, alle Personen, die sich zu dieser Zeit in der Gegend auf der Straße befanden, überprüft.

Der Leiter der Ermittlungen, Kriminalhauptkommissar Neureuter, geht von einem Täter mit „einschlägigem Hintergrund" aus, weil der Erwerb und Umgang mit dem Sprengstoff eine gewisse Sachkenntnis erfordert. Nachforschungen in die Richtung, aus welcher Quelle der Sprengstoff stammt, führten bis dato zu keinem Ergebnis.

1.4.2002 Der Polizeiobermeister Gerald Meissner aus Göttingen wird an der Autobahn A7 gegen 1:30 morgens getötet. Die Polizei war etwa 30 Minuten später am Tatort. Die anschließend hinzugezogenen Beamten des Sondereinsatzkommandos fanden erneut Metallstücke mit Verbrennungsrückständen des Sprengstoffes. Der Tatort wurde wiederum großräumig abgeriegelt, alle Personen, die sich auf der Straße befanden, wurden überprüft.

13.9.2002 Der Polizeiobermeister Heinrich Wegärtner aus Kalkar wird an der Autobahn A3 gegen 1:00 morgens getötet. Die Polizei war etwa 40 Minuten später am Tatort, das Sondereinsatzkommando kam wenige Minuten später hinzu. Der Tatort wurde großräumig abgeriegelt, alle Personen, die sich auf der Straße befanden, wurden überprüft. Die Fahndung wurde auch in die benachbarten Niederlande ausgedehnt.

10.12.2002 Der Polizeimeister Josef Weinbauer aus Hof wird an der Autobahn A9 gegen 2:00 morgens getötet. Eine im Kontrollfahrzeug installierte Videokamera zeichnete alle im fraglichen Zeitraum vorbei fahrenden Fahrzeuge auf und übermittelte die Daten per Funk an eine Datenzentrale. Die Polizei konzentrierte ihre Suche anschließend auf fünf Fahrzeuge, von denen sie vier im Rahmen einer groß angelegten grenzüberschreitenden Aktion ausfindig machen konnte. Den entsprechenden Fahrern konnte die Tat nicht nachgewiesen werden.

13.3.2003 Der Polizeiobermeister Franz Jennsen aus Itzehoe wird an der Autobahn A23 gegen 1:30 morgens getötet. Eine im Kontrollfahrzeug installierte Videokamera zeichnete alle im fraglichen Zeitraum vorbei fahrenden Fahrzeuge auf und übermittelte die Daten per Funk an eine Datenzentrale. Die Polizei konzentrierte ihre Suche anschließend auf zwei Fahrzeuge, die beide ausfindig gemacht werden konnten. Den Fahrern konnte die Tat nicht nachgewiesen werden.

8.6.2003 Der Polizeiobermeister Gustav Berthold aus Köln wird an der Autobahn A1 gegen 2:00 morgens getötet. Eine im Kontrollfahrzeug installierte Videokamera zeichnete alle im fraglichen Zeitraum vorbei fahrenden Fahrzeuge auf und übermittelte die Daten per Funk an eine Datenzentrale. Die Polizei überprüfte daraufhin zwölf Fahrzeuge, jedoch konnte den Fahrern die Tat nicht nachgewiesen werden.

4.11.2003 Der Polizeihauptmeister Fred Wingert aus Bremen wird an der Autobahn A1 gegen 1:30 morgens getötet. Eine im Kontrollfahrzeug installierte Videokamera zeichnete alle im fraglichen Zeitraum vorbei fahrenden Fahrzeuge auf und übermittelte die Daten per Funk an eine Datenzentrale. Die Polizei überprüfte daraufhin etwa 20 Fahrzeuge, fand jedoch keinen Hinweis, dass einer der Fahrer die Tat begangen haben könnte. Ein in einem Beobachtungsfahrzeug befindlicher zweiter Polizeibeamter, der sich in geringer Entfernung zum Kontrollfahrzeug befand, konnte nichts erkennen, bis das Kontrollfahrzeug explodierte.

Weitere Attentat mit gleichem negativem Ermittlungsresultat wurden am 4.2.2005, am 5.5.2005, am 2.6.2006 und am 11.12.2006 verübt.

Vom Täter fehlt bis dato jede Spur.

Rosita lehnte sich zurück. Plötzlich hatte sie eine Idee. Sie ging in ihr Büro, holte ihre Terminkalender von 2001 bis 2006 und blätterte sie durch. Sie wurde bald fündig. Werner war nach allen Attentaten bei ihr gewesen. Sie fand noch mehr Eintragungen mit seinem Namen und konnte sich zwar nicht genau an jeden einzelnen Termin erinnern, war sich aber sicher, dass die in der Zeitung gelisteten Termine diejenigen waren, in denen er seine „schlimmen Nächte" hatte. Sie schüttelte den Kopf, schloss die Terminkalender, stapelte sie ordentlich und legte eine Weile ihre Hand drauf. Was sollte sie machen? Zur Polizei gehen und ihre Beobachtung mitteilen? Und wenn er unschuldig war? Was war Werner für sie? Ein komischer Mann, ein Freund? Nein, kein Freund. Er war nicht zuverlässig und verfügbar. Er wusste nichts über sie, außer dass er gegen Geld mit ihr ins Bett gehen konnte. Was war sie für ihn? Eine Hure? Ein Ventil, um seinen Hormonhaushalt in Schuss zu halten? Sie zuckte mit den Schultern, stand auf und trug ihre Terminkalender ins Büro zurück.

Sie setzte sich wieder an den Frühstückstisch und nahm die Zeitung hoch, blätterte zum Feuilleton und versuchte den Beitrag über die Erstinszenierung eines jungen Komponisten der Gegenwart an der Münchner Staatsoper zu lesen, deren Premiere am Abend stattfinden sollte. Eigentlich hätte sie versuchen können, eine der Premierenkarten zu erhalten. Warum machte Werner solche Dinge? Falls er sie machte, schränkte sie in Gedanken gleich wieder ein. Sie merkte, dass ihre Gedanken gestört waren, und wusste, dass es nun keinen Sinn mehr hatte, etwas „geistvolles" zu unternehmen. Sie könnte wieder mal Reni besuchen. Vielleicht hatte sie Lust, einen Ausflug zu machen. Wenn sie nicht gerade an der Vorbereitung ihrer Ausstellung arbeitete. Reni war neuerdings ziemlich beschäftigt. Das Leben änderte sich, nichts blieb immer im gleichen Lauf und man musste sich immer wieder neu anpassen. In einem Anflug von Sarkasmus dachte sie: „Um nicht als alte Säckin zu enden, an der das Leben vorüber zieht."

Sie ging zum Telefon und rief Reni an. Diese hatte Zeit und freute sich über den Gedanken, mit Rosita etwas zu unternehmen. Sie verabredeten sich in einer Stunde am Hauptbahnhof, um mit der Bahn ins Tegernseer Tal zu fahren und dort um den See zu wandern.

In Bad Wiessee unterbrachen sie ihre Wanderung, um an der Promenade einige Auslagen anzusehen. Sie wollten anschließend bei einem der Cafes etwas trinken und eventuell eine Kleinigkeit essen. Plötzlich packte Reni Rosita am Arm und zerrte sie in den Laden, vor dem sie gerade die kitschigen Postkarten am Drehständer betrachtet hatten. "Was ist denn los?" Rosita zog ihren Ärmel gerade. "Ich habe ihn gerade gesehen." – "Wen?" – Na, ihn. Wie hieß er noch? Oliver Kammler. Der Typ, der mich zu der gemacht hat, die ich jetzt bin. Die ich war. Ist auch egal. Er sitzt da draußen." Reni hatte zu zittern begonnen. Rosita betrachtete sie: "Bist Du sicher, dass er es ist?" Eine Verkäuferin wurde auf die beiden hektisch wispernden Frauen aufmerksam und kam auf sie zu. "Ja, ich bin mir sicher. Ich werde dieses Gesicht nie vergessen." Die beiden spähten durch die Auslage nach draußen. Die Verkäuferin blieb bei den beiden stehen und sagte: "Grüß Gott. Kann ich Ihnen irgendwie helfen?" Reni zuckte herum, starrte sie einen Moment an und schüttelte dann den Kopf: "Nein, danke. Wir sehen uns hier erst mal um. Vielen Dank." Dann drehte sie sich wieder um, um aus dem Fenster zu starren. Rosita hatte sich auch zu der Verkäuferin gedreht und sagte jetzt: "Grüß Gott. Wir kommen im Moment wirklich zurecht. Danke." Sie starrte die Verkäuferin an, die erst zurückstarrte, sich dann aber abwandte und entfernte. Rosita drehte sich wieder um und blickte auch aus dem Fenster. "Wer ist es denn?" – "Da, der Typ mit den langen blonden Haaren und der großen Sonnenbrille dort an dem dritten Tisch unter dem blauen Sonnenschirm. Der mit dem weißen Hemd und dem offenen Kragen. Wo die drei Mädels mit am Tisch sitzen. Die Armen." Rosita sah "ihn" nun auch. Zuhältertyp, soweit sie etwas davon verstand. "Der erkennt Dich doch gar nicht mehr. Außerdem kannst Du Dir hier doch eine Sonnenbrille kaufen. Schau, die hier sieht zwar schlimm aus, hat aber angenehm große Gläser." Damit nahm sie eine Sonnenbrille von dem Drehregal, das in ihrer Nähe stand, und hielt sie Reni hin. Diese schüttelte den Kopf. "Wenn ich so was aufsetze, kriege ich bestimmt Pickel. Die ist ja nicht nur ätzend, die ist ja fürchterlich. Mode vom letzten Jahrhundert." Sie blickte wieder aus dem Fenster, beobachtete, wie der Blonde gerade einer Bedienung winkte, sie ansprach, sich dann an eine der drei Mädchen an seinem Tisch wandte, lachte. "Das ist er, dieses ganze Gehabe, dieses Lachen. Immer noch das Selbe wie früher. Mein Gott." Rosita hatte sich in der Zwischenzeit an die Verkäuferin gewandt und ihr die Brille hingestreckt. "Diese Brille kaufen wir." Die Verkäuferin nahm die Brille, blickte auf das Etikett, sagte: "Das sind dann neun Euro neunundneunzig. Soll ich sie einpacken?" – "Nein. Sie wird gleich benutzt." Sie kramte ihr Portemonnaie hervor, lächelte die Verkäuferin an und hielt ihr einen Zehn-Euro-Schein hin. Diese hatte in der Zwischenzeit das Etikett entfernt und an den Laserstrahl des Scanners gehalten. Die Schublade der Kasse öffnete sich. Sie legte den Schein hinein und holte ein Centstück heraus, das sie Rosita hinhielt, welche es in ihr Portemonnaie warf und dieses wieder verstaute. "Danke. Auf Wiedersehen." – "Auf Wiedersehen." Rosita ging zurück zu Reni und hielt ihr die Brille hin.

134

"Hier, setz sie einfach auf. Ich habe zu Hause auch Anti-Pickel-Salbe. Dann gehen wir einfach weiter. Wir müssen hier ja nicht bleiben." Reni nahm die Brille, verzog noch einmal ihr Gesicht vor Abscheu und setzte die Brille dann auf. Sie gingen aus dem Laden und in Richtung Straße. Plötzlich hob der Blonde den Kopf und starrte die beiden an. Reni zuckte wieder zusammen und stockte einen Moment. Rosita ergriff ihren Arm und schob sie weiter, dabei zischte sie zwischen den Zähnen hervor: "Bleib bloß nicht stehen. Der meint nicht uns, sondern einfach die beiden gut aussehenden Frauen, die hier vorbei gehen. Das ist bei dem so drin. Der meint nicht uns und nicht Dich." Der Blonde wandte sich an die Mädchen an seinem Tisch, sagte hastig ein paar Worte und stand auf. Lächelnd kam er auf Reni und Rosita zu und streckte ihnen die Hand entgegen: "Hallo. Ich glaube, wir kennen uns." Seine Augen wanderten zwischen Reni und Rosita hin und her, blieben kurz bei Reni hängen, fixierten sich dann bei Rosita. Diese starrte zurück, runzelte ostentativ die Stirn und sagte laut: "Scusi. Mi dica?" Der Mann stockte einen Moment, sein Lächeln gefror für einen Augenblick, dann sagte er: "Ah, tu parle italiano. Tu no parle alemagne? Sie sprechen kein Deutsch?" – "Ah? No, no. Noi provenire da Milano." Rosita zögerte einen Moment, überlegte. Der Mann winkte ab, lächelte noch einmal breit und sagte: "Ich dachte, ich kenne Sie. Entschuldigen Sie." Er winkte noch einmal und wandte sich um, kehrte an seinen Tisch zurück. Rosita zog Reni weiter. Sie bogen in die nächste

Seitenstraße ein und blieben dann erst mal stehen. "Muss der Idiot auch noch aufstehen und zu uns kommen." Rosita schüttelte den Kopf. "Er war es, hundertprozentig." – "Ja, das kann ja sein. Aber er hat Dich nicht erkannt." – "Doch, er hat uns doch angesprochen." – "Der sprach uns an, weil er das immer so macht. Der Idiot, was denkt der sich eigentlich? Sag mal, was findest Du an dem? Der ist doch nur eklig." – "Ich finde gar nichts an dem. Ach was, ist doch egal. Lass uns einfach weitergehen und versuchen zu vergessen, dass er da ist." Rosita lächelte, blickte Reni kurz an und legte ihr den Arm um die Schultern. "Das ist doch schon mal vernünftiger. Vergiss ihn einfach." – "Das kann ich nicht. Aber lass uns weitergehen." Es dauerte eine ganze Weile, ehe die beiden wieder ihre Ruhe gefunden hatten. Wenn sie den allerdings den nachdenklichen Blick bemerkt hätten, den ihnen der Mann nachschickte, wäre ihre Ruhe auf lange Zeit dahin gewesen.

Kapitel 5

Werner öffnete die Schublade, nahm die sechs Stahlbehälter, die etwas abseits in der Matrize staken und wie die übrigen das Aussehen von Handgranaten hatten, heraus und legte sie vorsichtig in eine Holzkiste, die er anschließend verschloss. Dann schob er die Lade wieder zu, nahm die Holzkiste, ging aus dem Raum, schaltete das Licht aus und verschloss die Tür. Er verließ die Werkstatthalle, verriegelte sie sorgfältig, öffnete die Kofferraumklappe seines VW-Busses und stellte die Holzkiste hinein. Dann schlug er die Klappe zu, ging um den Wagen herum und stieg ein. Er startete den Motor, lauschte eine Weile auf das gleichmäßige Dröhnen des im Leerlauf drehenden Zehnzylindermotors, tippte einmal kurz auf das Gaspedal und registrierte mit einem leisen Lächeln, wie der Motor unverzüglich reagierte und die Wucht seiner Explosionsserie erhöhte. Das Dröhnen wich für einen Moment einem heiseren Brüllen, ein leichtes Zittern ging durch den Wagen. Das Tier war aufgestanden und bereit. Er zog den Sicherheitsgurt über Brust und Bauch und steckte die Lasche ins dafür vorgesehene Schloss, schaltete das Fahrlicht ein, wählte die Fahrstufe aus und tippte wieder auf das Gaspedal. Der Tiger schüttelte sich und setzte sich in Bewegung. Werner wählte auf einer Tastatur eine Zahl und regulierte die Lautstärke, während aus den Lautsprechern die ersten Akkorde der Walküre von Richard Wagner ertönten. Er lehnte sich zurück und konzentrierte sich auf den Verkehr. Er ließ den Wagen mit sanftem Grollen über die Vorstadtstraße durch die Reihenhaussiedlung rollen. An diesem frühen Sommersonntagmorgen war kein anderer Verkehrsteilnehmer auf der Straße, im Nordosten hing eine prall leuchtende Sonne knapp über dem Horizont und schüttelte die letzten Reste der Morgenröte ab. Werner blinzelte kurz zur Sonne rüber und blickte wieder auf die Straße. Seine Hände ruhten auf dem Lederlenkrad. Als er links in die Ausfallstraße zur Autobahn einbiegen musste, blinkte er kurz, ließ seinen Blick über die drei Straßen der Kreuzung schweifen und tippte kurz auf das Gaspedal. Der Wagen strebte vorwärts, er spürte die Fliehkraft, die ihn in die rechte Stützflanke des Sitzes presste.

Werner blickte auf den Geschwindigkeitsmesser und korrigierte das Tempo. Kurz darauf hatte der den Ort hinter sich gelassen und drückte das Gaspedal leicht nach unten. Das Getriebe wählte eine kürzere Übersetzung, die Drehzahl des Motors erhöhte sich, das Grollen wurde höherfrequenter und lauter, die Nadel des Geschwindigkeitsmessers machte einen Satz und Werner nahm das Gas wieder etwas zurück, die Nadel pendelte sich auf einhundert Kilometer pro Stunde ein und das Getriebe schaltete wieder in eine längere Übersetzung, den Motor solchermaßen wieder zu einem leisen Grollen besänftigend. An der Autobahnauffahrt angekommen, setzte Werner den linken Blinker, warf einen Blick auf die Gegenfahrbahn, um sich zu vergewissern, dass kein

Gegenverkehr in gefährlicher Nähe war und drückte dann das Gaspedal durch.

Wenn man zehn Kolben, die sich in je einer eintausendvierhundert Kubikzentimeter Hubraum großen Laufbuchse bewegen, mit der maximalen Einspritzmenge von Dieselkraftstoff befeuert und mit einem Kompressor den Ladedruck auf drei Bar erhöht hat, dann üben diese zehn Kolben in schöner Gleichmäßigkeit ein Drehmoment von über zweitausend Newtonmeter auf die Kurbelwelle aus, welches über Getriebe auf vier Antriebsräder geleitet werden kann und bei entsprechender Reifenmischung, die für ausreichende Traktion sorgt, für einen Vorschub sorgt, der dem einer Rakete gleicht. Insbesondere, wenn der Wagen, in dem dieses Antriebsaggregat installiert ist, in seiner Masse hauptsächlich aus dem Antriebsaggregat besteht. Dieselmotoren mit einem kleinen Verhältnis von Kolbendurchmesser zu Kolbenhub nennt man Langhubmotoren. Sie zeichnen sich dadurch aus, dass sie bereits bei geringer Drehzahl ein hohes Drehmoment liefern. Diese Fähigkeit kann durch einen Kompressor im Luftzufuhrkreis signifikant verbessert werden und führt beispielsweise dazu, dass das maximale Drehmoment schon bald nach Verlassen der Leerlaufdrehzahl des Motors erreicht wird. Werner hatte dem ohnehin üppig dimensionierten Motor noch einiges an Kosmetik angedeihen lassen, um die Leistungsausbeute zu verbessern. Er hatte sowohl im Ansaug- als auch im Auslasskreis alle Strömungskanäle poliert und verchromen lassen, um den Luftwiderstand zu verringern. Außerdem leitete er die Ansaugluft durch einen geregelten Zusatzkühler, um die Motorwärme auf der Höhe des maximalen Wirkungsgrades zu halten. Ein kalter Selbstzünder hat ein schlechtes Verbrennungsverhalten, wird der Motor später zu heiß, steigt der Verschleiß in den Lagern an. Bei Verwendung eines Ladeluftkühlers werden nicht nur die Laufbuchsen des Motors von außen entwärmt, sondern auch der Kolben gekühlt.

Die Standardkolben hatte er durch spezielle Keramikkolben ersetzt, deren Masse um die Hälfte geringer war und die dadurch eine geringere Trägheit hatten, was sie in ihrem steten Auf und Ab agiler werden ließ. Die Oberflächen der Kolben wiesen die typischen Diesel-Direkteinspritzermulden auf und waren ebenfalls hochglanzpoliert, um bei der Verwirbelung der Luft während der Kompressionsphase schädliche Reibungseffekte zu vermindern und den Zündvorgang gleichmäßiger und schneller erfolgen zu lassen. Dadurch hatte er den Einspritzzeitpunkt um einige Grade näher zum oberen Totpunkt verschieben können, verringerte auf diese Weise lästiges Klopfen und erhöhte die Leistungsausbeute. Den Motor hatte er mit einem Automatikgetriebe verbunden, das sein Abtriebsmoment über entsprechende Differentialgetriebe auf alle vier Räder verteilte. Die Räder hatten eine zweihundertfünfundachtzig Millimeter breite Lauffläche mit einem Querschnittsverhältnis von dreißig, das bedeutet, dass die Reifenflankenhöhe dreißig Prozent der Lauffächenbreite ausmachte. Die Felgen hatten einen Schulterdurchmesser von fünfzehn Zoll und waren aus Edelstahl hergestellt. Von außen sahen sie aus wie "normale" Stahlfelgen mit einer Bettentiefe von einigen Millimetern. Werner legte keinen Wert darauf, dass sein VW-Bus auf den ersten Blick schon seinen Charakter zeigte.

Anstatt einer Standardlackierung hatte Werner die Karosserie mit einer strahlenabsorbierenden Schicht überzogen. Derartige Materialien findet man in der Rüstung, zum Beispiel für so genannte Tarnkappenbomber, die nicht von den Radarsystemen des Gegners erfasst werden sollen und können. Werner legte auch keinen Wert darauf, dass sein VW-Bus von den Radarsystemen der Behörden erfasst wurde.

Als er nun während des Abbiegens das Gaspedal durchtrat, sortierte das Automatikgetriebe erst einmal seine Fahrstufen, entschied sich dann für die zweitkürzeste Übersetzung, die bei einer Drehzahl von eintausend Umdrehungen bereits fünfzig Stundenkilometer bedeutete, dann katapultierte sich der Wagen binnen sieben Sekunden auf einhundertfünfzig Stundenkilometer und überschritt bereits die einhundertsechziger Marke, als er vom Beschleunigungsstreifen auf die rechte Fahrspur einbog. Mit zunehmender Geschwindigkeit wurde das heisere Röhren des Motors übertönt von den Geräuschen des Fahrtwindes, der an der wenig stromlinienförmigen Karosserie des in Wolfsburg entwickelten Kleintransporters seine Muskeln spielen ließ. Die Autobahn war an dem Sonntagmorgen leer, keine Geschwindigkeitsbegrenzung konnte ein schlechtes Gewissen verursachen. Werner ließ seine Mustangherde laufen. Er warf einen kurzen Blick auf die Instrumente, die Tachonadel hatte eben die Zweihundertsechzig überschritten und wurde langsamer in ihrem Vorwärtsstreben, der Drehzahlmesser bewegte sich synchron im Bereich zwischen zweitausendfünfhundert und dreitausend Umdrehungen pro Minute, die Öltemperatur und die Wassertemperatur wiesen normale Werte auf, keine Warnlampen waren an. Die Begrenzungspfosten und Schilder sprangen an ihm vorüber. Er blickte zum Horizont und versuchte, jede Störung des Verkehrs rechtzeitig zu erfassen, ehe sie sich in ein Problem verwandeln konnte. Nach einigen Minuten sah er rechts das Hinweisschild für die nächste Autobahnabfahrt in tausend Metern. Er nahm den Fuß vom Gaspedal, der Motor veränderte sein Geräusch, hatte schlagartig einen enttäuschten Unterton. Auch ihm schien das ungehemmte Dahinstürmen auf der Autobahn Freude bereitet zu haben. Werner setzte den Blinker und passte mit vorsichtigen Bremsungen seine Geschwindigkeit soweit an, dass er mit Schwung die Abfahrtrampe hochfahren konnte. Er bog rechts in die Bundesstraße ein, folgte ihr zwei Kilometer und verließ sie dann auf einer einspurigen asphaltierten Straße, die in ein Waldstück zu einem hohen Zaun mit Stacheldrahtkrone und verschlossenem Tor führte.

Er hielt etwa fünf Meter vor dem Tor, aktivierte die Feststellbremse, nahm einen kleinen Schlüssel aus dem Handschuhfach und stieg aus. Der Motor brummte leise, der Körper des Wagens strahlte die typische Hitze aus, die entsteht, wenn ein schwerer Verbrennungsmotor eine Weile an seiner maximalen Leistung betrieben wird. Werner ging zum Tor, steckte den Schlüssel in das Vorhängeschloss und entriegelte es. Er öffnete die beiden Torflügel, fuhr mit dem Wagen in das umzäunte Gelände und schloss dann das Tor wieder. Er hakte auch das Vorhängeschloss wieder ein und verriegelte es. Dann stieg er wieder in den Wagen und fuhr langsam weiter. Er befand sich nun auf einem Truppenübungsplatz, der zur Zeit des Kalten Krieges von den deutschen und amerikanischen Soldaten eifrig genutzt worden war, im Zuge der internationalen Abrüstungen jedoch mehr und mehr an Bedeutung verlor. Der Boden war viele Male von den schweren Fahrzeugen der Armeen umgepflügt worden, Granaten und Bomben hatten eine trostlose Landschaft geschaffen, die die Natur unermüdlich versuchte, wieder mit Gebüsch und Unkraut zu bedecken, als schäme sie sich dieser Wunden. Werner hatte auf diesem Platz einige Wehrübungen absolviert und erinnerte sich später wieder daran, als er auf der Suche nach einem geeigneten Gelände war, auf dem er sich trainieren konnte. Er fuhr eine ganze Weile über Schotterwege voller Schlaglöcher; der Unterboden des VW-Busses schabte teilweise über die Erde, weil die Spurrinnen so tief eingegraben waren. Dank des Vierradantriebes wühlte er sich jedoch immer wieder frei. Endlich gelangte er auf eine Betonpiste, die fatal an eine Start- und Landebahn erinnerte und über mehr als einen Kilometer in die Ferne ragte.

Er fuhr sie bis etwa zur Mitte entlang und hielt an. An der rechten Seite der Bahn stand ein Gestell, das eine gewisse Ähnlichkeit mit einem Bett hatte. Vier Pfosten von etwa zwanzig Zentimetern Höhe stützten eine Platte mit den Abmessungen, den ein normaler Mittelklassewagen hatte.

Werner beschleunigte wieder und fuhr bis zum Ende der Bahn. Dort wendete er und stieg dann aus. Er nahm die Holzkiste aus dem Kofferraum und stellte sie auf den Beifahrersitz. Er öffnete den Deckel der Kiste und legte ihn in den Beifahrerfußraum. Dann schnallte er sich wieder an, löste die Feststellbremse, legte den Fahrtwählhebel auf "D" und gab Gas. Der VW-Bus sprang vorwärts, der Motor heulte auf, binnen 5 Sekunden zeigte die Tachonadel mehr als hundert Stundenkilometer an. Werner öffnete das linke Seitenfenster und griff mit einer Hand nach einer der Granatenattrappen, die er in der Kiste dabei hatte. Als er das bettähnliche Holzgestell passierte, warf er die Attrappe aus dem Fenster, ohne die Geschwindigkeit zu verringern. Eine Weile später bremste er ab, als er das Ende der Rollbahn erreichte, wendete und fuhr zurück. Dieses Mal öffnete er das rechte Seitenfenster und warf eine weitere Attrappe in Richtung des Bettgestelles. Den Vorgang wiederholte er, bis die Kiste leer war, dann fuhr er zu dem Gestell, bremste, stellte den Motor ab und stieg aus. Er ging zu dem Gestell und blickte sich um. Alle Granatenattrappen waren unter dem Gestell versammelt. Er lächelte, sagte leise: "Bamm", holte die Holzkiste aus dem Auto und sammelte die Attrappen wieder ein. Dabei achtete er darauf, dass er sie entsprechend den aufgeprägten Nummern in die Fächer der Holzkiste einsortierte. Er stellte die Holzkiste wieder in den Kofferraum, stieg ein und fuhr zurück zu dem Tor und dann nach Hause.

Kapitel 6

Werner schloss die Tür zu seiner Wohnung auf und versuchte sie zu öffnen. Sie klemmte wieder einmal. Er seufzte, kniete sich hin und fasste durch den schmalen Türspalt nach innen. Der Briefschlitz war in der Tür angebracht, und wenn der Briefträger dickere Briefe einwarf, konnte es passieren, dass dieser Brief sich beim Öffnen der Tür wie ein Keil zwischen dieselbe und den Boden schob. Er tastete hinter der Tür umher und fasste ein Kuvert, zog vorsichtig daran und befreite die Tür. Erleichtert schob er sie auf, in Gedanken sah er eine Konstruktion, die an der Tür angebracht werden konnte und die Post auffing. Vielleicht sollte er sich doch einmal diese Arbeit machen und einen derartigen Briefkasten bauen.

Er trat ein, schloss die Tür hinter sich und hob die restliche Post vom Boden auf. Werbung, Werbung, die Telefonrechnung, ein Kuvert mit Motivmarke, auf das sein Name mit Füllfederhalter in schwungvoller Schrift geschrieben worden war. Noch mal Werbung.

Er zog Jacke und Schuhe aus, verstaute beides an ihren Plätzen in der Garderobe und ging in die Küche. Im Vorbeigehen warf er die Werbesendungen in einen bereitstehenden Karton für Altpapier und legte die Telefonrechnung und den Brief auf seinen Schreibtisch. In der Küche öffnete er den Kühlschrank, holte eine Flasche Milch, ein Paket Brot und Käse heraus und schloss die Tür wieder. Er stellte die Milchflasche auf den Esstisch und legte Brot und Käse dazu. Dann starrte er sein Abendessen an. Nach einer Weile schüttelte er den Kopf, nahm alles wieder hoch und legte es zurück in den Kühlschrank. Nein, heute wollte er etwas anderes essen. Er zog sich noch einmal Schuhe und Jacke an, verließ die Wohnung und ging zu einem nahe gelegenen Supermarkt, nahm sich dort einen Einkaufskorb und ging durch zur Fleischabteilung. Dann stand er vor dem Kühlregal, betrachtete das vielfältige Angebot an abgepackter Wurst, drehte sich angewidert ab, ging weiter zum Selbstbedienungstresen mit Fleisch, blickte die Styroporschachteln mit den Klarsichtdeckeln an, in denen Gulasch, Minutensteaks, eingelegte Nackensteaks, Schweinebauch, Beefsteak und Bratwürste eingepackt waren. Eigentlich verspürte er gar keinen Hunger. Er ging weiter zum Kühltresen mit Bedienung. Eine Frau hinter dem Tresen mit Papiermütze auf dem Haar und blutbefleckter weißer Schürze wischte gerade mit einem Lappen die Wurstschneidemaschine sauber, hinterließ bei ihren Bemühungen immer wieder schmierige Spuren auf dem polierten Edelstahlgehäuse. Als sie Werner vor dem Tresen stehen sah, legte sie den Lappen beiseite und kam eilfertig herbei: „Guten Abend. Kann ich etwas für Sie tun?" – „Hm, ich bin noch am Schauen." Werner blickte an dem Tresen entlang. Neben den Bergen von rohem Fleisch türmten sich Würste in vielen verschiedenen Formen und Farbkombinationen. Die Frau lächelte ihn unsicher an. Sein Blick blieb an dem Grill hängen, in dem ein Stück Leberkäse lag. Über dem Grill hing eine schwarze

Tafel mit der Aufschrift: „Heute in unserer Heißtheke:" Jemand hatte mit weißer Kreide darunter geschrieben: „Leberkässemmel, Schweinshaxen, Bratwurst" Werner deutete mit dem Kinn auf den Grill und sagte: „Kann man den Leberkäse auch ohne Semmel bekommen?" – „Ja, ja, freilich. Wollen Sie ein Stück davon?" – „Ja, ich nehme ein Stück." Sie nahm eine bereit liegende zweizinkige Fleischgabel, öffnete den Grill, spießte das Stück Leberkäse auf und hob es an. Sie legte es auf ein Schneidebrett, nahm ein Messer, legte es mit der Schneide auf den Leberkäse und blickte Werner fragend an: „Wieviel darf es denn sein?" – „Noch ein bisschen mehr, noch mehr, mehr, mehr. Ja, so, halt, stopp. Super." Mit einer gekonnten Handbewegung schnitt sie die Scheibe ab, schob das Messer dann unter das an der Gabel verbliebene Stück und hob es zurück in den Grill, dessen Tür sie daraufhin wieder schloss. Werner blickte währenddessen auf das Stück schon reichlich durchgebratenen und mit einer dicken Kruste versehenen Fleischbräts, beobachtete, wie es sich durch die kühle Luft des Tresens leicht krümmte und verspürte plötzlich einen Widerwillen, dieses Teil zu essen.

Er wartete, bis die Frau es auf eine Registrierwaage gelegt und gewogen hatte, um es dann in Alufolie einzuwickeln und in einer Papiertüte zu verstauen. Sie drückte auf eine Taste der Registrierwaage, ein kleiner Drucker sprang an und schob einen bedruckten Zettel aus einem Schlitz. Sie riss den Zettel ab und befestigte ihn mit einer Klammer an der

Papiertüte, diese dadurch gleichzeitig verschließend. Sie reichte Werner die Tüte über den Tresen und wünschte ihm abschließend einen schönen Abend und einen guten Appetit. Werner brummte ein „Schönen Feierabend", legte das Paket in seinen Einkaufskorb und schlenderte durch die Gasse mit den Schokoladetafeln, den verschiedenen Sorten Keksen, den Überraschungseiern, blieb vor dem Regal mit den Weingummis und Gummibärchen stehen, überlegte eine Weile, drehte sich dann um und griff aus dem gegenüber stehenden Regal zwei, nein, drei Tafeln weißer Vollmilchschokolade, ergänzte den Stapel um eine Tafel mit Nussschokolade, legte alles in seinen Einkaufskorb und ging weiter. Das Mädchen an der Kasse blickte ihm erwartungsvoll entgegen, als er in ihre Richtung ging und fing an zu lächeln, als er den Einkaufkorb auf die Zuführbahn stellte, die zu ihrer Kasse führte. „Guten Abend. Na, noch schnell etwas Einkaufen für heute Abend?" Sie strahlte ihn an. Werner fing unwillkürlich an zu lächeln und nickte: „Ja, ein Happen zum Bier." Sie blickte auf das Paket aus der Heißtheke, umfasste die Süßigkeiten mit einem Blick und entgegnete: „Aha, zum Bier." Sie schob die Teile am Scanner vorbei und ehe sie ein Wort sagen konnte, sagte Werner: „Sechs Euro Achtundsiebzig." Sie blickte überrascht auf ihn, dann auf die Anzeige der Kasse, dann wieder auf ihn und nickte: „Richtig." Er hob seine rechte Hand mit dem abgezählten Geld und reichte es ihr: „Stimmt so." Sie zählte das Geld schweigend nach, während er die Schokoladetafeln in seine Jackentasche steckte und die Papiertüte in die Hand nahm. „Stimmt tatsächlich. Wie machen Sie das immer, den Preis so korrekt rauszukriegen?" – „Ich rechne. Schönen Abend noch." Mit einem strahlenden Lächeln, das sein dunkles Gebiss bis zu den Backenzähnen entblößte, nickte er ihr noch einmal zu und verließ den Laden. Sie sah ihm noch eine Weile versonnen hinterher, seufzte dann und wandte sich dem nächsten Kunden zu.

Werner ging nach Hause, zog sich wieder Schuhe und Jacke aus, legte dann das Paket mit dem Leberkäse auf den Tisch und die Schokoladetafeln daneben. Dann holte er aus dem Kühlschrank eine Dose Bier, klopfte mit dem Zeigefingernagel auf den Verschluss und riss ihn dann auf. Das Bier schäumte hoch, er hob die Dose schnell an seinen Mund und schlürfte den hervorquellenden Schaum. Dann stellte er die Dose auf den Tisch und setzte sich. Er nahm die Telefonrechnung, öffnete das Kuvert, zog das drin steckende Papier hervor, überflog die Rechnung, sah noch einmal den Betrag an, brummte und legte sie beiseite. Dann nahm er den zweiten Brief hoch, blickte auf die handgeschriebene Adresse, deren Schrift ihm unbekannt war, drehte den Brief um, las den Absender: „Martina Reichenauer, Karlstraße 26f, 73760 Ostfildern". Die Adresse sagte ihm nichts. Er legte den Brief wieder auf den Tisch, nahm eine Tafel weißer Schokolade, riss die Verpackung auf und brach einen Riegel ab. Er steckte ihn in den Mund und zerkaute ihn, spülte ihn mit einem Schluck Bier hinunter. Dann blickte er die Tüte mit dem Leberkäse an, stand auf, nahm die Tüte und brachte sie zum Kühlschrank. Nein, heute würde er keinen Leberkäse mehr essen.

Er ging zurück zum Küchentisch, setzte sich wieder und nahm den Brief wieder zur Hand, drehte ihn hin und her, blickte auf die Briefmarke, eine Motivmarke der Deutschen Post. Ein lächelnder Mann mit Hornbrille und stark gelichtetem weißen Haar hielt einen Dirigentenstab in der rechten Hand. Im Hintergrund ein Orchester. Am Rand der Briefmarke stand „Deutschland, Eugen Jochum 1902 – 1987". Der Stempel war leicht verwischt, der Aufdruck „Ostfildern" war aber noch erkennbar. Werner brach einen zweiten Riegel der Schokoladentafel ab, schob ihn in den Mund, zermalmte ihn mit den Zähnen und spülte ihn mit Bier weg. Dabei blickte er unverwandt auf den Briefumschlag. Er drehte ihn wieder um, steckte den kleinen Finger der linken Hand unter das Ende der Umschlaglasche und riss eine Ecke auf. Dann verwendete er den kleinen Finger wie einen Brieföffner und riss den Umschlag gänzlich auf, zerstörte dabei die sehr nah am Rand klebende Briefmarke. Er zog einen mit einem Farbprinter bedruckten Bogen aus dem Kuvert: „Einladung zum Klassentreffen". Er las die Einladung aufmerksam durch, drehte den Bogen unschlüssig hin und her, legte ihn schließlich auf den Tisch und brach einen weiteren Riegel Schokolade ab. Er steckte den Riegel in den Mund, nahm den Bogen wieder auf, suchte das Datum, an dem das Treffen stattfinden sollte. Am 15.September 2007 in Ostfildern. Bis dahin sollte er den Peterbilt fertig haben. Dann hatte er Zeit. Er blickte auf die Uhr. Es war 19:46, noch nicht zu spät zum Telefonieren. Er ging in sein Wohnzimmer, nahm das Telefon aus der Halterung, ging wieder in die Küche, setzte sich und wählte die Nummer von Martina Reichenauer. Das Rufzeichen ertönte einige Male, dann klickte es und eine Frauenstimme meldete sich: „Hier ist Martina Reichenauer." – „Werner Ober, hallo. Sie haben ... Du hast eine Einladung zum Klassentreffen geschickt, am 15.9.2007 in Ostfildern ..." – „Werner Ober? Ach ja, der Werner, hallo. Ist die Einladung schon angekommen? Du bist der Erste, der sich meldet." – „Ja, ich war schon immer der Erste, glaube ich. Oder? Also ..." – „Ja genau, Du warst damals schon immer so schnell. Wie geht es Dir denn?" – „Gut. Sag mal, wie war damals noch Dein Familienname? Ich komm nicht drauf, und Reichenauer hast Du damals sicherlich nicht geheißen." – „Nein, damals habe ich Schlagner geheißen. Und werde wahrscheinlich auch bald wieder so heißen." Nein, dachte Werner, jetzt keine Geschichte von einer Trennung oder Scheidung oder so einen Mist. Nicht heute Abend. Er sagte: „Ach, jetzt kenne ich Dich. Dann frage ich Dich lieber nicht, wie es Dir geht." – „Mir geht's gut. Wieder. Nachdem ich diesen Mistkerl endlich losgeworden bin. Wir streiten zwar noch wegen der Kinder, aber da werde ich schon gewinnen." Warum musste ich da heute anrufen? „Das musst Du mir dann etwas ausführlicher erzählen. Am 15.September. Ich wollte nämlich da sein." – „Du kommst? Das ist doch fein. Da freue ich mich. Äh, brauchst Du eine Übernachtungsgelegenheit?" Nein, nicht auch das noch. „Ich weiß noch nicht, eventuell fahre ich in der Nacht noch wieder zurück." – „Wo wohnst Du denn?" – „In einem kleinen Kaff, das zu Kronberg im Taunus gehört." – „Und da willst Du nach der Feier nach zurück fahren?" – „Mal sehen. Es hängt nicht zuletzt davon ab, wie dringend ich zurück muss." – „Du kannst gerne bei mir übernachten." Ich will aber nicht bei und mit Dir schlafen. „Ja, danke. Lass uns das kurzfristig klären. Du kannst meinen Namen jedenfalls schon mal mit einem Haken versehen." – „Ich freu mich ja jetzt schon, dass Du kommst." – „Okay. Also guten Abend dann und vielen Dank fürs Organisieren." – „Ach, das habe ich doch gerne gemacht. Tschau, bis zum September." – „Tschau." Das war wohl keine gute Idee, dort anzurufen. Werner seufzte und legte das Telefon auf den Tisch, nahm die Einladung wieder hoch und blickte auf den Namen. Martina Schlagner also. Das Mädchen hatte ihn während der Schuljahre mit ihrem frühreifen Hunger nach – ja, wonach eigentlich? – verfolgt. Er fand sie damals lästig und unappetitlich. Wenn er sie ansah, musste er immer an schmutzige Badezimmer und Toiletten und an ungewaschene Hände denken. Nein, er würde sicherlich nicht bei ihr übernachten.

Er brach noch einen Riegel Schokolade ab, steckte ihn in den Mund, zerkaute ihn und spülte ihn mit Bier weg. Er schüttelte die Bierdose, nur noch ein kleiner Schluck war drin. Wollte er sich betrinken? Sein Problem wurde er dadurch nicht los.

Er ging ins Wohnzimmer, setzte sich auf die Couch, zog die Zeitschrift mit dem Fernsehprogramm heran und blätterte darin. Nur Talk- und Quiz-Shows. Warum zahlte er eigentlich die Fernsehgebühren? Er legte die Zeitschrift wieder zurück, lehnte sich zurück und verschränkte die Hände hinter dem Kopf.

Die verdammten Teile für den Bullenfänger passten nicht an den Peterbilt. Erst war nur ein Teil der Bestellung angekommen, dann passten die Teile nicht. Wenn er den Krempel zurückschickte und neue anforderte, konnte er den Liefertermin nicht halten. Abgesehen davon, dass er sich nicht sicher war, dass die Teile wirklich falsch waren. Sie passten nicht. Es konnte sein, dass Peterbilt kurzfristig die Konstruktion ihres Vorderrahmens geändert hatten und Chrometech nichts davon wusste. Er sah auch keine Möglichkeit, durch einen Adapter den Bullenfänger anzusetzen. Beziehungsweise, das sähe so beschissen aus, dass er sich vor seinem Kunden schämen würde. Werner stand wieder auf. Verdammt. Er ging in die Küche, brach sich einen Riegel von der Schokoladentafel ab, schob ihn in den Mund, nahm den letzten Riegel aus der Verpackung und steckte ihn ebenfalls in den Mund, kaute mit vollen Backen, kippte den Rest aus der Bierdose in den Mund, kaute und schluckte. Verdammt. Er knüllte die Dose zusammen, nahm die leere Verpackung der Schokoladentafel und trug alles zum Mülleimer. Dann wischte er die Hände an einem Handtuch ab und ging in den Flur. Er zog sich die Schuhe und die Jacke an, klopfte an seine Hosentasche, um zu prüfen, ob die

Autoschlüssel in der Tasche staken, öffnete die Tür und ging nach draußen.

Er schloss seinen VW-Bus auf, stieg ein und startete den Motor. Mit dem satten Brüllen des schweren Diesels im Rücken fuhr er zügig los und war bald an seiner Werkstatt angelangt. Er stellte den Wagen ab, stieg aus und verschloss ihn. Dann ging er in die Werkstatt und schaltete die Beleuchtung ein. Der Peterbilt stand im hellen Licht. Sein hochglanzpolierter Lack reflektierte das Licht der lichtstarken Deckenstrahler wie ein Edelstein. Der Wagen hatte sich drastisch verändert. Die einst rote Kühlerhaube war nun mit einem weißen Mustang geschmückt, der wild dahin galoppierte. Seine überlange Mähne flatterte im Wind, seine Augen waren weit aufgerissen und hatten etwas Wildes im Blick. Im Hintergrund war ein kitschiger Sonnenuntergang zu sehen, der durch einige Wolken zusätzliches Leben erhielt. Der Kofferkasten war mit chinesischen Schriftzeichen verziert. Die Schriftzeichen stellten ein Zitat Konfuzius' dar: „An einem edlen Pferd schätzt man nicht seine Kraft, sondern seinen Charakter". Auf der anderen Seite, die er nun nicht sehen konnte, stand zu lesen: „Der Edle strebt nach Harmonie, nicht nach Gleichheit. Der Gemeine strebt nach Gleichheit, nicht nach Harmonie." Die Sicken der Blechflächen waren mit Chromleisten verziert. Mächtige verchromte Rohre zogen sich als Schweller an den Seiten entlang. Die Einstiegsstufen waren ebenfalls verchromt worden. An der Oberseite der Windschutzscheibe war ein verchromter Sonnenschutz montiert. Über der

Sonnenschutzleiste ragten vier verchromte Hornöffnungen hervor. Die Öffnungen waren mit Chromblenden abgedeckt, um Regenwasser fernzuhalten. Die Felgen und die Radschrauben glänzten im Chromkleid. Sogar die Sattelkupplung für den Königszapfen war verchromt worden. Bei genauem Blick erkannte man, dass die Kupplung geschlossen und verschweißt war, der einzige Tribut für die Zulassung als Personenkraftwagen. Blickte man ins Innere des Führerhauses, sah man jede Menge lindgrünen Langflor. Die Rückwand war mit Mahagoni vertäfelt. Hier waren links und rechts in den Ecken die Lautsprecher einer hochklassigen Stereoanlage montiert. Die Bedienelemente der Stereoanlage, eine Spezialanfertigung von Bang & Olufsen, waren in einer Mahagonifront unter dem Armaturenbrett untergebracht. Unter dem mit Langflor verkleideten Himmel an der Vorderseite der Fahrerkabine befand sich das CB-Funk-Gerät. Das Spiralkabel des Mikrofons hing in einer lässigen Schlaufe nach unten.

Vor dem Peterbilt lagen auf ein paar alten Militärdecken die Teile für den Bullenfänger ausgebreitet. Werner rieb sich mit beiden Händen über das Gesicht, verfluchte sich innerlich, weil er hergekommen war, und ging zu dem Wagen. Er wusste, dass er nicht mehr schlafen würde, bis dieses Problem gelöst war. Dann war es besser, es gleich anzugehen, als davon zu laufen.

Er nahm ein Maßband von der mobilen Werkbank, die neben dem LKW stand, und ging vor dem Wagen in die Hocke. Die Stoßstange des Peterbilt war eine riesige, verchromte Stahlplatte und verdeckte die Längsträger. Das war auch bei früheren Typen schon so gewesen. Bei den früheren Typen war aber zwischen der Stoßstange und der oben ansetzenden Kühlerpartie genau so viel Abstand, dass die Streben der Träger für den Bullenfänger dazwischen passten. Hier war gerade ein Abstand von 20mm. Offenbar war die Kühlerhaube etwas länger geworden. Er müsste gekröpfte Träger anfertigen, die sich zwischen der Stoßstange und dem Kühler durchschlängelten. Werner nahm eine Taschenlampe von der Werkbank, hielt sich an der Stahlplatte der Stoßstange fest und legte sich vor dem Wagen auf den Boden. Er rollte sich unter den LKW und leuchtete von unten an die Rahmenkonstruktion. Ja, so müsste es gehen. Er würde ein Pappmodell schneiden müssen, aus diesem ein Holzmodell anfertigen und danach dann die Streben schmieden. Wenn er die Teile aus Edelstahl fertigte, er hatte noch eine Stange von dem fünfzehn mal fünfzig Millimeter starken Flachmaterial im Lager liegen, dann konnte er den Edelstahl anschließend polieren und die Oberfläche passivieren. So würde sie nicht rosten und wäre von den Chromteilen kaum zu unterscheiden. Die Befestigung am Rahmen wäre dann mit denselben Schrauben, an denen jetzt die Stoßstange hing. Er müsste neue, längere Schrauben haben. Die sollten aber noch vorhanden sein. Er maß die Länge der Schrauben, rollte sich unter dem Wagen hervor und stand auf. Er ging ins nebenan liegende Lager und suchte eine Weile. Ja, er hatte noch genügend Edelstahlschrauben der erforderlichen Größe und Länge, fünf Achtel Zoll mal zweieinhalb Zoll mit Sechskantkopf. Gut.

Werner ging in seinen Umkleideraum und zog sich um. Nebenbei schaltete er die Kaffeemaschine ein. Nicht, um jetzt eine Tasse Kaffee zu trinken. Diese würde ihn nur nervös machen. Im Moment hielt ihn das Adrenalin wach, das durch das Problem verursacht worden war. Den Kaffee würde er trinken, sobald er mit dem Schmieden fertig war.

Er ging wieder in die Werkstatt und dort durch eine andere Tür in einen Raum, der von einer Esse beherrscht wurde. Der Raum war dunkel, die Wände voller Ruß. Er schaltete das Licht ein und anschließend die Absaugung über der Esse. Dann startete er das Gebläse für das Schmiedefeuer, entzündete einen Kohlenanzünder und steckte ihn in den Haufen. Einige Funken sprühten hoch, als der Anzünderblock in den Luftstrom des Gebläses geriet. Nach einer Weile begannen die ersten Kohlenstücke zu glimmen.

Er wischte sich die Hände an einem Stück Papiertuch ab und ging wieder zurück in die Montagehalle. Er nahm ein Stück Pappe, einen Bleistift und das Maßband, entnahm der Vorderfront des LKW eine Reihe von Maßen und zeichnete auf die Pappe die Kontur eines gekröpften Halters, wie er ihn sich vorstellte. Dann ging er zu einer weiteren Tür. Diese war der Durchgang zu einem kleinen Raum, in dem eine Tischlerbank stand und in dem es stark nach

Holz und Sägemehl roch. Er stöberte eine Weile in einem Haufen Holzteile, ehe er ein Stück Balken fand. Auf diesen übertrug er die Kontur, die er sich aus Pappe ausgeschnitten hatte, in mehrere Segmente, und schnitt sie dann sorgfältig mit einer Stichsäge aus. Mit einer groben Feile bearbeitete er die Teile und fügte sie anschließend zu einem einzigen Teil zusammen. Sie schienen der Pappform zu entsprechen. Er reinigte die Holzteile sorgfältig mit Aceton, schmierte einige Stellen mit einem schnell trocknenden Leim ein und presste die Teile aneinander. Er hielt die Teile fest und zählte langsam bis dreihundert. Nach fünf Minuten war der Leim trocken. Er hielt ein Holzmodell der gekröpften Strebe in der Hand. Er wischte sich die Hände wieder an einem Stück Papiertuch ab, klopfte auf seine Hosenbeine, um den Staub zu entfernen und ging wieder zurück in die Montagehalle. Dort versuchte er, das Holzmodell zwischen der Stoßstange und der Kühlerverkleidung durchzufädeln. Es klappte nicht. Er würde die Stoßstange demontieren müssen.

Werner nahm zwei große verchromte Schraubenschlüssel aus einer Schublade seiner Werkbank und legte sie auf die Tischplatte. Dann ging er zu einer entfernten Wand der Halle, legte einen großen Schalter um und griff nach einer gelben Steuereinheit, die an einem Kabel und einem Seil von der Laufkatze hing, die über mächtigen Stahlrädern auf Schienen unter der Hallendecke entlanglief. Er drückte auf einen Knopf der Steuereinheit. Polternd setzte sich die Laufkatze in Bewegung. Er bugsierte sie über die Stoßstange des Peterbilt und ließ einen Kranhaken herab, an dem zwei Polypropylenschlaufen hingen. Er hakte die beiden Schlaufen aus und führte sie um die Stoßstange herum. Dabei achtete er darauf, dass er den Kühlergrill nicht berührte. Dann senkte er den Haken noch ein Stück und hängte die Ösen der Schlaufen ein. Mit einigen vorsichtigen Bewegungen, um den Kranhaken nicht ins Schwingen zu bringen, korrigierte er die Position desselben. Dann drückte er einen Knopf, um den Kranhaken anzuheben, bis die Schlaufen straff gespannt waren. Er fasste sie an und rüttelte daran. Sie müssten fest sein. Dann nahm er die Schraubenschlüssel sowie eine Pappschachtel von der Tischplatte und rollte sich wieder unter den Wagen. Er löste die Muttern der Befestigungsschrauben für die Stoßstange und nahm sie ab. Er legte sie in die Schachtel. Dann zog er vorsichtig die Schrauben heraus. Sie ließen sich nahezu ohne Widerstand entfernen. Er legte sie auch in die Schachtel. Dann schob er die Schachtel etwas beiseite und kroch wieder unter dem Wagen hervor. Er stellte sich vor die Stoßstange, umfasste sie und zog daran. Sie bewegte sich nicht. Er senkte den Kranhaken etwas ab und fuhr mit Laufkatze vom LKW weg, dann hob er den Haken wieder etwas an. Er rüttelte vorsichtig an der Stoßstange. Mit einem Schlurren löste sie sich, rutschte etwas aus ihrer Position und kam ihm einige Zentimeter entgegen. Er nahm das Holzmodell und versuchte, es einzufädeln. Es klappte. Er kroch unter den LKW und hielt das

Modell an den Rahmen. Es passte. Er kroch wieder unter dem LKW hervor und stellte einige Kontrollmessungen an, dabei das Modell festhaltend. Er schien zufrieden. Er hielt das Modell weiter fest, lehnte sich etwas zurück und betrachtete es, wie es sich zwischen der Stoßstange und der Kühlerverkleidung hervorschlängelte. Es sah gut aus. Man sah nur den ersten Knick, wenn die Strebe sich aus der Schräge kommend an die Kühlerverkleidung anschmiegte und nach unten hinter der Stoßstange verschwand. Es war zwar nicht so stark und konnte wegen der beiden Biegungen nicht so hohe Kräfte aufnehmen, als wenn es direkt von der Senkrecht-strebe nach unten auf den Rahmen gegangen wäre, aber durch die Dicke von fünfzehn Millimetern massiven Stahles hielt es den Bullenfänger fest und in Deutschland gibt es nicht sehr viele freilaufende Bullen, vor denen der Kühler geschützt werden musste. Sollte doch einmal ein Bulle – oder eine Kuh im Kühlergrill hängen bleiben, gab es in Deutschland sicherlich eine Versicherung, die für den Schaden bezahlte. In Deutschland waren derartige Dinge meistens kein Problem.

Dann fädelte er das Modell wieder vorsichtig aus und ging damit in den Nebenraum. Dort holte er eine Stange Edelstahlflachmaterial aus dem Halbzeugregal und legte sie auf die elektrische Bügelsäge. Er schob sie hin und her, bis sie richtig positioniert war, und klemmte sie mit dem Schraubstock fest. Dann richtete er die Schneidöldüse ein und startete die Säge. Der Elektromotor fing an zu laufen und die Säge zu bewegen. Er senkte die Säge auf das Flachmaterial hinab, beobachtete sie eine Weile, wie sie sich kratzend und knirschend in den Stahl fraß, und ging dann hinüber zur Schmiede. Dort glühte mittlerweile der gesamte Kokshaufen. Er nahm aus einer Schütte mit einer kleinen Schaufel einige Stück Koks und legte sie auf den Gluthaufen, diesen dabei neu anordnend.

Er ging wieder zur Säge, die sich durch das Flachmaterial gearbeitet und dann selbsttätig abgeschaltet hatte, hob den Bügel an, öffnete den Schraubstock und zog die Stange näher heran. Er richtete sie wieder ein, klemmte sie fest und startete die Säge von Neuem. Nach einer Weile hatte sie auch dieses Stück abgesägt. Er legte den Rest der Halbzeugstange in das Regal zurück, säuberte und reinigte die Säge, entgratete die beiden Abschnitte und trug sie hinüber in die Schmiede. Der Kokshaufen in der Esse glühte leise knisternd, einzelne Funken lösten sich durch den Luftzug, den das Gebläse verursachte, und verschwanden im Schornstein. Er legte die erste Stange neben das Holzmodell und zeichnete mit einem bereit liegenden Stück Holzkreide zwei Striche für den Bereich der ersten Knickstelle an. Dann legte er die Stange in den Gluthaufen und bedeckte sie mit glühendem Koks. Er ging zur Werkbank, die neben der Esse stand, öffnete den dort befestigten Schraubstock, wischte mit den Händen noch einmal die Backen sauber, obwohl sie schon sauber aussahen, fügte zwei Aufsteckbacken mit abgerundeten Ecken an den Schraubstock, wischte die beiden auch wieder sauber, und nahm eine Schmiedzange vom Haken.

Er ging wieder zur Esse, blickte in die Glut und beobachtete, wie das Stahlstück anfing zu glühen. Kleine Zunderstellen, die vorher nicht zu sehen gewesen waren, glühten schneller auf als die dicke Stange, lösten sich schließlich und verschwanden, vom Luftzug getrieben. Als die Stange im Bereich der noch erkennbaren, veraschten Kreidestriche, hellrot glühte, nahm er die Stange mit der Zange vorsichtig hoch, kippte sie einmal, dass die Glutstücke abrutschten, und trug sie zum Schraubstock. Dort hielt er sie so zwischen die Backen, dass der untere Strich gerade am Anfang der Rundung saß und der zweite oberhalb blieb. Dann drehte er die Spindel des Schraubstockes und klemmte das Stahlstück fest. Es glühte immer noch. An der Stelle, an der es den Schraubstock berührte, wurde es schnell dunkel. Der Schraubstock nahm die Wärme aus der Stange. Er prüfte mit einem Winkelmaß, ob die Stange senkrecht zwischen den Backen stak.

Werner zog das frei liegende Ende der Stange langsam zu sich heran, dabei konzentriert auf die Biegestelle blickend. Sie musste sich gleichmäßig biegen und schließlich vollständig an der Rundung der Backen anliegen. Schließlich hielt er an, nahm das Holzmodell und hielt es neben die gebogene Stange. Die beiden lagen genau parallel. Mittlerweile wich die Glut aus der Stange. Es sah aus, als wiche sie in die Stange zurück und die dunkle Stahloberfläche schlösse sich über ihr. Werner wartete noch einen

Augenblick, dann spannte er das Werkstück aus, legte es auf die Werkbank und das Holzmodell wieder daneben. Mit Kreide zeichnete er die Position der zweiten Biegestelle an und wiederholte anschließend den Vorgang des Glühens und Biegens. Als er das Holzmodell schließlich zur Kontrolle noch einmal gegen das Werkstück hielt, wichen die beiden am Ende um einen Millimeter von einander ab. Werner brummte, spannte das Werkstück in den Schraubstock und zog. Vergeblich. Fünfzehn Millimeter massiver Stahl ließ sich nicht so einfach verbiegen. Er lächelte, spannte es wieder aus und legte es noch einmal in die Esse. Als es wieder glühte, spannte er es wieder ein und bog es. Sorgfältig prüfte er noch einmal die Parallelität. Nun passten das Modell und das Werkstück. Nun musste er die Befestigungslasche noch schränken und bohren, dann war es fertig zum Polieren. Schränken bedeutet, dass das Werkstück eingespannt wird und das freie Ende gegen das eingespannte um die Längsachse gedreht wird. Beim Schränken wird das Material an den Außenkanten massiv gestreckt und dadurch auch geschwächt. Das Gefüge kann reißen, wenn man nicht sorgfältig glüht. Das Problem lag für Werner beim Schränken allerdings darin, dass er nicht um die Längsmittenachse schränken konnte, sondern um eine Drehachse, die an der Seitenkante lag, weil die Strebe von oben in den U-Träger des Rahmens gelangte und sich anschließend durch das Schränken an die Innenseite des U anschmiegen musste. Er zeichnete wieder den Bereich an, in dem das Material weich werden musste zum Verformen, und legte die Stange zurück ins Schmiedefeuer. Er nahm die Aufsetzbacken aus dem Schraubstock. Dann ging er hinüber ins Lager und stöberte eine Weile in einem Regal in dem sich kurze Halbzeugabschnitte befanden, bis er gefunden hatte, was er suchte. Ein etwa zwanzig Zentimeter langes Stück Vierkantstahl mit einer Kantenlänge von fünfunddreißig Millimetern. Das war gut. Das war sehr gut. Er trug es in die Schmiede und legte es auf die Werkbank neben den Schraubstock. Dann trat er an die Esse und beobachtete wieder, wie das Werkstück langsam anfing zu glühen. Er spürte die Hitze der Esse auf seinem Gesicht und langsam spürte er Müdigkeit. Das Adrenalin war verflogen, es war kein Problem mehr vorhanden, nun war es nur noch eine Aufgabe. Er würde dieses Stück noch schränken und dann Feierabend machen. Er sah, dass der Stahl genau die richtige Farbe angenommen hatte, die Glut war gleichmäßig und hellrot – orange leuchtend – geworden. Er nahm das Werkstück aus dem Feuer und spannte es in den Schraubstock, dabei das vorhin geholte Stück Vierkantstahl mit einspannend. Die Teile waren schwer, das Werkstück heiß. Einmal kam er mit der Fingerspitze flüchtig an die glühende Stange. Der Schmerz durchfuhr ihn wie ein Blitz. Er beherrschte sich, nicht zu zucken. Er setzte noch einmal nach, weil es nicht genau saß. Das Flachmaterial war nun über eine Hälfte der Schraubstockbackenbreite mit Hilfe des Vierkantmaterials festgeklemmt. Die andere Hälfte der

Backen war frei und bereit zur Aufnahme des sich drehenden Flachmaterials. Er nahm eine Zange vom Haken und drehte das frei liegende Ende, nahm ein Winkelmaß und prüfte den Drehwinkel, setzte noch einmal die Zange an und drückte einmal vorsichtig. Durch die Drehung innerhalb der Backen verschoben sich die Längsachsen der beiden Werkstückenden zueinander, so dass er die Halterung später in den Rahmen einschrauben konnte. Er legte den Winkel an die Längsachse, das Werkstück hatte sich nicht verbogen. Gut. Werner spannte das Werkstück aus, legte es auf die Werkbank und trat etwas zurück. Schweiß stand auf seiner Stirn, sein Atem war etwas schneller geworden. Weniger durch die körperliche Anstrengung als durch die Konzentration, die Flucht in der Schränkstelle genau hinzubekommen. Er nahm noch einmal das Holzmodell und legte es neben sein Werkstück. Sorgfältig überprüfte er Parallelität und Einhaltung von Längen und Winkeln nach. Die Genauigkeit war besser als ein halber Millimeter über die gesamte Länge. Er war zufrieden.

Er schaltete das Gebläse und die Absaugung der Esse ab, ordnete die Teile auf der Werkbank und ging aus der Schmiede, im Hinausgehen das Licht ausschaltend und die Türe zuziehend. In der Schmiede waren automatische Feuerlöschsysteme angebracht. Er hatte daher wenig Sorgen, dass die zurück bleibende Glut Unfug machen könnte.

Er ging noch einmal zum Peterbilt und blickte auf den Spalt zwischen der Stoßstange und der Kühlerverkleidung. In seiner Vorstellung war der

Bullenfänger bereits fertig montiert, die polierte Edelstahlstrebe schlängelte sich zwischen der Stoßstange und der Kühlerverkleidung hindurch und verschwand im Rahmen. Mächtige Schrauben mit polierten Sechskantköpfen hielten den Bullenfänger an der Strebe. Er hatte natürlich darauf geachtet, dass die Schraubenköpfe sorgfältig ausgerichtet waren und die Schlüsselflächen symmetrisch zu den Längsachsen der senkrechten Haltestangen ausgerichtet waren. Ja, es würde eine gute Lösung werden, die er dem Kunden ruhigen Gewissens verkaufen konnte. Werner lächelte und schritt zum Umkleideraum. Obwohl er müde war, war sein Gang beschwingt. Er war glücklich. Im Umkleideraum ließ er eine Tasse Kaffee aus dem Automaten, schaltete diesen dann ab, und schlürfte einen Schluck des heißen aromatischen Getränks. Dann zog er seine Schuhe, seinen Overall, seine Socken und seine Unterwäsche aus, trank wieder einen Schluck Kaffee, stellte die Tasse auf den Spind und ging in den Duschraum. Er drehte das Wasser auf, ging noch einmal zum Spind und trank noch einen Schluck. Er ging wieder zurück zur Dusche, stellte sich unter den heißen Wasserstrahl und seifte sich gründlich ein. Er brummte vor sich hin. Wenn man genau hinhörte, konnte man "Ich bleib wie ich bin" von Truck Stop erkennen.

Er spülte den Schaum ab, seifte sich noch einmal ein, wusch den Schaum wieder ab und drehte die Wasserhähne zu. Er stieß die Tür der Duschkabine auf, nahm ein Handtuch vom Haken und trocknete sich in der Duschkabine ab. Beim Heraussteigen aus der Kabine trocknete er die Füße und Beine und hängte das Handtuch wieder an den Haken. Er überlegte einen Moment, nahm das Handtuch wieder, schnupperte daran und nahm es dann mit. Er ging zurück zu seinem Spind, nahm die Tasse und trank sie leer. Immer noch nackt, ging er zur Kaffeemaschine und stellte die Tasse daneben in die Spüle. Das Handtuch hielt er in der anderen Hand und legte es jetzt auf den Rand der Spüle.

Er ging wieder in den Umkleideraum und zog sich an. Dann ging er zur Spüle, wusch die Kaffeetasse aus, stellte sie auf die Abtropffläche, nahm das feuchte Handtuch und verließ die Werkhalle, im Hinausgehen die Lichter ausschaltend. Er fuhr nach Hause, stellte den Wagen ab und ging in die Wohnung. Dort zog er Schuhe und Jacke aus, ging in die Küche, nahm den kalten Leberkäse aus dem Kühlschrank und eine Dose Bier, trug beides ins Wohnzimmer und stellte die Dose auf den Tisch, den Leberkäse daneben legend. Dann setzte er sich, blickte sich suchend um, fand die Fernbedienung für das Fernsehgerät, schaltete das Gerät ein und zappte durch die Kanäle. Die meisten Sender hatten gerade eine Werbepause eingelegt, die besten Weinbrände wetteiferten mit den besten Waschmittelherstellern und den besten Produzenten von Fertiggerichten um die Gunst des Fernsehzuschauers. In einem Kanal ließ eine Frau ihre Brüste schwingen und forderte ihn zum Anrufen auf. Drei weitere Kanäle sendeten Talkshows, in denen einige Leute in ungemütlichen Sesseln im Kreis saßen und aneinander vorbei redeten. N24 brachte Bilder mit rasenden Panzern und explodierenden Granaten, während darunter in Laufschrift Börsennotizen bekannt gegeben wurden. Er schaltete wieder ab und widmete sich dem Leberkäse und der Dose Bier. Dann entkleidete er sich und ging zu Bett. Das Klassentreffen hatte er vergessen.

Er erinnerte sich einen Tag später wieder daran, als er die Telefonrechnung und die Einladung vom Küchentisch nahm und die beiden zu seinem Schreibtisch brachte. Die Telefonrechnung legte er in einem Ordner ab, die Einladung steckte er in seinen Terminkalender.

An den nächsten Tagen schmiedete er die zweite Strebe, schliff und polierte anschließend beide, bis sie glänzten wie verchromt, und montierte anschließend den Bullenfänger. Die Köpfe der Befestigungsschrauben richtete er wie in seiner Imagination sorgfältig aus. An der Unterseite der obersten Querstange des Bullenfängers wurden schließlich vier Zusatz-Fernscheinwerfer montiert, an der untersten Querstange hingen vier Nebelscheinwerfer. Für die Verkabelung hatte Werner unauffällige verchromte Tragrohre angebracht.
Er hatte die Montagehalle aufgeräumt und lief nun mit einer langen Liste, die er auf einem Klemmbrett trug, um den Peterbilt und hakte die einzelnen Punkte der Bestellung ab. Ehe er einen Haken setzte, vergewisserte er sich noch einmal, ob alle Schrauben

festgezogen waren, indem er jede Schraube anfasste und zu bewegen versuchte. Auf diese Weise dauerte seine Endabnahme je nach Umbau bis zu drei Tagen. Wenn er während dieser Inspektion noch Politurreste oder Schmutzflecke fand, wurden diese ebenfalls sofort beseitigt.

Nach zweieinhalb Tagen war er fertig. Er schloss die Türen des Peterbilt ab, fädelte alle Schlüssel des neu geschaffenen Personenkraftwagens auf eine Drahtseilschlaufe, die an einem kleinen verchromten Radkreuz befestigt war, und steckte das Bündel in eine Klarsichtfolie in einem Schnellhefter, in dem sich der Lieferschein mit der Liste der Umbauten sowie alle Bedienungsanleitungen und Bescheinigungen befanden. An der Vorderseite des Schnellhefters war eine Tasche aufgeklebt, in der der Fahrzeugbrief sowie eine Kopie des Ausweises des Kunden und eine Vollmacht zur Zulassung staken. Am nächsten Tag würde er zur Zulassungsstelle fahren und den Wagen zulassen, dann konnte der Kunde kommen.

Als all dies erledigt war, rief er den Kunden an, mit dem er schon einige Tage vorher per E-Mail den Übergabetermin vereinbart hatte, und sagte ihm definitiv, dass er kommen könne.

Für die Prozedur der Übergabe zog sich Werner eine Blue-Jeans von Levis, auf Hochglanz polierte Cowboy-Stiefel, ein weißes Westernhemd mit üppiger Stickerei und Kragenecken sowie einer Lederkordel mit einem Silberbolotie an. Ein Original Stetson aus hellgrauem Filz rundete das Bild ab. Werner war schon eine Stunde vor dem Übergabetermin an der

Halle. Da die Sonne schien, hatte er den Peterbilt mit einem Schlepper aus der Halle geholt und exakt mit der Nase zur Grundstücksausfahrt gestellt und sich wieder in die Halle zurückgezogen. Der Wagen strahlte wie eine Milchstraße im Licht der Vormittagssonne, als der Kunde pünktlich mit dem Taxi ankam.

Das Taxi blieb vor dem Peterbilt stehen, der Motor wurde abgestellt. Eine Weile regte sich nichts, Werner konnte durch die Glasscheibe sehen, dass sowohl der Taxifahrer als auch sein Kunde den Wagen anstarrten. Dann öffneten sich beide Fahrzeugtüren, die beiden stiegen aus und gingen langsam auf das Prachtstück zu. Der Taxifahrer war groß. Sein mächtiger Bauch hing über seine weit geschnittenen Jeans, seine Füße staken in alten Turnschuhen. Sein Hemd stand an der Brust offen und gab den Blick frei auf schüttere Behaarung auf bleicher Haut. Er war unrasiert, seine Haare standen wirr ab. Sein Gesicht war eine Fortsetzung des Bauches, die zu kleinen Augen verschwanden im Fett. Er hatte seine fleischige Pranke vor den Mund gehoben und rieb sich das stoppelige Kinn, während er langsam um den Wagen herum ging. Sein Passagier hingegen war klein und schmächtig. Werner wusste, dass er nicht so ganz klein war, immerhin etwa einhundertsiebzig Zentimeter maß, aber neben der bärenhaften Statur des Taxifahrers nahezu verschwand. Er war ähnlich gekleidet wie Werner, nur erheblich aufwändiger. Die Cowboy-Stiefel waren aus Schlangenleder gefertigt und mit indianischer Stickerei verziert, der Gürtel aus verschiedenfarbigen Ledersträngen geflochten. Die Gürtelschnalle zeigte einen grimmig dreinblickenden Adlerkopf. Das Westernhemd war mit Ledereinsätzen verbrämt und komplett bestickt. Er trug ein Schaltuch um den Hals geschlungen, der Schaltuchhalter war aus Silber mit Lapislazulieinlagen. Über dem Hemd trug der Mann eine Lederweste, in der eine Taschenuhr mit Silberkette stak. Neben seinem Stetson machte sich Werners Hut wie eine schäbige Kappe aus. Auf der prächtigen geschwungenen Krämpe lagen Bärenklauen, die auf die Hutschnur gefädelt waren.

Während die beiden immer noch den Peterbilt umkreisten, ging Werner nach draußen und langsam auf die beiden zu. Als der Kunde Werners Schritte auf dem Kies hörte, drehte er sich zu ihm um, begann zu strahlen und sagte: "Guten Tag, Herr Ober. Das ist aber man ein Prachtstück geworden." Er streckte die rechte Hand aus und ging ihm ein paar Schritte entgegen. Werner ergriff die Hand, schüttelte sie und antwortete: "Guten Tag, Herr Meissner. Ja, ich bin ganz zufrieden mit dem Ergebnis. Wollen Sie noch ein wenig schauen, wollen wir erst eine Tasse Kaffee trinken, oder wollen wir uns gleich an die Einweisung machen?" – "Erst noch schauen. Ich bin immer noch ganz weg." Nun wandte sich der Taxifahrer an Werner: "Ein Superteil, das da. Darf ich fragen, was der kostet?" – "Klar dürfen Sie fragen. Aber Sie werden keine Antwort erhalten, zumindest nicht von mir. Das ist eine Sache zwischen dem Kunden und mir." – "Oh, Entschuldigung. Na, dann werde ich mich wieder vom Acker machen. Viel Spaß noch mit Ihrem neuen Wagen," wandte sich der Taxifahrer an Herrn Meissner, der ihn geistesabwesend verabschiedete und sich dann wieder dem Peterbilt zuwandte. Er strich mit den Händen über die Chromteile, blickte unter den Rahmen, fasste die Radschrauben an, schnupperte am Lack, streichelte den Bullenfänger. Werner sah Tränen in seinen Augen und drehte sich diskret weg. Er wusste, hier war Zeit vonnöten. Fahrzeugübergaben waren eine ganz persönliche Geschichte. Es gab Kunden, die – wie Herr Meissner – ihre Gefühle in diesem Moment offen zeigten, die in Tränen ausbrachen. Andere jauchzten wie Kinder vor dem Weihnachtsbaum. Nur ganz selten kam es vor, dass jemand die Übergabe ganz kurz und geschäftsmäßig abwickelte. Aus den späteren Inspektionsbesuchen wusste Werner jedoch, dass diese Kunden ihre Fahrzeuge meist am liebevollsten pflegten und am verstörtesten waren, wenn Probleme auftraten, sich das Geräusch des Motors veränderte oder etwas defekt war.

Nach einer halben Stunde kam Herr Meissner auf Werner zu und sagte mit einem Hauch Demut in der Stimme: "Darf ich mal einsteigen?" – "Klar doch. Hier ist der Schlüssel." Herr Meissner nahm ihn entgegen, ging zur Fahrertür, steckte ihn ins Schloss und drehte ihn vorsichtig. Ein leises Klicken war zu hören. Er zog den Schlüssel heraus, fasste den Griff und zog daran. Mit einem „Plopp" öffnete sich die Tür und entließ einen Schwall heißer Luft, gesättigt mit den Gerüchen, die ein neues Fahrzeug mit sich bringt, dem berauschenden Odor der verschiedenen Lösungsmittel, welche die Kunststoffe, Polster, Teppichböden und sonstigen Teile ausströmen. Die Nasenflügel Herrn Meissners weiteten sich, das Leuchten seiner Augen vertiefte sich. Er drehte sich zu Werner um und fragte: "Darf ich?" Werner machte eine einladende Bewegung mit der Hand: "Natürlich. Fühlen Sie sich wie zu Hause." Herr Meissner fasste nach der Einsteighilfe und kletterte die Stufen empor. Er schob sich hinter dem mächtigen Steuerrad auf den Fahrersitz und lehnte sich zurück. Er legte beide Hände auf das Steuerrad, schloss die Augen und holte tief Luft. Er öffnete die Augen wieder und blickte durch die getönte Scheibe auf die mächtige Kühlerhaube, die aus seiner Position unendlich lang wirkte. Die Sonne schien auf das Dach des Führerhauses, es war warm. Er blickte hinunter zu Werner und sagte: „Kann man den Motor starten?" – „Klar. Kennen Sie sich mit Peterbilts aus?" – „Ich habe mal einen alten Dreihundertzehner gefahren." – „Ach ja, der war ja noch ohne Synchrongetriebe und ohne Servolenkung." – „Genau. Das war vielleicht ein Geaste, mit dem den Auflieger an die Abladerampe zu rangieren. Im Stehen ging gar nichts, der Wagen musste immer in Bewegung sein, um das Lenkrad drehen zu können. Dann die Kupplung. Mann, mann." – „Ich komme mal eben rüber auf die andere Seite, dann gehen wir den Wagen durch und können ihn dabei schon mal starten." – „Okay." Werner ging vorne am Kühlergrill vorbei, öffnete die rechte Tür und stieg ein. Er setzte sich, zog die Tür zu und sagte:

„So, dann wollen wir doch mal sehen … Also, der Wagen hat einen gemeinsamen Schlüssel für die Türen und für das Startschloss. Der Kofferkasten wird mit einem extra Schlüssel versperrt. Ich habe versucht, Gleichschließung zu bekommen, gibt es aber nicht. Die Schlösser sind unterschiedlich konstruiert. Das Startschloss ist hier. Stecken Sie mal den Schlüssel rein. So, nun drehen Sie um eine Viertel Umdrehung, bis Sie den ersten Widerstand spüren. Jetzt ist das Lenkschloss freigeschaltet. Wenn Sie nun weiterdrehen, dann schalten Sie die Stromkreise ein. Sie sehen hier eine Reihe von Meldelampen. Die Funktion ist wie bei einem normalen PKW so, dass mit Einschalten der Stromkreise eine leuchtende Lampe vorhandene Funktion bedeutet, während bei laufendem Motor eine leuchtende Lampe ausgefallene oder mangelhafte Funktion bedeuten würde. Rote Lampen bedeuten immer, dass etwas Wesentliches im Argen liegt, zum Beispiel zu wenig Öl oder keine Generatorfunktion. Gelb bedeutet eine Information. Hier das Symbol für Motorelektronik zum Beispiel besagt, dass die Motorelektronik nicht mehr im normalen Modus arbeitet, weil möglicherweise die Abgaskontrolle kein gültiges Messsignal hat. Der Motor läuft trotzdem weiter. Es besteht auch keine Gefahr, dass der Motor kaputt geht. Man sollte ihn nicht mehr an die Grenzen treiben, und wenn die Lampe über einen längeren Zeitraum leuchtet, sollte man eine Werkstatt aufsuchen.

Gut, nun wollen wir mal den Tiger zum Leben erwecken. Dafür müssen Sie die Kupplung betätigen und den Gang rausnehmen. So, genau. Ich habe übrigens den Motor noch nicht laufenlassen, seit er in Denton in Texas vom Band kam. Da die Vorglühanlage schon vor einer ganzen Weile ausgeschaltet hat, drehen Sie bitte den Schlüssel noch einmal in die linke Endstellung und drehen ihn dann wieder bis zum Einschalten der Stromkreise. So, hier sehen Sie die Meldelampe für die Vorglühung. Wenn diese Lampe erlischt, dann drehen Sie den Schlüssel weiter." Die beiden warteten einen Moment, dann erlosch die Lampe. Herr Meissner, der die ganze Zeit auf die Lampe gestarrt und mit dem linken Fuß das Kupplungspedal festgehalten hatte, versteifte sich und drehte den Schlüssel weiter. Der Auftakt zur peterbiltschen Symphonie war ein trockenes Husten, als das Relais einrückte und der elektrische Reihenschluss-Anlassmotor die schwere Kurbelwelle anfing zu drehen. Der erste Kolben schob sich gegen die geschlossenen Ventile in den oberen Totpunkt, überwand diesen und wurde wieder nach unten gezogen, während der nächste Kolben aus einer tieferen Position mehr Luft gegen die geschlossenen Ventile drückte, sie auf diese Weise komprimierte und erhitzte. Jedes Mal, wenn ein Kolben kurz vor dem oberen Totpunkt stand, erhöhte sich die Stromstärke durch den Anlassermotor dramatisch, der Reihenschluss aus der niederohmigen Ankerwicklung und der hochohmigen Feldwicklung führte zu einem Spannungseinbruch am Anker, der Motor begann zu winseln und zu grollen, er musste sich der Gegenkraft des Kolbens stellen. Der zweite Kolben war fast ganz oben angelangt, als der Positionsdrehgeber das Signal an die Motorsteuerung sendete und diese einen Impuls an die Einspritzanlage gab. Selbige injizierte exakt zwei Mikroliter Treibstoff in die Brennkammer, die Düse zerstäubte den hochenergetischen Dieselkraftstoff, so dass das aus dem Kraftstoff entstandene Aerosol sich mit der wirbelnden Luft vermischte, ein zündfähiges Gemisch bildete und an der Oberfläche der heißen Glühkerze anfing zu verbrennen und zu explodieren. Eine exotherme Kettenreaktion setzte schlagartig ein, verwandelte Luft und Dieselkraftstoff in ein hochkomprimiertes Gemisch aus Kohlendioxid und überhitzten Wasserdampf, einigen Stickoxiden und etwas Restsauerstoff. Die erste Explosion klang, wiewohl durch den Mantel aus Kühlwasser, Grauguss und Kühlerhaube gedämpft, wie ein Paukenschlag, der das Orchester des Achtzylinders zu einer Symphonie einlud. Die Bläsergruppe im Ansaugkreis wetteiferte, hochgepeitscht durch den abgasgetriebenen Turbolader, mit den Kollegen auf der Abgasseite. Da entstand eine Klangfülle gutturalen Sounds mit dem gleichen Sex, den eine Frau in ihrer Stimme hat, wenn sie sich jahrelang von Schnaps und Zigaretten ernährt. Herr Meissner und Werner saßen in der Fahrerkabine und blickten sich eine Weile an, während vor ihnen der Motor, dessen Hubraum sich in Gallonen bemaß, im Leerlauf grollte. Herr Meissner strahlte, während Werner leise lächelte. Ersterer freute sich wie ein Kind, das zu Weihnachten endlich das lang ersehnte Lieblingsspielzeug unter dem strahlenden Lichterbaum findet, während Werner nur eine tiefe Erleichterung empfand. Herr Meissner drückte mit dem rechten Fuß sachte auf das Gaspedal, das Grollen des Achtzylinders wurde lauter, Vibrationen durchzogen den schweren Wagen, als die Kurbelwelle ihre Drehzahl erhöhte und damit willig der Schlagzahl der Kolben folgte. Er drückte das Gaspedal noch weiter durch, der Klang wurde schriller, die Frequenz der Zündungen höher, das Tier wurde aufgeregter. Ein weiterer Druck mit dem Gaspedal ließ das archaisch klingende Dieselorchester ins Fortissimo wechseln, die Kopfstimmen setzten zu einer Arie an, die sich nur vergleichen ließ mit dem Gesang eines Bruce Springsteen in seinen besten Rockerjahren. Werner spürte, wie sich seine Nackenhaare sträubten und die Härchen auf seinen Armen sich aufrichteten. Obwohl er schon viele schwere Trucks gefahren und in Betrieb genommen hatte, überliefen ihn immer noch Schauder, wenn ein großer Dieselmotor nach seinem langen Schlaf das erste Mal wieder erwachte, sich streckte, seine Muskeln zeigte und der Welt ein Willkommen entgegen brüllte.

Er winkte Herrn Meissner zu und kletterte aus dem Wagen. Dieser nahm den Fuß vom Gas und fragte: „Soll ich ihn abstellen?" – „Nee, lassen Sie ihn ruhig laufen. Ich wollte Ihnen noch den Motorraum zeigen." Die beiden gingen nach vorne, wo Werner die Verschlüsse der Motorhaube öffnete und sie hochklappte. Wärme strahlte ihnen entgegen von dem chromglänzenden Ungetüm. Leichter Öldunst lag in der Luft. Während der Motor in unbeirrter Regelmäßigkeit seine Ansaug-, Verdichtungs-, Arbeits- und Auspufftakte abspulte und diese mit den schlürfenden Geräuschen der an den Ventilen vorbeiströmenden Gase und den Explosionen untermalte, deutete Werner auf die verschiedenen Motorteile und erläuterte seinem Kunden, welche Umbauten er an dem Antrieb vorgenommen hatte. Er endete mit den Worten: „Und durch die Anpassung der Fahrstufen im Getriebe haben Sie eine Endgeschwindigkeit von zweihundertfünfundzwanzig Stundenkilometern. Dann regelt der Motor ab. Ihnen ist klar, dass der hohe Schwerpunkt des Fahrzeugs diese Geschwindigkeit nur auf langen Geraden zulässt, die Leistungsentfaltung der Maschine, so wie sie jetzt ist, gibt Ihnen aber die Möglichkeit, binnen zehn Sekunden von Null auf Hundert zu kommen und binnen weniger als dreißig Sekunden von Hundert auf Zweihundert zu beschleunigen." Werner drehte sich zur Motorhaube und zog sie zu. Sorgfältig verschloss er sie. „Haben Sie noch irgendwelche Fragen?" Er blickte abwartend Herrn Meissner an. Dieser trippelte etwas hin und her und sagte dann: „Nee, ich glaube nicht." – „Gut, dann wünsche ich Ihnen gute Fahrt und auf Wiedersehen bei der Inspektion." Werner hielt Herrn Meissner die Hand hin, die dieser erfasste und heftig schüttelte. Dann drehte er sich um und kletterte in den Peterbilt. Er zog die Tür zu, schnallte sich an, legte den Gang ein und ließ die Kupplung kommen.

Gleichzeitig drückte er auf die Betätigung der Hupe. Das Vierfachhorn auf dem Dach schmetterte sein Halali, während er Gas gab und vom Hof rollte. Werner drehte sich um und ging in die Halle zurück. Er fühlte sich plötzlich müde. Er war sehr zufrieden und würde sich erst mal ein paar Tage Urlaub gönnen. Vor einigen Tagen war per E-Mail eine Anfrage eingegangen. Jemand wollte einen Mercedes Actros umgebaut haben. Mal sehen.

Kapitel 7

Die nächsten Tage war er damit beschäftigt, die Halle und die Werkstätten gründlich aufzuräumen, Abfalleimer zu leeren, seine Materialbestände zu sichten und gegebenenfalls nachzubestellen. Anschließend putzte er seine Wohnung, räumte seine Wäsche auf und bügelte Hemden. Dann packte er eine Reisetasche, setzte sich in seinen VW-Bus und fuhr nach Norddeutschland, an die Nordseeküste. Er nahm sich in einer kleinen Pension in St.-Peter-Ording ein Zimmer, von wo aus er lange Spaziergänge an der Nordsee entlang und ins Landesinnere unternahm. Nach zwei Wochen wurde er unruhig. Er hatte genug gegrübelt und es drängte ihn danach, wieder ins aktive Leben zurück zu kehren.

Zu Hause angekommen, räumte er die Reisetasche aus, sichtete seine Post, warf das meiste weg, legte zwei Briefe auf den Schreibtisch, um sie zu beantworten, und nahm sich schließlich die Kundenanfrage vor. Der Kunde hatte sich im Internet bei Mercedes bereits informiert. Er wünschte einen Actros in kurzer zweiachsiger Ausführung, mit der V8-Maschine mit 598 Pferdestärken, dem Power-Shift-Getriebe mit sechzehn Vorwärtsgängen und mit lichtblauer Lackierung als Hintergrund für „einige Szenen aus Dantes Inferno", wie er sich in der Anfrage ausdrückte. Die Innenausstattung sollte komplett in weißem Leder sein, Hifi sowieso. Kein Chrom. Dafür Lampen: Zusatz-Fernscheinwerfer, Zusatz-Nebellampen, Zusatz-Blinker,

Arbeitsscheinwerfer für den rückwärtigen Raum. Und einen Kofferkasten, wie die Amerikaner sie haben. Werner las die Anfrage einige Male durch, machte sich ein paar Notizen, öffnete den Online-Konfigurator und versuchte, die Anfrage des Kunden einzustellen. Es blieben noch einige Fragen offen, hauptsächlich hinsichtlich der Sonderausstattung, die Mercedes ohnehin anbot. Er formulierte eine elektronische Nachricht und sandte sie ab. Der Kofferkasten war die größte Herausforderung. Weil er ihn unterbringen musste. Die kurze zweiachsige Ausführung war dann nicht mehr realisierbar.

Werner vereinbarte einen Termin mit einem technischen Gutachter des Technischen Überwachungsvereins, um mit ihm die Frage zu klären, welcher Aufwand notwendig war, den Kofferkasten eines Peterbilt auf den Actros aufzusetzen.

Als er seinen Terminkalender konsultierte, fiel ihm die Einladung für das Klassentreffen wieder in die Hand. Nur noch fünf Tage. Er seufzte innerlich, verspürte im Moment keine Lust, sich mit den ehemaligen Bekannten aus der Schulzeit zu treffen. Aber er könnte die Fahrt zu einem Abstecher nach München nutzen und Rosita wieder einmal besuchen. Er wählte ihre Nummer und als sie antwortete, fragte er nach einem Termin für den 16.September früh morgens, vorausgesetzt, sie empfing um diese Zeit Kunden. Das war kein Problem.

Die nächsten Tage waren damit ausgefüllt, die Details für seinen Auftrag zu klären. Er hatte aus Amerika

Zeichnungen über den Kofferkasten des Peterbilt angefordert, hatte dann eine Montage hergestellt, inwieweit dieser Kasten hinten an das Führerhaus des Actros passte. Die Lösung war seiner Meinung nach optisch grenzwertig, weil der Kasten die Linien des Mercedes deutlich brach. Man konnte eventuell durch Bilder einiges vertuschen. Der Termin mit dem Sachverständigen war ein Erfolg. Gemeinsam erarbeiteten sie eine Lösung, die straßenverkehrstauglich war und die Optik des Gesamten nicht verschlimmerte. Der potenzielle Kunde hatte in der Zwischenzeit die offenen Fragen beantwortet und Werner konnte das Angebot fertig stellen. Er druckte es aus, kuvertierte es und sandte es ab, am Vorabend, ehe er nach Ostfildern abreiste.

Anschließend packte er eine kleine Reisetasche und fuhr zu seiner Werkshalle. Er nahm die Reisetasche mit hinein und ging in die Schlosserwerkstatt. Dort packte er zwei seiner Granaten ein und ging wieder hinaus. Er verschloss die Halle sorgfältig, packte die Reisetasche in den Kofferraum und fuhr los.

Er wählte die Strecke über Frankfurt und Karlsruhe. Der lebhafte Wochenendverkehr machte es unmöglich, den Geschwindigkeitsregler zu benutzen. Das barg immer wieder die Gefahr, dass sich durch die diversen Überholvorgänge seine Geschwindigkeit hochschaukelte. Und er wusste, dass viele Fahrer von Mittelklassewagen recht verständnislos reagierten, wenn sie plötzlich von einem alten VW-Bus überholt wurden. Auch wenn dieser VW-Bus nicht den typischen Trommel-Sound eines luftgekühlten

Vierzylinder-Boxer-Ottomotors von sich gab, sondern mit einem satten tiefen Röhren eines Zehnzylinder-V-Diesel mit Kompressoraufladung umgeben war. Im Gegensatz zu "normalen" optisch getunten Fahrzeugen, bei denen die Durchmesser der Auspuffendrohre denjenigen der Schalldämpfer bisweilen überschreiten, hatte Werner den hinten quer liegenden Schalldämpfer als "Tarnung" für die Auspuffendrohre verwendet.

Während sich Karajan mit den Berliner Symphonikern durch die ungarischen Tänze von Johannes Brahms arbeitete, saß Werner entspannt hinter dem Steuer und war mit seinen Gedanken noch einmal bei der Konstruktion für den Kofferkasten. Er würde dem Kunden noch eine elektronische Mail schreiben und ihm von dem Kofferkasten abraten. Auch wenn er damit die Kosten für den technischen Gutachter nicht an seinen Kunden weitergeben konnte. Es sah einfach nicht gut aus. Ein Actros hatte keinen Kofferkasten. Plötzlich zuckte er hoch. Er hatte soeben einen Audi überholt, sich dabei in einer auf der linken Spur der A67 dahin rollenden Kolonne mit ziehen lassend, und hatte vor, vor diesem Audi wieder rechts einzuscheren. Plötzlich brach der BMW vor ihm nach rechts aus, wo eine größere Lücke entstanden war, beschleunigte stark und wollte an dem vor ihm fahrenden Verkehrsteilnehmer, einem Mercedes, offenbar rechts vorbeifahren. Werner hatte bereits seit einer Weile zur Kenntnis genommen, dass der BMW-Fahrer vor ihm seine Ungeduld durch Betätigen des linken Blinkers und zeitweiliges dichtes Auffahren deutlich signalisiert hatte, was den Mercedesfahrer vor ihm aber nicht beeindruckt zu haben schien. Als er fast auf der Höhe des zu überholenden Fahrzeuges angekommen war, zog dieses plötzlich nach rechts, den BMW damit massiv nach rechts drängend. "He, seid Ihr bekloppt, oder was soll das?" Werner trat auf die Bremse, beobachtete. Der Überholende war nun auf die Standspur ausgewichen, musste aber trotzdem weiter abbremsen, weil der Mercedes immer noch weiter bedrängte. Staub wirbelte auf. Durch das Manöver war der bedrängende Mercedes nun selbst ins Schleudern geraten und hatte Mühe, seinen Wagen wieder unter Kontrolle zu bekommen. Der Audi auf der rechten Spur hatte wieder aufgeschlossen und bedrängte nun seinerseits den BMW und erschwerte es ihm, sich zurückfallen zu lassen und sich hinten wieder anzustellen. Werner warf einen kurzen Blick auf den Tachometer. Hundertfünfundfünfzig Stundenkilometer, die richtige Geschwindigkeit für derartige Kasperletheater. Plötzlich gab es einen lauten Knall, noch mehr Staub wirbelte auf, und der BMW, der eben noch rechts vor dem Audi auf der Standspur gefahren war, schleuderte heftig, schlug mit dem Heck gegen die Leitplanke, fiel wieder auf die Straße zurück, wirbelte um seine eigene Achse, schoss direkt vor Werner quer über die Autobahn Richtung Mittelstreifen und stieß dort heftig mit der Front gegen die Leitplanke. Werner hatte instinktiv den Wagen nach rechts gerissen, sich dabei kurz im Rückspiegel versichernd, dass von hinten niemand ankam. Der Audi war an dem ausbrechenden Wagen vorbei geschossen und bremste nun kurz, um gleich darauf die Verfolgung des Mercedes aufzunehmen, der den Unfallwagen vorhin gegen die rechte Leitplanke gedrängt hatte. Zumindest hoffte Werner, dass er die Verfolgung aufnahm und sich nicht selbst aus dem Staub machte. Er versuchte noch kurz, das polizeiliche Kennzeichen zu erkennen, aber zu spät. Werner fuhr auf den Standstreifen und hielt an. Er schaltete die Warnblinkanlage ein und blickte in den Rückspiegel. Während auf der rechten Spur der Verkehr noch immer lief, waren auf der linken Spur die drei nachfolgenden Wagen mit fast unverminderter Geschwindigkeit in den geschleuderten BMW beziehungsweise in den jeweiligen Vordermann gerast.

Durch die hektischen Ausweichmanöver von der linken auf die rechte Spur gab es jetzt hier einige kritische Situationen, bislang war aber keine weitere Kollision mehr passiert. Werner blieb sitzen und wartete. Der Verkehr wurde langsamer und blieb stehen. Auf der gegenüber liegenden Fahrbahn war der Verkehr auch immer langsamer geworden. Endlich gab es etwas zu Sehen. Während er mit dem Funktelefon die Notrufnummer wählte, sah Werner, wie einer der Schaulustigen auf der gegenüber liegenden Fahrbahn das Bremsmanöver seines Vordermannes zu spät wahrnahm und mit einem lauten Krachen diesem ins Heck fuhr. Willkommen am Samstag Nachmittag auf der Autobahn, dachte er. Die Notrufannahmestelle meldete sich. Er antwortete:

"Hier spricht Werner Ober. Ich befinde mich gerade auf der A67 Richtung Süden, kurz nach Darmstadt, und habe gerade einen Unfall beobachtet. – Ja, ich befinde mich an der Unfallstelle. – Moment. – Nein, ich kann hier keine Kilometermarkierung erkennen. Ich bin jedenfalls vor etwa einer Viertelstunde am Darmstädter Kreuz durchgekommen. – Also, ein BMW ist gegen die Mittelleitplanke gefahren, und drei weitere Fahrzeuge sind in ihn reingekracht. – Ja, der Verkehr steht jetzt, auf beiden Spuren. Auf der Gegenfahrbahn stehen sie mittlerweile auch, weil es dort auch gekracht hat. – Ich befinde mich hinter der Unfallstelle, weil der BMW unmittelbar vor mir in die Leitplanke gefahren ist und ich an ihm noch vorbeigefahren bin. – Mein polizeiliches Kennzeichen ist HG Strich WO 1. – Ich bleibe hier an der Unfallstelle, bis Ihre Kollegen da sind. Ich schau mir das ganze jetzt mal an, vielleicht kann ich helfen. – Meine Funktelefonnummer ist 0170 ... – 790, genau. Ja bitte. Tschau."

Werner blickte noch einmal in den Rückspiegel und stieg dann aus. Er ging auf die Unfallstelle zu, wo sich mittlerweile die Insassen der nächststehenden Autos versammelt hatten. Als er an die Menschentraube heran trat, wandte sich eine Frau zu ihm um und sagte: "Ich glaube, die sind tot. Die bewegen sich nicht mehr." Er blickte sich um und sagte laut: "Hat schon jemand ein Warndreieck aufgestellt? Niemand? Schlecht. Gut, dann nehmen Sie jetzt ...", er deutete auf einen der Umstehenden, "... Ihr Warndreieck und sichern die Unfallstelle ab. Gibt es jemanden, der in

Erster Hilfe fit ist? Niemand? Schlecht." Werner trat an die Trümmer des BMW heran. Der rechte Teil der Heckpartie war stark beschädigt. Dort hatte der Wagen die Leitplanke eingedrückt. Der Kotflügel fehlte, vom Rad waren nur noch die Felge und ein paar Fetzen geblieben. Möglicherweise ein Reifenplatzer, der den Wagen ins Schleudern gebracht hatte. Die Frontpartie hatte sich durch den Aufprall auf die Mittelleitplanke in die Fahrgastzelle verschoben, von der Stoßstange bis zur B-Säule – die Säule hinter den Vordertüren – maß der Wagen noch etwa fünfzig Zentimeter. Die Vordersitze waren aus ihren Verankerungen gerissen und samt den darauf sitzenden Personen in den Heckraum gedrückt worden. Das Gesicht des Fahrers war eine blutige Maske. Wenn ein Wagen mit einhundertvierzig Stundenkilometern gegen eine Leitplanke raste, dann hielt auch keine Verbundglasscheibe mehr. Ein Wunder, dass er die Leitplanke nicht komplett durchbrochen hatte und auf der Gegenfahrbahn gelandet war. Vom Beifahrer konnte Werner aus seiner Position nichts erkennen. "Wie geht es den Insassen der anderen Fahrzeuge?" Die Schaulustigen waren etwas zurück gewichen, als Werner auf den BMW zugegangen war. Sie schienen ihn unwillkürlich als Autorität zu akzeptieren. Er blickte auf die entsetzt und teilweise hungrig blickenden Gesichter. "Wie geht es den Insassen der anderen Fahrzeuge? Gibt es hier Verletzte?" Er blickte sich um. "Können Sie bitte etwas Platz und eine Gasse frei machen. Ich habe den Notruf bereits abgesetzt und warte nun auf Polizei und Rettungswagen. Wem gehören diese Autos hier?" Werner wies auf die ersten Wagen in der Schlange auf der rechten Seite. "Fahren Sie Ihre Wagen bitte hinter meinen auf die Standspur. Die nachfolgenden Fahrzeuge können dann auch nach und nach rechts rüber fahren, um eine Gasse freizumachen. Wem gehören die Fahrzeuge hier?" Er wies auf die drei Fahrzeuge, die in den BMW gekracht waren. Plötzlich sagte eine aggressive Stimme: "Wer sind Sie überhaupt? Was bilden Sie sich eigentlich ein, hier so rumzukommandieren?" – "Wer war das? Ich werde Sie jetzt anzeigen wegen unterlassener Hilfeleistung und wegen Behinderung einer Rettungsaktion. Wer war das eben?" Die Leute wichen zurück und gaben einen Mann frei. Werner blickte ihn an. "Wenn die Polizei kommt und Sie sind nicht mehr da, dann werden Sie richtig Ärger bekommen, das verspreche ich Ihnen. Sie halten sich jetzt zu meiner persönlichen Verfügung. Wem gehören diese Fahrzeuge hier? Können Sie bitte anfangen, die Gasse freizumachen?" Die ersten Leute gingen zu ihren Fahrzeugen zurück und stiegen ein, taten, wie Werner ihnen geheißen hatte. Der Mann, der ihn vorhin so aggressiv angesprochen hatte, sagte: "Wer sind Sie überhaupt? Verstehen Sie überhaupt etwas von dem, was Sie hier machen? Man darf an einer Unfallstelle nichts verändern, ehe die Polizei kommt." Werner blickte ihn noch einmal an. "Wenn Sie meinen, dann wird das wohl so sein. Dann werden wir beide jetzt zu dem BMW gehen und zusehen, ob man die beiden Insassen noch rausbekommt. Offenbar ist hier sonst niemand erkennbar verletzt. Wenn die beiden noch leben und bewusstlos sind, werden Sie sich persönlich drum kümmern, dass sie uns nicht sterben, ehe der Rettungsdienst kommt. Ich werde Ihnen sagen, was Sie zu tun haben. Wenn Sie sich weigern, zeige ich Sie an, wegen unterlassener Hilfeleistung." Der Mann war blass geworden. "Das geht nicht. Ich – Ich kann kein Blut sehen." Werner drehte sich um und ging zu dem BMW. Er beugte sich auf der Fahrerseite so weit runter, dass er das Gesicht des Fahrers sehen konnte. Er spürte Brechreiz aufsteigen, richtete sich einen Moment auf und atmete durch. Dann beugte er sich wieder runter. Wie war das noch mal mit dem Puls und der Atmung? Die Atmung kontrollierte man durch Beobachtung der Brustbewegung? Nur, hier war keine Brust mehr. Die war vom Lenkrad eingedrückt. Puls? Am Hals? Werner blickte kurz auf seine Fingerspitzen. Keine erkennbaren Schäden. Er drehte sich um und sah einen Mann mit Verbandskasten auf sich zukommen. "Ich weiß zwar nicht, wie man den benutzt, aber vielleicht benötigen Sie …" – "Danke. Ich überlegte gerade, dass ich eigentlich Handschuhe anziehen sollte. Haben Sie welche im Verbandskasten?" Der Mann öffnete die Box und kramte. "Ja, hier." – "Danke." Werner zog sich die Handschuhe an und beugte sich wieder in den Wagen. Er tastete vorsichtig am Hals des BMW-Fahrers herum. "Ich glaube, sein Herz schlägt noch. Aber er atmet nicht mehr. Den kriegen wir hier aber nicht raus, um ihn zu beatmen." – "Glauben Sie, das macht Sinn, mit dem eingepressten Brustkorb?" – "Ich weiß es nicht. Wie geht es denn dem Beifahrer?" Werner versuchte, am Fahrer vorbei einen Blick auf den Passagier zu werfen. "Sieht besser aus. Können Sie mal von der rechten Seite …?" – "Tut mir leid. Ich würde Ihnen gerne helfen, aber ich kann kein Blut …" Der Mann ließ den Verbandskasten fallen, wandte sich ab und erbrach sich. Hustend würgte er eine Weile. Werner spürte wieder Brechreiz aufsteigen. Er versuchte, tief einzuatmen, stockte jedoch. Das eben Erbrochene stank. "Tut – Tut mir leid, aber ich kann nicht …" Der Mann drehte sich wieder um und würgte. Der aggressive Mann von vorhin war noch ein paar Schritte zurück getreten und blickte mit großen Augen auf die Szene. Er war totenblass, Schweiß stand auf seiner Stirn. Plötzlich kippte er um. Werner seufzte und blickte um sich. Ein Kreis von Menschen hatte sich gebildet. Sie hielten aber Abstand und schwiegen oder unterhielten sich leise. Der Mann, der eben erbrochen hatte, wischte sich den Mund mit einem Taschentuch ab und sagte: "Ich glaube, es geht wieder. Ich kümmere mich um den anderen. Der blutet zumindest nicht. Entschuldigen Sie bitte." – "Schon gut, danke." Werner tastete wieder an den Hals des verletzten BMW-Fahrers. Der Puls schien immer noch da zu sein. Er blickte wieder auf den Beifahrersitz. Eine Frau, das Gesicht auch blutüberströmt. Werner sagte: "Können Sie mich hören?" Keine Reaktion. Er griff über den Fahrer hinweg, versuchte, die Beifahrerin zu erreichen. Er berührte sie im Gesicht, kniff sie in die Wange. Sie zuckte, die Augenlider flatterten, sie blickte ihn an. "Wer sind Sie?" Werner blickte zurück. Sie sah sich um. "Oh Gott. Was ist los?" Sie sah den Mann neben sich, begann zu schreien. Sie bewegte sich und stellte fest, dass sie eingeklemmt war, begann, sich hektisch zu bewegen. Und schrie. Werner blickte sie einen Moment hilflos an, versuchte, sich zu erinnern, was er in einer derartigen Situation machen sollte. Dann sagte er: "Ich werde Ihnen jetzt eine Ohrfeige geben, um Sie aus Ihrer Hysterie zu holen." Mit diesen Worten schlug er gegen ihre Wange. Sie zuckte zusammen und hörte auf zu schreien. Werner sagte: "Beruhigen Sie sich bitte, wir kriegen das hier schon wieder in Ordnung. Hören Sie mir jetzt bitte zu. Hören Sie mir zu?" – "Ja, ja, natürlich. Was ist hier los? Aaaah … " – "Hören Sie bitte auf zu schreien und hören Sie mir bitte zu." – "Ja, aber, was ist mit Franz … " Sie versuchte, ihren Nebenmann zu sehen, was Werner gar nicht wollte. Er versuchte, ihre Augen abzuschirmen, und sagte: "Hören Sie mir jetzt bitte zu. Können Sie Ihre Arme bewegen?" Die Frau stutzte einen Augenblick, dann sah Werner, wie sich ihre Arme leicht bewegten. "Spüren Sie Ihre Hände?" – "Ja – ja, ich spüre meine Hände." – "Gut. Spüren Sie Ihre Beine?" Die Frau horchte in sich, Werner sah wieder so etwas wie Panik über ihr Gesicht flackern, aber sie schien sich zu beherrschen. "Ich spüre das rechte Bein. Ich kann es bewegen. Aber ich spüre mein linkes Bein nicht. Was ist mit meinem linken Bein?" – "Bleiben Sie bitte ruhig. Wir kriegen das schon raus, was mit Ihrem linken Bein los ist. Tut es sonst irgendwo weh? Innen drin?" Die Frau schien wieder zu überlegen. "Nein, es tut nicht weh." – "Auch das Atmen nicht?" – "Nein, auch das Atmen tut nicht weh. Was ist mit Franz?" – "Bleiben Sie bitte ruhig. Können Sie Ihr linkes Bein ertasten, mit den Händen oder mit dem rechten Bein?" Die Frau war wieder eine Weile beschäftigt. "Ich komme nicht an mein linkes Bein. Da ist etwas im Weg." Sie bewegte den Kopf, zuckte zusammen, bewegte ihn wieder. "Ich sehe mein Bein nicht. Das steckt da unter dem Handschuhfach." – "Versuchen Sie bitte ganz vorsichtig, Ihr Bein zu bewegen, zu erfühlen. Wenn es weh tut, irgendwo, dann sagen Sie es mir. Und erzählen Sie mir bitte, was Sie jeweils machen und spüren. Okay?" – "Ich versuche jetzt, das rechte Bein anzuheben. Ich spüre nichts. Ich kann das rechte Bein heben. Ich senke es wieder ab. Ich ziehe nun meinen rechten Arm an. Er scheint zu klemmen, nein, es geht. Autsch, das war eine Glasscherbe, an der ich mich geschnitten habe. Mein rechter Arm ist frei. Ich blute …" Während sie so mit sich selbst beschäftigt war, hatte sich Werner aus dem Wrack zurückgezogen und atmete tief ein. Das Erbrochene stank immer noch. Es stank aber auch nach anderem. Nach Fäkalien. Nach Blut, nach Benzin. Nach Benzin? Verdammt, hoffentlich fing der Wagen nicht an zu brennen. Er blickte sich um, sah den Verbandskasten liegen, bückte sich. Sofort rief die Frau, Panik in der Stimme: "Wo sind Sie? Kommen Sie. Helfen Sie mir." Werner erhob sich wieder, den Verbandskasten in der Hand. "Hier bin ich, bleiben Sie bitte ruhig. Was machen

Sie? Was spüren Sie? Wo kommen Sie her?" Während er sie dies fragte, öffnete er den Kasten, kramte. Er fand eine Rolle Verbandsmull, riss die Verpackung auf. "Sie sagten vorhin, Sie hätten sich geschnitten. Wo?" Die Frau hielt ihm den rechten Arm hin. Aus einer langen Schnittwunde an der Unterseite des Unterarmes lief Blut. Zu viel Blut. Sie schien sich eine Ader aufgeschnitten zu haben. Werner sagte: "Ich lege nun einen Druckverband an und versuche, diese Wunde zu schließen. Tut es weh?" – "Nein, es tut nicht weh." Er legte die Wundabdeckung der Verbandsmullrolle über die Wunde, legte den Mull zweimal um den Arm, hielt ihn fest, zog. "Tut das weh?" – "Nein. Es drückt, aber es tut nicht weh." – "Gut, ich wickle jetzt den Verband um Ihren Arm. Wie geht es dem linken Arm." – "Der ist hier." Mit diesen Worten hielt die Frau den linken Arm hoch, hielt dann die rechte Hand fest. Werner wickelte den Verbandsmull um ihren Arm, zog ihn fest, blickte sich um. "Wie geht es Ihrem linken Bein. Können Sie es bewegen?" – "Ich versuche es. Es fängt an zu kribbeln. Ich spüre es. Es tut weh." – "Es war möglicherweise eingeschlafen. Was tut weh?" – "Das Kribbeln tut weh. Aber ich spüre es. Ich kann den Fuß bewegen. Er ist eingeklemmt." – "Okay, versuchen Sie weiter, den Fuß zu bewegen. Können Sie bitte kurz dieses Ende festhalten, dann werde ich etwas Heftpflaster drauf kleben." Werner holte die Rolle Heftpflaster hervor, wickelte etwas davon um den Arm und nahm dann die Schere aus dem Kasten, um das Heftpflaster abzuschneiden. "So. Hier haben Sie noch ein Tuch, um Ihr Gesicht abzuwischen." Er reichte ihr ein Dreieckstuch, das er aus dem Verbandskasten genommen hatte. "Seien Sie aber vorsichtig. Vielleicht stecken Glassplitter in Ihrem Gesicht." Die Frau schien sich nun etwas beruhigt zu haben. Sie bewegte langsam ihre Beine, nahm das Dreieckstuch und begann, ihr Gesicht abzutupfen. Das Blut auf dem Gesicht war mittlerweile geronnen und bildete Krusten. Werner wandte sich wieder dem Fahrer zu und tastete nach seinem Puls. Nichts mehr. Er suchte eine Weile, spürte, wie Panik in ihm hochstieg. Wo war der Puls? Das Aussehen des Fahrers hatte sich auch verändert. Er sah aus wie – ja, wie ein Stück blutiges Fleisch, nicht mehr wie ein Mensch mit Leben in sich. Die Frau sagte: "Autsch, hier ist noch ein Splitter. Wie geht es Franz?" – "Er lebt. Ich versuche jetzt, ihn zu beatmen, weil sein Atem plötzlich weg ist. Er lebt aber noch. Sie können ganz beruhigt sein. Wie geht es Ihren Beinen?" – "Das linke kribbelt immer noch, und es tut weh. Aber es geht." Sie tastete an ihrem Gesicht herum. "Ich glaube, hier ist immer noch Blut. Aber das geht nicht ab." Die Frau schien jetzt völlig ruhig zu sein und sich unter Kontrolle zu haben. Wo blieben nur die Polizei und das Rettungs-fahrzeug? Werner wischte mit einem weiteren Dreieckstuch das Gesicht des Fahrers ab, beugte sich vor sein Gesicht und blickte in seinen Mund. Die Kinnlade war heruntergefallen. Nichts drin. Er fasste das Gesicht an. Es fühlte sich irgendwie schwammig an. Leblos. Aber er durfte der Frau nicht erzählen, dass sie neben einem Toten saß. Sonst würde sie wieder anfangen zu schreien. Werner schluckte. Er spürte Übelkeit. Er wollte nicht mit seinem Mund das Gesicht dieses Toten berühren. Er öffnete das Dreieckstuch, suchte eine saubere Stelle und legte sie über das Gesicht des Fahrers. Er atmete ein, ignorierte den Gestank nach Erbrochenem, Blut und Fäkalien und legte seinen Mund auf den Mund des Fahrers, blies. Nichts. Klar, der Brustkorb war eingedrückt, die Lunge konnte sich nicht ausdehnen. Die Frau beobachtete ihn. "Sie haben so etwas schon mal gemacht? Sind Sie Arzt?" – "So ähnlich." Werner holte wieder Luft und tat, als bliese er in den Mund des Toten. Die Frau kratzte gedankenverloren an den Blutkrusten in ihrem Gesicht. "Wissen Sie, wir wollten heute nach Karlsruhe fahren. Dort wohnen Franz' Eltern. Sie haben seit Jahren nicht mehr mit ihm gesprochen. Heute rief seine Mutter an, dass sein Vater im Sterben liegt und er ihn noch einmal sehen möchte. Nun kommen wir möglicherweise zu spät." Die Stimme der Frau war mit den letzten Worten immer schriller geworden. Sie begann zu weinen. Werner hatte in der Zwischenzeit noch eine Lunge voll Luft in das Gesicht des Toten geblasen, hielt inne und sagte: "Regen Sie sich bitte nicht auf. Wir kriegen die Sache hier schon hin. Sobald wir Sie hier raus haben, können Sie weiter fahren. Ich nehme Sie mit bis zur nächsten Tankstelle, dort können Sie telefonieren und sich dann einen Leihwagen nehmen." Er holte wieder Luft, blies. Die Frau nickte: "Das ist so nett von Ihnen, dass Sie sich um uns kümmern. Wir stehlen Ihnen sicherlich Ihre Zeit?" Werner holte Luft, blies, schüttelte den Kopf. "Ach, das macht nichts." Er blies wieder. Wo blieb nur das Rettungsfahrzeug? Er blickte sich um. Die Leute standen immer noch. Auf der anderen Straßenseite rollte der Verkehr ganz langsam vorbei. Die Leute in den Autos starrten zu ihm herüber. Er meinte, ein Martinshorn zu hören. Er holte wieder Luft und blies, fragte dann: "Wie lange kennen Sie sich schon, Sie und – Franz?" – "Schon eine Ewigkeit. Wir haben schon im Sandkasten miteinander gespielt." Die Frau betrachtete ihren rechten Unterarm, betastete ihn. "Ich glaube, meine rechte Hand wird taub. Sie haben den Verband ziemlich fest gewickelt. Aber das muss sein, oder? Sonst wäre ich verblutet?" Sie holte plötzlich tief Luft, schluchzte. Werner blickte auf, berührte ihre Schulter und sagte: "Beruhigen Sie sich bitte." – "Ja, ja, ich bin schon ganz ruhig. Wissen Sie, Franz hatte es ziemlich schwer. Sein Vater und er hatten immer Streit. Irgendwann war es so schlimm, dass sie sich nur noch anbrüllten, wenn sie sich sahen. Ich habe dann zu Franz gesagt, dass er seinen Vater doch einfach vergessen soll. Oh Gott, und nun stirbt er vielleicht, ehe wir hinkommen. Und ich bin schuld daran." Sie begann wieder zu schluchzen. Werner atmete ein, blies, sagte: "Beruhigen Sie sich doch. Wir holen Sie hier raus. Dann fahre ich Sie da hin. Das kriegen wir schon hin." Sie blickte ihn wieder an: "Sie sind so nett." Sie horchte eine Weile. "Ich glaube, mein linkes Bein ist nun auch wieder wach. Es kribbelt nicht mehr." Sie horchte wieder. Werner holte Luft, blies, sagte: "Hören Sie schon den Rettungswagen? Ich glaube, er ist schon ziemlich nah." Er horchte selbst. Sie nickte und sagte: "Ja, dann können wir hier endlich raus. Wie heißen Sie eigentlich?" – "Ich? Werner. Können Sie mir bitte mal helfen? Können Sie bitte mal dieses Tuch so festhalten? Mir ist schwindlig. Ich muss mich kurz aufrichten. Aber es geht gleich weiter." Die Frau nahm das Tuch mit der linken Hand und hielt es vor das Gesicht des Toten, während Werner sich aufrichtete und Luft holte. Er blickte sich um. Immer mehr Leute waren erschienen. Auf der Gegenfahrbahn war der Verkehr auch zum Erliegen gekommen. "Nun fehlt nur noch der Dönerstand, und das Volksfest ist perfekt," dachte er in einem Anflug von Sarkasmus. Der aggressive Mann von vorhin saß auf dem Boden, der andere, der sich erbrochen hatte, kniete bei ihm. Die beiden sprachen leise mit einander, blickten einmal kurz zu Werner. Werner beugte sich wieder in das Wrack, blickte auf die Frau, ihr blasses Gesicht mit den Blutkrusten. "Wie heißen Sie eigentlich?" – "Entschuldigen Sie bitte. Ich heiße Clara. Mit C. Wie geht es Ihnen?" – "Mir geht es gut." Werner tastete nach dem Puls des Toten. Da war etwas gewesen. Das konnte doch nicht sein. Er tastete wieder. Doch, hier, ein ganz schwaches Zucken. Er legte die Hand auf den Brustkorb. Keine Regung. Er atmete ein, beugte sich über das Gesicht, blies. Die Frau hatte ihre Hand wieder zurückgezogen und betrachtete den Verband. "Ich glaube, wir hatten ziemliches Glück. Wenn Sie nicht gekommen wären … " – "Ach, das ist nichts. Dann würde Ihnen sicherlich jemand anderes helfen. Wie geht es

Ihnen?" – "Mir geht es gut. Der Arm pocht und mein linker Fuß tut etwas weh. Aber sonst geht es mir nicht schlecht." Werner atmete ein, blies. "Wo kommen Sie her?" – Wir wohnen in Darmstadt. Franz hat dort Arbeit gefunden und ist hingezogen. Ich bin natürlich mitgekommen. Ich habe mittlerweile auch wieder Arbeit gefunden. Es war nicht ganz einfach." – "Was machen Sie beruflich?" – "Ich habe Kosmetikerin gelernt, arbeite aber zur Zeit als Kosmetikberaterin. Man sieht wahrscheinlich nicht, dass ich Kosmetikerin bin, oder?" – "Nein, das sieht man nicht." Werner atmete ein, blies. Er fühlte nach dem Puls, spürte ihn etwas stärker. Der Fahrer hatte seine Schwammigkeit verloren, fühlte sich wieder eher wie ein Mensch an, nicht wie ein – Stück blutigen Fleisches.

Das Martinshorn war in der Zwischenzeit deutlich zu hören. Werner atmete ein, blies. Die Frau sagte: "Ich glaube, mir wird schlecht." Werner blickte sie an. Sie war schon vorhin blass gewesen, aber sie schien noch blasser geworden zu sein, ihre Nase wirkte plötzlich spitz. Er streckte die Hand aus, berührte sie an der Schulter, schüttelte sie leicht, sagte: "Bleiben Sie ganz ruhig. Wir kriegen das schon hin." Die Frau atmete tief ein, schüttelte den Kopf, atmete noch einmal ein, sagte: "Es ist besser geworden jetzt. Danke. Sie sind so nett." Werner atmete wieder ein, blies. "Leben Sie direkt in Darmstadt?" – "Nein. Wir haben in Weiterstadt eine Eigentumswohnung gekauft. Weiterstadt liegt im Norden Darmstadts. Kennen Sie sich dort aus?" – "Nein, ich komme aus einer anderen Gegend, bin nur auf der Durchreise." Er atmete wieder tief ein und blies. Es stank nach Erbrochenem und nach Fäkalien, außerdem war der Benzingeruch stärker geworden. Aber es hatte bislang nicht angefangen zu brennen, also bestand eine gewisse Chance, dass sie von einer Explosion verschont blieben. er atmete ein, blies. Die Frau beobachtete ihn. "Was machen Sie wirklich beruflich? Sie sehen nicht aus wie ein Arzt oder ein Sanitäter." – "Ich bin Mechaniker." Werner atmete ein, blies. Er spürte mittlerweile, dass sein Atem kürzer wurde. Er bezweifelte jedoch, dass jemand von den Schaulustigen ihn ablösen würde. Er atmete ein, blies. "Haben Sie so etwas schon öfters erlebt? Sie scheinen genau zu wissen, was Sie machen müssen." Ich muss sie ablenken, muss über andere Dinge mit ihr reden, dachte Werner. Er atmete ein, blies. War das eben ein Zucken unter ihm? Er tastete nach dem Puls des Fahrers. Er war stärker geworden. Er legte die Hand auf die eingedrückte Brust. Keine Regung. Oder doch? Er nahm das Tuch vor dem Gesicht weg, hielt es aber so, dass die Beifahrerin das Gesicht des Fahrers nicht sehen konnte. Es war voller Blut und dadurch war nicht viel zu erkennen, aber es wirkte lebendig. Werner war unsicher. Sollte er weiter beatmen? Wo blieb nur der Rettungsdienst? Er blickte sich um. Das Martinshorn war sehr laut geworden, in die Menschen kam Bewegung. Man sah das Blitzen der Blaulichter. Er wandte sich wieder dem Fahrer des BMW zu, bedeckte sein Gesicht mit dem Tuch. Da zuckte der Fahrer zusammen. Werner nahm das Tuch wieder weg, hielt es so, dass die Beifahrerin das

Gesicht nicht sehen konnte. Aber sie schien gar nicht darauf zu achten, starrte vor sich hin. Werner berührte sie an der Schulter. "Wie geht es Ihnen? Können Sie mich hören?" Sie zuckte hoch. "Mir geht es gut, mir ist nur etwas schwummerig. Und ich habe Durst." – "Können Sie mir etwas erzählen? Wo kommen Sie ursprünglich her? Wie haben Sie Ihren – Freund? – Mann? – kennen gelernt?" Er atmete wieder ein, wollte blasen, wollte das Tuch über das Gesicht legen, als sich der Kopf des Fahrers rührte. Werner nahm das Tuch weg. Die Frau blickte den Fahrer an und fing an zu schreien. Werner verfluchte sich, hielt das Tuch vor das blutige Gesicht, fasste die Frau an der Schulter, schüttelte sie und sagte: "Reißen Sie sich bitte zusammen. Beruhigen Sie sich bitte." Sie blickte ihn an, verstummte. "Entschuldigen Sie bitte, aber er sieht so entsetzlich aus." Sie wurde blass. "Ich glaube, mir wird schlecht." Sie begann zu würgen. Werner blickte sich hilflos um. Sie hielt die Hände vor das Gesicht und erbrach sich hustend. Der Gestank nach Erbrochenem vertiefte sich. Sie blickte auf ihre Hände, begann wieder zu würgen. Werner spürte, wie in ihm wieder Brechreiz hochstieg. Er zog sich aus dem Wrack zurück und bückte sich nach dem Verbandskasten, wühlte darin herum. er fand noch ein Dreieckstuch, riss es heraus, öffnete es und reichte es der Frau. "Hier." Sie leerte den Inhalt ihrer Hände in das Tuch, Werner faltete es zusammen, wischte mit den Zipfeln ihre Hände ab. Der Fahrer rührte sich wieder, stöhnte leise. Sie blickte Werner an. Ihre Augen waren blutunterlaufen, Erbrochenes hing in ihrem Mundwinkel, aus ihrer Nase hing ein Schleimfaden. Werner bückte sich wieder, nahm eine Mullkompresse aus dem Verbandskasten, riss die Verpackung auf, reichte ihr die Kompresse und sagte: Hier, wischen Sie sich das Gesicht ab." Sie nahm die Kompresse, hielt sie an die Nase und schneuzte sich. Dann faltete sie sie einmal und wischte sich über die Nase und den Mund. "Oh Gott, es tut mir so Leid." – "Das macht nichts. Ich hätte das Tuch nicht wegnehmen dürfen. Ich glaube, ich wische mal das Gesicht ab. Schauen Sie bitte weg." Die Frau blickte starr nach vorne. Werner versuchte, die Blutkrusten etwas zu beseitigen, aber sie waren sehr festgeklebt. "Es geht nicht, das Blut ist so fest. Aber es ist nicht so schlimm. Glaube ich. es sieht nur sehr schlimm aus." – "Ich sehe genau so aus. Stimmts?" Die Frau blickte ihn an, vermied den Blick zum Gesicht des Fahrers. Werner zögerte, nickte. "Ja, Sie sehen genau so aus. Das haben die Splitter der Windschutzscheibe verursacht." Der Fahrer bewegte sich wieder leicht, stöhnte. "Franz, kannst Du mich hören?" Die Frau wandte sich dem Fahrer zu, zuckte zusammen und wandte sich wieder ab. "Oh Gott." Werner berührte sie an der Schulter. Sie blickte ihn dankbar an, tupfte mit der Mullkompresse noch einmal ihr Gesicht ab. Werner blickte das Gesicht des Fahrers an. Dieser bewegte den Kopf, stöhnte. Werner fasste ihn jetzt an der Schulter, drückte ihn leicht und sagte: "Ich hoffe, Sie verstehen mich. Bewegen Sie sich bitte nicht. Wenn Sie mich hören und verstehen, dann bewegen Sie bitte nur den Kopf." Der Fahrer nickte leicht, stöhnte. Werner betrachtete noch einmal das Gesicht und sah, dass die Augen mit Blut verklebt waren. Er sagte: "Ich werde jetzt Ihre Augen sauber machen. Rühren Sie sich bitte nicht. Wenn es zu sehr weh tut, dann schütteln Sie bitte den Kopf." Der Fahrer nickte. Werner versuchte, mit seiner behandschuhten Hand die Kruste über einem Auge zu entfernen. Es klappte nicht. Er zögerte. Dann zog er den Handschuh seiner linken Hand aus, betrachtete noch einmal seine Hand, überlegte. Hoffentlich hatte der Fahrer kein AIDS oder sonstige Erreger in seinem Blut. Er konnte zwar keine Verletzung seiner Haut erkennen, seine Nagelbetten waren in Ordnung, aber ... Er zögerte noch einmal kurz und pickte dann mit dem Zeigefinger vorsichtig in das linke Auge, kratzte an der Blutkruste, die sich in Klumpen löste. Der Fahrer nickte einmal und öffnete das linke Auge für einen kurzen Moment. Werner kratzte die Blutkruste vom rechten Auge, der Fahrer nickte wieder, öffnete auch das rechte Auge, schloss es sofort wieder, schüttelte den Kopf. "Tut es weh?" Der Fahrer schüttelte den Kopf, öffnete wieder beide Augen, blinzelte, stöhnte, versuchte sich zu bewegen. "Bewegen Sie sich bitte nicht. Sie sind eingeklemmt, und ich weiß nicht, was alles zerstört ist. Bleiben Sie bitte möglichst ruhig sitzen." Der Fahrer blinzelte, nickte. Die Frau blickte starr nach vorne. "Wie geht es Franz?" – "Ich weiß es nicht. Er kann jedenfalls die Augen öffnen und er scheint mich zu verstehen. Wie geht es Ihnen?" – "Im Moment fühle ich mich etwas elend. Und ich habe Durst." Werner nickte und zog sich aus dem Wrack zurück. Er sah, dass ein

Polizeiwagen angekommen war, gefolgt von einem Krankenwagen. Die beiden Polizisten in dem Polizeiwagen nahmen ihre Mützen und stiegen aus, setzten ihre Mützen auf und blickten sich um. Die Menschen standen herum, gafften und unterhielten sich leise. Auf dem Boden saß ein Mann, ein anderer hatte sich vor ihn gekniet und redete leise auf ihn ein. An dem Autowrack, das quer vor einigen anderen zerstörten Wagen stand, stand ein Mann und blickte sie an. Aus dem Krankenwagen sprangen drei weiß gekleidete Menschen und blickten sich ebenfalls um. Die Polizisten gingen zu Werner. "Was ist hier los? Was machen Sie da?" – "Hier ist ein Unfall passiert und ich versuche, die beiden da im Auto zu unterhalten." – "Sind Sie zufällig Werner Ober?" – "Ja." – "Dann haben Sie den Unfall gemeldet. Haben Sie einen Überblick, was passiert ist?" Werner beugte sich in das Wrack und sagte: "Gedulden Sie sich bitte noch einen Augenblick, soeben ist Hilfe eingetroffen." Er blickte die Frau an: "Geht es Ihnen gut?" – "Ja, ich glaube, mir geht es gut. Solange ich nicht zu Franz hinsehen muss ..." Der Fahrer nickte, stöhnte. Werner richtete sich wieder auf und sagte: "So weit ich das erkennen kann, sind die Fahrer von diesen Autos da ..." Er deutete auf die drei ineinander verkeilten Wagen, "... nicht wesentlich verletzt. Sie konnten selbst aussteigen und müssen irgendwo bei den Menschen hier sein." Er machte eine unbestimmte Handbewegung zu den Herumstehenden. Dann sprach er mit unterdrückter Stimme weiter: "Hier drin habe ich einen Mann und eine Frau. Die Frau auf dem

204

Beifahrersitz scheint am linken Bein eingeklemmt zu sein. Außerdem hat sie eine Schnittwunde am rechten Unterarm. Ansonsten konnte ich mich mit ihr unterhalten. Der Fahrer ist böse eingeklemmt, er hat gerade vorhin wieder angefangen zu atmen. Er kann nicht sprechen, nur stöhnen. Ich vermute, man braucht eine Schere, um die beiden hier raus zu kriegen." Der eine der beiden Polizisten nickte, drehte sich zu den Rettungskräften um und winkte: "Kommt doch bitte mal hier her." Dann zückte er sein Funktelefon, wählte eine Nummer, wartete einen Moment, sagte dann: "Hier ist Kauler. Einsatzwagen sechs drei zwo eins. Gerd, kannst Du uns bitte mal eine Rettungsschere organisieren. Wir brauchen hier den Dosenöffner, um ein paar Leute aus dem Auto zu bekommen. Außerdem stinkt es nach Benzin, wahrscheinlich ist auch Öl ausgelaufen. Dann sollte man noch einen Rettungswagen kommen lassen. Ja, danke. Tschau." Er drückte eine Taste seines Funktelefons und steckte es zurück in seinen Gürtelhalter. In der Zwischenzeit waren die Rettungskräfte herangekommen und blickten in das Wrack. Werner trat zurück. Er hielt das Dreieckstuch immer noch in der Hand und drehte es nun hin und her. Er blickte auf seine Hände. Er hatte den linken Handschuh ausgezogen. Er sollte in ein paar Wochen mal einen Bluttest machen lassen, für alle Fälle. Der Polizist hatte ihn beobachtet. "Können Sie sich noch einen Moment zu unserer Verfügung halten. Wir verschaffen uns eben einen Überblick und sehen zu, dass das hier bearbeitet wird. Wo steht Ihr Wagen?"

Werner wies auf seinen VW-Bus. "Mein Wagen steht dort hinten. Benötigen Sie mich nicht mehr?" – "Ach nein, das kriegen wir hier schon geregelt. Vielen Dank für die Erste Hilfe." Werner wandte sich ab und ging zu seinem Wagen. Er blickte an sich hinab. Die Hosenbeine hatten ein paar Spritzer Erbrochenes abbekommen, sein Hemd war ziemlich mit Schmutz und Blut verschmiert. Gut, dass er ein Hemd zum Wechseln eingepackt hatte. Er öffnete die Tür seines Wagens und setzte sich. Er fühlte sich plötzlich müde und elend. Die nachmittägliche Septembersonne schien ihm ins Gesicht. er lehnte sich zurück und schloss die Augen. Das Bild des quer über die Autobahn schießenden BMW tauchte wieder vor ihm auf. Er atmete tief durch. Was war mit dem Audi und dem Mercedes geschehen? Hatten sich die beiden doch aus dem Staub gemacht? Er suchte in seiner Erinnerung. Er war eine ganze Weile hinter dem Audi hergefahren. Welches Kennzeichen hatte er gehabt? Nichts. Dabei war ihm an dem Kennzeichen etwas aufgefallen. Darum hatte er es so häufig gelesen. Weil es ihn an etwas erinnert hatte.

"Darf ich Sie mal stören?" Werner schreckte auf. Einer der Polizeibeamten stand neben ihm, blickte ihn an. "Sie stören mich nicht. Was kann ich für Sie tun?" – "Können Sie mir mal beschreiben, wie es dazu kam?" Der Beamte winkte in Richtung Unfallstelle. Werner nickte. "Ich versuche gerade für mich selbst, noch mal alles zu rekapitulieren. Das Ganze begann für mich damit, dass ... Nein, ich fange anders rum an. Auf der linken Spur war eine gleichmäßig mit etwa einhundertsechzig Stundenkilometern dahin fahrende Fahrzeugkolonne, auf der rechten Seite fuhren Autos erheblich langsamer und mit größerem Abstand. Ich fuhr rechts, vor mir ein blauer Audi A4. Ich habe mich dann links einsortiert, um den Audi zu überholen, und bin hinter einem BMW eingeschert. Derjenige, der jetzt da hinten ..." Werner wedelte mit der rechten Hand zur Unfallstelle. "Vor dem BMW fuhr eine Mercedes-Limousine, C-Klasse, silberfarben. Der BMW vor mir hat immer wieder versucht, den Mercedes zu animieren, ihn vorbei zu lassen. Naja, Sie wissen schon, dicht auffahren, Lichthupe, Blinker, Slalom, das alles ... Ich war an dem Audi vorbei und wollte gerade wieder nach rechts einscheren, als der BMW nach rechts fuhr, um den Mercedes rechts zu überholen. Als er auf gleicher Höhe war wie der Mercedes, ist dieser nach rechts gezogen und hat ihn auf den Standstreifen gedrückt. In diesem Moment habe ich gebremst und auf meinen Tachometer geguckt. Ich hatte einhundertfünfundfünfzig Stundenkilometer. Der BMW wollte sich wieder zurückfallen lassen und nach links. Ging aber nicht, weil der Audi-Fahrer ihn von hinten blockierte und die Lücke zwischen mir und dem Mercedes schloss. Ich glaube, der Mercedes hat geschleudert, möglicherweise war er zu dicht an den BMW geraten. Dann gab es einen Knall, und der BMW brach aus und schoss direkt vor mir quer über die Autobahn. Ich bin dann reflexartig nach rechts gezogen und habe die Tür für die drei Kollegen geöffnet, direkt in den BMW reinzufahren. Sie schoben ihn eine Weile vor sich her, bis die Kolonne zum Stehen kam. Der Mercedes hat kurz gebremst und ist dann verschwunden. Der Audi hinter dem Mercedes her." – "Haben Sie die polizeilichen Kennzeichen erkennen können?" – "Das ist im Moment mein Problem. Ich kann mich nicht erinnern. Das Kennzeichen des Audi war irgendwie besonders. Ich las es immer und immer wieder, weil es mir aufgefallen war. Aber ich kann mich nicht mehr erinnern. Das Kennzeichen des Mercedes habe ich gar nicht beachtet." – "Sie haben dann angehalten und sind zur Unfallstelle zurück gelaufen?" – "Ich habe dann erst mal den Notruf angewählt und die Unfallmeldung abgesetzt, bin dann ausgestiegen und zur Unfallstelle gegangen. Die ersten Autos, die nach dem Unfall auf der rechten Spur vorbei kamen, sind noch weggefahren, dann kamen sie zum Stehen. Und stiegen aus. Ich habe dann darum gebeten, nach vorne wegzufahren und dadurch eine Gasse zu öffnen, und die Unfallstelle abzusichern. Ich hoffe, das hat jemand getan. Dann versuchte ich rauszukriegen, wo Hilfe am Notwendigsten ist und fand eigentlich nur die beiden im BMW eingeschlossenen." – "Was ist mit dem Mann, der da auf der Straße saß? Ist der umgekippt oder ist das einer derjenigen, die aus den anderen am Unfall beteiligten Wagen ausgestiegen war?" – "Um ehrlich zu sein, ich weiß es nicht. Er kam plötzlich an ... Naja, ich sagte ihm dann, er solle mir helfen bei den Beiden im BMW, da wurde er blass und kippte um." – "Was heißt, 'er kam plötzlich an' und 'naja'?" – "Naja, er sagte zu mir, ich solle nicht rumkommandieren und meine Finger weglassen. Er benutzte nicht diese Worte, aber sinngemäß. Dann drohte ich ihm mit Anzeige und damit, dass ich ihn zur Ersten Hilfe einspannen würde. Daraufhin wurde er blass. Ich weiß auch nicht, wie man hier alles richtig macht an einem Unfallort, und musste mich von dem auch noch angreifen lassen." – "Nun beruhigen Sie sich doch. Der Mann, der sich offenbar um ihn gekümmert hat, erzählte uns schon die Geschichte. Sie haben nichts falsch gemacht. Die Frau in dem BMW sagte, Sie hätten sich um sie und ihren Mann gekümmert und hätten den Mann beatmet?" – "Ich sah halt, dass sie neben dem Schock und dem Schnitt am Unterarm offenbar keine schlimmen Verletzungen hatte, die ich behandeln konnte, und untersuchte den Mann. Er atmete nicht, aber er hatte Pulsschlag. Während ich der Frau den Unterarm verband – Das Verbandszeug hatte ich von dem anderen Mann bekommen, der sich anschließend um den Typen kümmern musste, weil dieser blass geworden war und er ohnehin kein Blut sehen konnte – scheint bei dem andern das Herz ausgesetzt zu haben. Jedenfalls fand ich keinen Puls mehr. Ich wollte aber nicht der Frau erzählen, dass soeben ihr Mann gestorben war, und tat so, als würde ich ihn beatmen, was zwar meiner Meinung nach keinen Sinn machte ohne Herzschlag und wegen des eingesperrten Brustkorbs gar nicht funktionierte. Ich bekam jedenfalls fast keine Luft in seinen Mund." – "Moment. Das müssen wir den Rettungskräften mitteilen, dass bei dem Mann das Herz weg war. Können Sie bitte eben mitkommen?"

Werner ächzte und erhob sich. Er stieg aus, schlug die Tür zu und schloss ab. Dann folgte er dem Polizisten zurück zur Unfallstelle. In der Zwischenzeit war ein Feuerwehrfahrzeug eingetroffen, die beiden waren aus dem BMW befreit und in zwei Rettungswagen gelegt worden. Die Frau war bereits abtransportiert worden. Der Wagen, in dem der Fahrer des BMW lag, stand noch da, mit eingeschaltetem Blaulicht. Noch mehr Polizei war eingetroffen und versuchte nun, den Verkehr auf einer Spur an der Unfallstelle vorbei zu leiten, während die Aufräumarbeiten begonnen hatten. Werner und der Polizeibeamte gingen zu dem Rettungswagen, der am Rand der Autobahn stand. Der Polizist pochte an die Tür, die sich nach einer Weile öffnete. Ein weißgekleideter Mann steckte seinen Kopf heraus und sagte ungeduldig: "Ja?" Der Polizist deutete auf Werner und sagte: "Er erzählte mir gerade, dass er bei dem BMW-Fahrer vorhin vorübergehend keinen Herzschlag mehr gespürt hatte, dass der Herzschlag aber wieder gekommen sei, nachdem er ihn beatmet hatte." – "Warum erfahren wir das erst jetzt?" Werner sagte: "Weil mich keiner gefragt hat, sondern ich erst mal weggeschickt wurde, als die Polizei ankam." Der Weißgekleidete sah ihn scharf an: "Wer hat Sie weggeschickt?" – "Der eine Polizist, der als erstes zu dem BMW kam. Ich habe nur kurz erklärt, was los war, dann meinte er, er bräuchte mich jetzt nicht, ich sollte mich aber zur Verfügung halten." Der Weißgekleidete schüttelte den Kopf. "Wäre schon gut gewesen, wenn wir das früher erfahren hätten. Mal sehen ... Sie sagten, Sie hätten ihn beatmet, und dann hat sein Herz wieder angefangen zu schlagen?" – "Ja, ich habe eigentlich nur beatmet, weil ich der Beifahrerin nicht sagen wollte, dass der Mann neben ihr gerade gestorben war ..." – "Sie können den Tod eines Menschen gar nicht diagnostizieren, das können nur wir Ärzte." – "Er hatte keinen Puls mehr und er fühlte sich ganz komisch an. Jedenfalls habe ich ihn beatmet, habe zwischendrin mit der Frau gesprochen, damit sie nicht wieder in Panik gerät, und stellte plötzlich fest, dass der Puls wieder fühlbar war." – "Wo haben Sie den Puls gefühlt?" – "Am Hals, hier, so." Werner setzte ein drei Finger seiner rechten Hand an seinen Hals. Der Arzt schüttelte den Kopf. "So misst man doch keinen Puls." – "Ich habe bei der Bundeswehr gelernt, so den Puls zu messen, und ich habe hier Puls gefühlt und zwischendrin keinen. Plötzlich bewegte sich der Mann sogar. Ich habe ihm dann die Blutkrusten aus den Augen gekratzt, er öffnete dann die Augen." – "Sie haben was?" – "Seine Augen waren total mit Blut verklebt, und er schüttelte dauernd den Kopf. Dann sagte ich zu ihm, er solle seinen Kopf still halten und habe ihm aus den beiden Augen das dort klebende Blut entfernt." Der Arzt blickte auf Werners Hände. "Sie haben ohne Schutzhandschuhe einen fremden Menschen beziehungsweise dessen Blut angefasst? Das ist ja schon fast grob fahrlässig." – "Was sollte ich denn machen? Mit Handschuhen ging es nicht, also entschloss ich mich, einen Handschuh auszuziehen. Ich wollte halt vermeiden, dass er sich weiterhin so bewegt und eventuell einen Wirbelsäulenschaden verschlimmert. Er wurde ja auch ruhiger, als er etwas sehen konnte. Er reagierte auf meine Ansprache. Dann kamen Sie. Er konnte aber nicht sprechen, nur stöhnen und den Kopf schütteln beziehungsweise nicken." – "Das ist bodenloser Leichtsinn, ohne Handschuhe ..." – "Das weiß ich auch, Herr Doktor, aber was sollte ich machen?" Werner merkte, dass er wütend wurde. Der Polizist legte ihm eine Hand auf den Arm. "Schon gut, beruhigen Sie sich. Wir schätzen Ihren Einsatz und Ihre Hilfe sehr." Er wandte sich an den Arzt. "Haben Sie noch Fragen oder wollen Sie sonst noch etwas wissen?" Der Arzt schüttelte den Kopf und zog sich grußlos in den Rettungswagen zurück. Der Polizist blickte Werner an und sagte: "Können Sie uns noch Ihre Personalien geben? Wir nehmen außerdem Ihre Aussage noch zu Protokoll. Dann benötigen wir Sie hier nicht mehr. Falls noch Fragen auftauchen, wenden wir uns wieder an Sie." Die beiden gingen zu einem Polizeifahrzeug, der Polizist nahm ein Formular, das auf einem Klemmbrett lag, und begann zu schreiben. Als die beiden fertig waren, unterschrieb Werner das Formular, nachdem er es gelesen hatte, verabschiedete sich dann und ging.

Als er wieder im Auto saß, lehnte er sich zurück und schloss die Augen. Bodenloser Leichtsinn, hatte der Arzt gesagt. Was hätte er denn machen sollen? Er schüttelte den Kopf, meinte, an seinen Fingerspitzen ein Kribbeln zu spüren. Waren die Viren etwa schon auf dem Weg in sein Inneres? Er wetzte die

Fingerspitzen der linken Hand an seinem Hosenbein. Eine Stelle im Nagelbett seines linken Mittelfingers begann zu schmerzen. Er wetzte wieder, dann sah er das Nagelbett an. War hier nicht doch eine Entzündung? Blödsinn, hier war keine Entzündung. Werner rief sich innerlich zur Ordnung, schüttelte den Kopf und startete den Motor.

Er beschleunigte auf der Standspur und reihte sich dann in den mittlerweile wieder fließenden Verkehr ein. Er hatte nun gar keine Lust mehr, an dem Klassentreffen teilzunehmen. Die Sonne war mittlerweile ziemlich tief gesunken, der Himmel hatte sich mit Septemberröte überzogen. Er blickte kurz nach rechts, nach Westen, zu der untergehenden Sonne. Erinnerungen tauchten auf, an Sonnenuntergänge ... Er spürte, wie Tränen in seine Augen traten. Verdammt. Er wischte mit dem Handrücken über sein Gesicht.

Kapitel 8

Als er in Ostfildern an dem bezeichneten Lokal eintraf, waren die Parkplätze vor und hinter dem Haus bereits voll. Er parkte seinen Wagen ein Stück die Straße entlang und ging dann zum Lokal zurück. Der Abend war kühl geworden, ihn fröstelte. Er hatte seit Mittag nichts gegessen und getrunken und fühlte sich müde und schmutzig. Als er das Lokal betrat, schlug ihm Stimmengewirr entgegen. Er betrat die Gaststube, der Lärm erlosch, Gesichter wandten sich ihm zu. Er blieb stehen, blickte sich um. Plötzlich erscholl eine kräftige Männerstimme: "Ach, Herr Ober. Wenn Sie Ihren Sohn suchen, der ist noch nicht da." Ausgelassenes Gelächter war die Antwort. Werner lächelte, versuchte zu erkennen, wo Oskar, sein vorlauter Freund aus Jugendtagen saß. Eine Frau kam auf ihn zu: " Hallo Werner, schön, dass Du endlich da bist. Wir haben schon gegessen, für Dich ist aber noch was übrig. Ach ja, ich bin die Martina. Kennst Du mich noch? Bei mir am Tisch ist noch ein Platz frei." Sie streckte ihm die Hand hin und lächelte ihm kokett zu. Werner ergriff die Hand, schüttelte sie und sagte: "Hallo Martina, danke noch mal für die Arbeit, das hier ... " Er machte eine Handbewegung über die Köpfe der Leute hinweg, "... zu organisieren." – "Ach, das war nicht so schlimm. Es ist ja total interessant, was aus den Leuten geworden ist. Stell Dir vor, der Johann Meierhofer ist sogar Professor geworden. Ich weiß gar nicht, wie ich ihn anreden soll. Willst Du Dich zu mir an den Tisch setzen?" Das kam nun bittend, fast bettelnd. Werner blickte sie an, lächelte etwas. Sie sah noch genau so unappetitlich aus wie früher. Er sagte: "Eigentlich wollte ich eben Oskar begrüßen. Wo sitzt Du? Dann komme ich später an Deinen Tisch." – "Gleich hier drüben. Dann bis gleich." Werner drehte sich wieder in die Richtung, aus der vorhin die Stimme gekommen war. Ein Mann war aufgestanden, sehr groß, sehr dick und sehr kahl. Er lachte breit und kam auf Werner zu, hielt ihm die Hand hin: "Du wirst mich nicht mehr erkennen. Ich bin Oskar. Hallo Werner." – "Ach nee, Oskar. Hallo. Nein, Dich hätte ich nun wirklich nicht mehr erkannt, nur die Stimme ist noch genau so jugendlich und verführerisch wie ehedem." Sie schüttelten sich die Hände und schlugen sich auf die Schultern. Das Stimmengewirr hatte in der Zwischenzeit wieder eingesetzt. Eine Bedienung trat auf Werner zu und sagte: "Wissen Sie schon, was Sie trinken wollen und wo Sie sitzen werden?" Oskar sagte: "Er wird auf jeden Fall bei mir sitzen und ein Bier können Sie ihm auch gleich bringen." Werner schüttelte den Kopf: "Bringen Sie mir lieber ein Mineralwasser. Ein großes." – "Was ist los mit Dir, Du wirst doch nicht schon am Anfang des Abends anfangen zu schwächeln." – "Nee, nicht schwächeln. Nur müdeln." – "Viel Arbeit, oder was? Ach, setz Dich erst mal." Er zog Werner mit sich mit und drückte ihn auf einen Stuhl, setzte sich auf die Bank daneben. Werner sah sich die Leute am Tisch an, die ihn nun aufmerksam beobachteten. "Tut mir leid, ich kenne Euch nicht mehr. Doch, Du bist doch Andreas, und Du? Nee, kommt nicht." Oskar winkte ab: "Also, das ist Andreas, das ist Meinhard, Josef, Leo, Karl und Mathilde." Werner winkte einmal im Kreis: "Hi, ich bin Werner." Sie lachten und winkten zurück. Während der nächsten Stunde waren sie damit beschäftigt, ihre Lebensläufe auszutauschen. Oskar und Werner waren während der Schuljahre unzertrennlich gewesen, hatten sich aber hinterher ganz schnell aus den Augen verloren. Oskar hatte eine Kaufmannslehre gemacht und später in Abendschule das Abitur nachgeholt und Betriebswirtschaft studiert, arbeitete nun als Bereichsleiter in einer großen Werbeagentur. Er war schon immer ein Witzbold gewesen und hatte diese Eigenschaft nun beruflich umgesetzt. Nach einer Weile wurde es für Werner anstrengend, den verbalen Kapriolen seines früheren Freundes zu folgen, und er klinkte sich mehr und mehr aus dem Gespräch aus, tauschte Bemerkungen mit einigen anderen am Tisch, aß zwischendrin ein Stück Schweinebraten, trank Mineralwasser und fühlte sich müde. Er sollte sich noch mal bei Martina sehen lassen. Die Tischrunde war mittlerweile recht ausgelassen, der Alkohol forderte seinen Tribut, die Menschen gingen hierhin und dahin, redeten, lachten. Werner fühlte wenig Lust, sich an den Gesprächen zu beteiligen. Er wollte eben aufstehen und sich zu Martina begeben, als diese an den Tisch trat: "Wenn der Prophet nicht zum Berg kommt, muss der Berg halt ..." – "Ich war gerade dabei, mir den inneren Tritt zu geben, aufzustehen ..." – "Ist es so schlimm, zu mir zu kommen?" – "Nein, ich bin nur entsetzlich müde,

216

hatte einen Autounfall auf der A67 erlebt ..." Oskar, der gerade mit einem anderen rumgeflachst hatte, wandte sich ihm zu: "Der Unfall südlich von Darmstadt, bei dem es einen Toten gab?" – "Ist er jetzt tot? Als ich bei ihm war, lebte er noch?" – "Wie, Du warst bei Ihm?" – "Ich habe ihn noch beatmet, dann konnte ich mit ihm reden. Naja, reden nicht direkt, aber ich konnte ihn fragen, und er konnte antworten. Nicken, Kopf schütteln, stöhnen." – "Was hast Du denn mit ihm gemacht, dass er stöhnte?" Alles lachte. Werner biss sich auf die Lippe. Hätte er bloß nicht davon angefangen. Martina sagte: "Hast Du Erste Hilfe geleistet? So richtig, mit Beatmen und stabile Seitenlage und so? Und mit Herzmassage?" – "Ja, fast. Die beiden waren eingeklemmt, und die Beifahrerin war hysterisch geworden, dann musste ich ihr eine Ohrfeige geben ..." – "Ja, fürs Schlagen von Frauen warst Du schon immer bekannt," schrie Oskar, und die Leute am Tisch lachten. Werner grinste mühsam. "Ich glaube, das ist nicht so ganz angebracht," wies Martina Oskar zurecht. "Ich glaube, dass einen so etwas ganz schön mitnimmt. Kannst Du überhaupt Blut sehen? Ich glaube, ich würde mich gleich neben die Verletzten auf den Boden legen," wandte sie sich an Werner. "Naja, mir war schon ziemlich schlecht zwischendrin, aber wenn ich mich auf die beiden konzentrierte, dann ging es." Oskar war nun ernst geworden und blickte Werner an: "Wie ist das alles passiert? Hast Du es gesehen?" – "Allerdings. Der BMW schoss unmittelbar vor mir über die Autobahn und frontal in die Leitplanke. Er war von einem Mercedes abgedrängt worden." Werner erzählte noch einmal in kurzen Zügen, was geschehen war. Er schloss mit den Worten: "Der Arzt war ziemlich unfreundlich. Aber wenn Du sagst, dass der Fahrer tot ist, dann kann ich das schon verstehen. Der Arzt schien auch ziemlich entsetzt gewesen zu sein, als ich ihm sagte, dass der Puls zwischendrin weg war. Scheint eine Rolle zu spielen bei den Wiederbelebungsmaßnahmen. ich weiß es nicht." Oskar blickte ihn an. "Oh, oh, das war aber dann noch nicht alles. Vor allem mit der nun dokumentierten Aussage von Dir. Naja, sie werden es vertuschen. Es macht den armen Kerl auch nicht mehr lebendig, da noch rumzubohren." Martina wandte sich an Werner: "Du armer Kerl. Da hast Du nun sicherlich keine große Lust, hier herum zu sitzen. Willst Du etwas anderes unternehmen oder lieber zu Bett gehen?" Ich würde jetzt gerne nach München fahren zu Rosita, dachte Werner, aber der Termin ist leider erst in ein paar Stunden, noch jede Menge Zeit. Martina drückte sich neben Oskar auf die Bank, ihn mit der Hüfte beiseite schiebend. Sie legte den Arm Besitz ergreifend um Werners Nacken und massierte seine Schulter leicht mit der Hand. Werner zuckte unwillkürlich zusammen. Sie schien vergessen zu haben, dass er ihr vor Jahren einmal gesagt – ach was, befohlen – hatte, ihre Pfoten von ihm zu lassen, weil ihn vor ihr ekle. "Hast Du schon eine Übernachtungsgelegenheit? Mein Angebot steht immer noch." Werner schüttelte den Kopf: "Ich werde direkt von hier weiter fahren, habe noch einen Termin morgen früh." – "Was machst

Du eigentlich jetzt? Ich habe Dich ja ziemlich schnell nach der Schule aus den Augen verloren." – "Ooch, ich bin selbstständiger Mechaniker für Lastwagen." – "Ja, Du hattest ja als Kind schon diese Leidenschaft fürs Schrauben und Rumbasteln an allem, was nach Technik aussah. Ich habe das nie verstanden. Ich kriege ja noch nicht mal eine Glühbirne richtig reingedreht." Martina kicherte. "Da habe ich doch mal einen Elektriker angerufen, weil eine Birne kaputt war in meiner Wohnung, und ich habe sie getauscht, und dann funktionierte das Licht immer noch nicht. Der kam dann und hat eine Weile rumgesucht, und fand dann schließlich, dass ich tatsächlich die Birne falsch reingedreht hatte." Sie lachte und blickte Werner an: "Dir wäre so etwas wahrscheinlich nie passiert. Aber so seid Ihr Männer halt. Wenn es um Technik geht, dann sei Ihr ganz fix, aber wenn es um Gefühle geht, dann seid Ihr nicht zu gebrauchen. Mein Ex-Mann – naja, er ist noch nicht ganz mein Ex, aber der Scheidungstermin ist nächste Woche, drum bezeichne ich ihn schon mal als meinen Ex – ich sage Dir, der hat nichts mehr zu lachen. Ich habe mir den besten Scheidungsanwalt besorgt, der wird ihm ordentlich die Hosen ausziehen." Am Tisch hatte wieder eine Unterhaltung eingesetzt, bei der Werners Erlebnis noch einmal diskutiert wurde. Werner hörte mit einem Ohr Satzfetzen aus dem Gespräch: "... sage Dir, dass ein Herz, das einmal ausgesetzt hat, nicht mehr wieder ordentlich anfängt zu schlagen. Da hilft nur noch ein Herzschrittmacher ...," und versuchte mit dem anderen Ohr, Martinas Monolog zu folgen: "Der Typ war ja gar nicht liebesfähig. Dem seine Augen begannen nur zu leuchten, wenn er im Baumarkt vor dem Werkzeugregal stand und eine Zange in die Hand nehmen konnte. Wenn ich hingegen versucht habe, ihn abends mit ein bisschen Kerzenlicht in Stimmung zu bringen, dann hat er das Licht eingeschaltet, weil er sich mit Kerzen die Augen verdirbt beim Lesen. Als wir noch nicht verheiratet waren, da fand ich das sogar ganz lustig und dachte mir, der wird schon noch, den ziehe ich mir schon, aber denkste. Der wurde immer schrulliger mit den Jahren. Als ich mal das Schlafzimmer rosa streichen wollte, weil ich gelesen habe, dass das die Stimmung anregt – rosa und rot wirken erotisierend, blau kühlt ab, grün beruhigt, hat er zu mir gesagt, dass er eine weiße Wand ganz gut findet, die ist so schön langweilig und wird in zehn Jahren auch noch so schön langweilig sein. Sag mal, was ist mit Euch Männern nur los? Ich habe mir dann einen Lover genommen, aber der fing auch nach einer Weile an, lieber die Autorennen im Fernsehen anzusehen als mit mir zu schlafen, dann ließ ich ihn wieder sausen. Ich bin doch nicht so eklig, oder, Werner? Meine Kosmetikerin ist jedenfalls der Meinung, dass ich jede Menge Pep habe. Sag, Werner, findest Du mich langweilig?" – "Oh Gott, Martina, ich kenn Dich doch gar nicht. Ich kenne auch Deinen Mann nicht, und Deinen – Lover – erst recht nicht." – "Ja, aber Dir muss doch was durch den Kopf gegangen sein, als Du mich hier wieder gesehen hast nach all den Jahren. Früher jedenfalls scheinst Du mich ganz attraktiv gefunden zu haben." Martina kicherte kokett. "Als ich vorhin hier rein kam, wollte ich mich nur irgendwohin setzen, etwas trinken, etwas essen." – "Und später?" – "Da wollte ich mich zurücklehnen und mich entspannen." Warum sage ich ihr nicht, dass sie ekelhaft ist und dass sie mit ihren Tiraden alles nur verschlimmert? Weil sie mir Leid tut und weil ich hier keinen Stress machen will. Ich werde diese Leute wahrscheinlich nicht mehr wieder sehen. Warum bin ich hergekommen? Weil sie sich die Mühe machte, die Adressen zusammen zu suchen und uns alle einzuladen, und ich sie deswegen nicht enttäuschen wollte. Wenn ich vor dem Telefonat gewusst hätte, dass ausgerechnet Martina dieses Treffen organisiert hat, hätte ich noch nicht mal angerufen. Jetzt wird gleich die unheilige Inquisition anfangen zu bohren. "Sag mal, bist Du eigentlich verheiratet? Hast Du Kinder?" – "Zwei Mal nein." – "Sag bloß, Du lebst alleine?" – "Ich habe keine Zeit für Frauen." – "Da hast Du Dich aber mächtig verändert. Du warst doch früher hinter allen Mädchen her." – "Erstens war ich nicht hinter den Mädchen her ..." – "Stimmt, das hattest Du nicht nötig, die waren nämlich hinter Dir her ..." – "Zweitens waren auch die Mädchen nicht hinter mir her ..." – "Und ob ..." – "Das gaukelt Dir nur Deine Phantasie vor. Drittens gibt es im Leben auch noch andere Dinge, als um jeden Preis mit jemandem ins Bett steigen zu müssen ..." – "Ja genau, da haben wir es wieder. Du bist doch gar nicht liebesfähig ..." – "Du hast doch überhaupt keine Ahnung, wovon Du sprichst ..." – "Natürlich weiß ich, wovon ich rede. Ihr

Männer seid doch nur in Technik verliebt. Ihr seid doch alle gefühlsverkrüppelt." – "Martina, merkst Du eigentlich, wie sehr Du nervst? Vögeln hat mit Liebe nichts zu tun, das ist mal das Erste. Und über Liebe zu schwätzen, hat auch mit Liebe nichts zu tun, das ist das Zweite. Etwas zu mögen, hat auch mit Liebe nichts zu tun, das ist das Dritte. Und Du gehst mir immer noch auf die Nerven, das ist das Vierte. Lass mich jetzt bitte einfach in Ruhe." – "Werner, Du bist immer noch unmöglich," Martinas Stimme war bei den letzten Worten schrill geworden: "Und wenn ich gewusst hätte, dass Du immer noch so ein Ekel bist wie früher, dann hätte ich Dich gar nicht eingeladen," nun fing sie an zu schluchzen: "Da macht man sich die Mühe und sucht all die Adressen raus und dann muss man sich so etwas gefallen lassen." Sie heulte laut los. Werner rückte unbehaglich hin und her. Am Tisch war Schweigen eingekehrt, als Martina angefangen hatte zu schreien. Oskar sah nun Werner an und sagte behaglich: "Das ist ja wie in den guten alten Zeiten. Ich fühle mich schlagartig um Jahre jünger. Werner und Martina giften sich an wie ein altes Ehepaar. Sag mal, hast Du das nicht vermisst über all die Jahre?" Werner schüttelte den Kopf: "Nee, das habe ich nicht vermisst, und Du wirst lachen, ich hatte es sogar vergessen – oder verdrängt, je nachdem." Martina schluchzte, legte ihren Kopf an Oskars Schulter und heulte laut los. Oskar schob sie weg und sagte: "Nee, Martina, das kannst Du nicht machen. Ich krieg zu Hause tierischen Stress, wenn ich mit fremden Frauentränen an meiner Schulter ankomme. Heul Dich bitte bei Werner aus, oder sonst jemandem. Ich glaube, Du bist immer noch nicht sein Typ." Martina stand auf, rot im Gesicht vor Wut und Demütigung, und sagte leise: "Das werdet Ihr mir büßen, Ihr alle. Ihr seid so gemein, Ihr habt überhaupt kein Recht, hier zu sitzen und gute Laune zu haben." Oskar hob beide Hände, schüttelte den Kopf und sagte: "Jetzt komm her und setz Dich wieder an den Tisch. Keiner hier ist gemein. Ich entschuldige mich sogar für meine letzten Sätze, und das ist mehr, als viele von Oskar sagen können. Ich habe vergessen, dass Du gerade in Scheidung lebst, das nimmt einen ganz schön mit. Entschuldige. Darf ich Dich zu einem Glas Sekt oder so etwas einladen?" Martina blickte misstrauisch zu Oskar, aber in dessen Miene war nur Unschuld und die Bitte um Vergebung zu lesen. Sie schluchzte noch einmal, wischte sich mit dem Ärmel über das Gesicht und setzte sich schniefend. Oskar tätschelte ihr die Hand und lächelte ihr zu. Werner schloss die Augen und atmete tief durch. Er öffnete die Augen wieder und blickte verstohlen auf seine Armbanduhr. Mitternacht. Er gähnte verhalten und blickte sich um. Mittlerweile waren schon einige Leute verschwunden, der Geräuschpegel hatte abgenommen. Oskar und Martina sprachen leise miteinander, er klang beschwörend, während sie einen schrillen Unterton hatte. Er blendete die Stimmen aus. Dann stand er auf und ging zum Tresen. Die Bedienung blickte ihn an. Er sagte: "Ich möchte gerne bezahlen. Ich hatte vier Mineralwasser und einen Schweinebraten." Die Bedienung nahm einen Kugelschreiber aus ihrer Tasche, notierte sich Werners Angaben, tippte in ihre Registrierkasse und nannte den Preis. Er zog sein Portemonnaie und bezahlte mit zwei Scheinen. Als sie das Wechselgeld hervorkramte, winkte er ab und sagte: "Das passt so. Ich wünsche noch eine gute Nacht und ein schönes Wochenende." – "Danke und Gute Nacht. Gute Heimfahrt." – "Danke." Werner nahm seine Jacke von der Garderobe und verließ das Lokal. Er ging zu seinem Auto, schloss auf, setzte sich rein und zog die Tür zu. Er lehnte sich zurück. Sollte er hier in Ostfildern versuchen, einen Platz zum Schlafen zu finden. Er fühlte sich zu müde, um nach München zu fahren. Er schloss die Augen, versuchte, der Müdigkeit nachzugeben. Die Stimmen aus dem Lokal hallten in seinem Kopf, zwischen drin immer wieder Martinas keifendes Organ. Er öffnete die Augen wieder, steckte den Schlüssel ins Schloss, drehte ihn, wartete, bis die Vorglühanlage die Startbereitschaft signalisierte und ließ den Motor an. Er wählte die Fahrstufe und gab etwas Gas. Der Wagen rollte an. Werner fuhr die Straße entlang, versuchte sich zu erinnern, wie er von der Autobahn hierher gekommen war. An der ersten Kreuzung sah er bereits das Hinweisschild zur A8 und atmete auf. Er folgte der Beschilderung und bog bald auf den Zubringer ein. An der Autobahn beschleunigte er, zog auf die rechte Spur, erhöhte die Geschwindigkeit bis zur ausgeschilderten Höchstgeschwindigkeit, aktivierte die Geschwindigkeitsregelanlage und lehnte sich zurück. Der Verkehr war der Tageszeit entsprechend sehr gering. Wegen des Scheinwerferlichtes konnte er nicht erkennen, ob der Himmel bewölkt war, der Mond war jedenfalls nicht zu sehen. Aus dem Radio tönte Musik des Nachtprogramms, bisweilen unterbrochen von der Ansagerstimme.

Er wurde von einigen Wagen überholt und fuhr selber an einigen langsameren Fahrzeugen vorbei, jeweils nach links ausscherend und anschließend wieder die rechte Spur wählend.

Als er die Steigung des Drakensteiner Hanges schon eine Weile hinter sich hatte, die Geschwindigkeitsbegrenzung war an diesem Streckenstück mit einhundert Kilometern pro Stunde beschildert, sah er im Rückspiegel einen Wagen mit hohem Tempo ankommen. Als ihn der Wagen überholte, spürte er die Bugwelle der komprimierten Luft, sein VW-Bus schaukelte leicht. Er verfolgte die Rücklichter des schnellen Wagens mit seinen Augen. Plötzlich war ihm, als sei neben diesem Auto ein roter Blitz aufgetaucht. Er kontrollierte seine Geschwindigkeitsanzeige, sie passte zur ausgeschilderten Begrenzung. Er konzentrierte sich nun auf die Stelle, von der seiner Meinung nach der rote Blitz hergekommen war. Als er auf der Höhe der Stelle war, sah er einen Passat in einer Bucht stehen. Er drückte auf einen Knopf am Armaturenbrett, ein mehrstelliges Zahlendisplay leuchtete auf. Die angezeigte Zahl erhöhte sich schnell. Die Zahl zeigte metergenau seine Position an, bezogen auf den Punkt, an dem er die Start-Taste gedrückt hatte. Werner fuhr weiter bis zur nächsten Autobahnabfahrt. Dort blinkte er, scherte aus und verließ die Autobahn. In dem Moment, in dem er das Schild "Ausfahrt" passierte, drückte er wieder auf den Knopf, die Anzeige blieb stehen und zeigte nun "12,093" an. Er fuhr unter der Autobahn durch und bog dann in den Zubringer ein, damit wieder Richtung Stuttgart fahrend. Als er auf dem Beschleunigungs- streifen auf der Höhe des Schildes "Ausfahrt" auf der anderen Fahrbahnseite war, drückte er wieder den Knopf. Die Anzeige lief wieder, nun zählte sie aber rückwärts. Wenn er wieder bei dem Radarmesswagen angekommen war, würde der Zähler "0,000" anzeigen.

Er fuhr mit vorgeschriebener Geschwindigkeit zurück, öffnete eine Klappe in der Mittelkonsole und holte einen Metallbehälter raus, der an einer Seite einen Metallbügel hatte und sonst einige Ähnlichkeit mit einer Handgranate aufwies. Als die Anzeige bei "0,100" angekommen war, blickte er in den Rückspiegel. Leer. Er blickte auf die andere Fahrbahnseite. In der Ferne war ein Fahrzeug sichtbar, das sich mit hoher Geschwindigkeit näherte. Er spürte Erregung aufflammen, Jagdfieber, atmete tief durch, öffnete das linke Seitenfenster. Er blickte wieder in den Rückspiegel und auf die Gegenfahrbahn. Das schnell fahrende Auto war soeben mit lautem Röhren vorbeigewischt und von der Geschwindigkeitsmessanlage in dem Passat erfasst worden, wie man an dem roten Blitz sehen konnte. Ansonsten war die Gegenfahrbahn leer. Die Anzeige auf Werners Armaturenbrett war nun bei "0,010" angekommen. Nun musste der Messwagen gleich auftauchen. Werner nahm die Handgranate in seine linke Hand, zog den Sicherungsstift und warf sie mit geübtem Schwung aus dem Fenster, während er mit einhundert Stundenkilometern an dem Messwagen vorbeifuhr. Er schloss das Fenster wieder und lehnte sich zurück. Kurz darauf sah er eine Stichflamme im Rückspiegel. Wieder einer weniger. Er fuhr wieder auf die rechte Seite der Autobahn und drückte auf dem Knopf im Armaturenbrett. Die Anzeige erlosch. Er fuhr bis zur nächsten Abfahrt und verließ dort die Autobahn, folgte der Umleitungsbeschilderung Richtung München und kehrte an der übernächsten Auffahrt wieder auf die Autobahn zurück.

Als er in München ankam, waren noch einige Stunden Zeit bis zu seinem Treffen mit Rosita. Er stellte seinen Wagen auf einen Parkplatz, verschloss ihn von innen und stellte den Sitz zurück. Er starrte durch die Dunkelheit nach draußen, in seinem Kopf zogen düstere Bilder vorbei. Er machte während der nächsten Stunden kein Auge zu, hätte später aber auch nicht sagen können, was vor seinem Wagen geschehen war.

Kapitel 9

Reni stand in ihrem Atelier, das sich im Dachgeschoss eines Altbaus in München Giesing befand, und blickte sich um. Es wirkte leer, nachdem sie ihre Bilder zur Ausstellung ins Lenbachhaus geschafft und gründlich aufgeräumt hatte. Sie ging zu einem Stuhl und setzte sich. Auf dem Tisch vor ihr lagen einige Zeitungen, die an verschiedenen Stellen aufgeschlagen waren. Ihre Agentin hatte gute Arbeit geleistet und die Ankündigungen für ihre Ausstellung in den Feuilletons diverser regionaler und überregionaler Tageszeitungen zu lancieren geschafft. Sie blickte auf das Foto, auf dem sie vor einem ihrer Bilder stand, einer Winterszene. Sie überflog den Text, dachte aber gleichzeitig an ihr erstes Treffen mit Kreszenzia. Sie war damals fasziniert gewesen von diesem Mädchen, das sich offenbar mit eisernem Willen ihren Weg durchs Leben bahnte. Wenn Kreszenzia nicht wäre, würde sie heute wahrscheinlich immer noch mit Prostitution ihr Leben verdienen, entweder, indem sie selber mit Männern ins Bett ging, oder indem sie andere Frauen – und Männer – auf den Strich schickte. Wobei letzteres eher unwahrscheinlich war. Sie war zuwenig der Unternehmertyp, der andere für sich arbeiten lässt. Sie wollte selber arbeiten.

Kreszenzia hatte sie animiert, sich an der Akademie der Bildenden Künste in München ausbilden zu lassen. Während des Studiums und der ersten Jahre danach hatte sie sich weiterhin mit Prostitution über

Wasser gehalten. Sie hatte unter der fürsorglichen Anleitung einiger Professoren der Akademie einen eigenen Stil entwickelt, eine Art neonaturalistischem Expressionismus. Das Besondere an ihren Bildern war, dass sie auf den ersten Blick immer wirkten, als beinhalteten sie genau ein konzentriertes Motiv, und bei näherem Betrachten dieses Motiv verschwand, beim Betrachter ein Gefühl des Unerfülltseins hinterließen und in ihm den Wunsch weckten, dieses Motiv wieder zu finden. Je intensiver er sich jedoch mit dem Bild beschäftigte, desto weniger gelang es ihm. Erst wenn er sich von dem Bild lösen wollte, tauchte das Motiv wieder auf und holte den Betrachter zurück, erweckte von Neuem sein Interesse.

Kreszenzia hatte dieses Phänomen als Erste entdeckt und artikuliert, als sie eines der frühen Bilder Renis betrachtet hatte. Sie hatte damals versonnen gemeint: "Nimm es mir nicht krumm, Reni, aber Deine Bilder haben etwas von einer verschlagenen alten Frau an sich. Wenn man sie auf den ersten Blick anschaut, dann zieht sie einen in ihren Bann, weil sie weiß, wie man sich zurechtmacht, um einen Mann auf sich aufmerksam zu machen. Wenn man sich dann näher mit ihr befasst, merkt man, dass sie nichts weiter ist als alt und verbraucht. Wenn man sich dann trennen möchte, taucht doch wieder der Eindruck auf, sie sei etwas ganz Besonderes. Die Betrachter Deiner Bilder werden immer gleichzeitig angezogen und abgestoßen sein." Reni hatte daraufhin lange geschwiegen, Kreszenzia angeblickt, und schließlich genickt: "Vielleicht hast Du recht. Ich bin nichts weiter als eine verschlagene alte Frau, die genau weiß, wie man einen Mann rumkriegt. Und ich beneidete Dich um Deine Jugend, wäre Neid einer meiner Charaktereigenschaften. Gefällt Dir dieses Bild? Es heißt 'Sommermoor'. Ich schenke es Dir." Kreszenzia hatte die Komposition aus roten, braunen, grünen und gelben Farbtönen angesehen. Für eijnen Moment war ein Pfuhl inmitten einiger Erlen im Zentrum einer ansonsten unwirtlichen Landschaft aufgetaucht und wieder verschwunden, um einer grusligen Szene mit alten Knochen in einem Feuer Platz zu machen, als sie ihren Blick auf ihn zu fokussieren versuchte. Dann hatte sie mit den Schultern gezuckt und gesagt: "Deine Bilder gefallen mir nicht, aber ich finde sie genial. Du solltest so weiter machen, wie Du jetzt arbeitest. Die Männerwelt wird Dir zu Füßen liegen, wenn ich etwas von diesen Dingen verstehe. Hast Du Lust, etwas zu trinken zu gehen, Du verschlagene alte Frau?" Die beiden hatten daraufhin gelacht und waren in eines ihrer Stammlokale gegangen.

Mittlerweile hatte Reni – Dank der Vermittlung durch einen der Professoren – ein regelmäßiges Einkommen als Restauratorin in der Alten Pinakothek, malte die meiste Zeit und hatte ihre Identität als Prostituierte aufgegeben. Ihren "Künstlernamen" behielt sie jedoch, weil sie sich so an ihn gewöhnt hatte, dass sie auf ihren Geburtsnamen gar nicht mehr reagierte, wie sie Kreszenzia mitteilte.

Oliver Kammler zog die Nasenfeuchte hoch, bis er den Schleimklumpen tief in seinem Rachen spürte, holte ihn mit einem hässlichen Fauchgeräusch in die Mundhöhle, befühlte den Schleimklumpen mit der Zungenspitze noch einmal auf seine Konsistenz und spuckte ihn dann mit gelassener Zielsicherheit aus. Der Klumpen schlug klatschend auf dem nackten Bauch der verschüchtert daliegenden Frau auf. Sie zuckte zusammen und krümmte sich, wagte aber nicht, den Schleimklumpen abzuwischen. Er trat sie in die Hüfte und brüllte:" Los, auf, Du Schlampe. Wer glaubst Du eigentlich, wer Du bist? Wer glaubst Du eigentlich, wer ich bin? Wenn ich sage, Du gehst mit diesem Typ ins Bett, dann machst Du das, verdammt noch mal. Oliver Kammler lässt sich von keinem seiner Freunde vorhalten, er macht leere Versprechungen, weil Du blöde Fotze Dir zu fein bist, Dich von ihm antatschen zu lassen. Ich glaub es nicht!" Ehrlich verblüfft über so wenig Kooperationsbereitschaft schüttelte Oliver den Kopf. Die vor ihm liegende Frau hielt die beiden Arme schützend vor ihr Gesicht und blinzelte zwischen den Armen hindurch. Sie unterdrückte ein Wimmern, weil sie wusste, dass ihn dies noch mehr aufbringen würde. Das Beste war, ihn sich einfach austoben zu lassen, wenn er erst mal in diese Stimmung geraten war. Wobei sie nicht wusste, was ihn in Wut, in eine derartige Wut versetzt hatte.

Oliver Kammler hatte an diesem Morgen die Zeitung gelesen, nicht nur den Sportteil, sondern das Feuilleton, ein Zeichen seiner guten Laune. Dabei war er über einen Beitrag gestolpert über einen "neuen Stern" am Münchner Kunsthimmel, eine Malerin namens "Reni", die einen neuen Stil ausdrückte mit ihren Bildern. Er war sich zwar nicht hundertprozentig sicher gewesen, dass die eben entdeckte Malerin die vor Jahren verschwundene – wie hieß sie noch gleich? Carola? Cordula – war, dazu war das Bild auch zu großkörnig, aber das Bild hatte eine Saite in ihm zum Schwingen gebracht und Erinnerungen geweckt. An die beiden Frauen am Tegernsee. An das junge dünne Mädchen, das er vor vielen Jahren in Hamburg auf einer Party kennen gelernt hatte und das so willig gewesen war. Bis es eines Tages verschwunden war. Und so etwas machte man nicht mit Oliver. Ihn sitzen zu lassen. Er spürte Zorn aufsteigen. In diesem Moment war Elena, eine junge Polin, die derzeit seine höchste Gunst besaß und meistens sein Bett mit ihm teilte, in die Küche seiner Wohnung gekommen, hatte sich an den Tisch gesetzt, ihn angeblickt und gesagt: "Ich habe noch einmal nachgedacht. Ich werde nicht mit Jan ins Bett gehen. Ich finde diesen Mann eklig." Dann war ihm die Sicherung durchgebrannt. Was doch verständlich war.

Er las den Beitrag über die bevorstehende Ausstellung in München noch einmal und beschloss, einfach mal dorthin zu fahren und sich die Frau genauer anzusehen.

Oliver Kammler war ein Mann, nach dem sich die Frauen umzudrehen pflegten, immer noch, obwohl er schon die Vierzig überschritten hatte. Er war überdurchschnittlich groß gewachsen, dank seiner seit früher Jugend regelmäßigen Aufenthalte in Fitness-Studios hatte er eine sportliche Figur, breite Schultern, schmale Hüften zu langen Beinen und einem ebenmäßig geschnittenen Gesicht, das beherrscht wurde von den sanften braunen Augen unter unverschämt langen Wimpern. Sein Gang war lässig, seine Kleidung hatte den Hauch eines erfolgreichen Geschäftsmannes, der es nicht nötig hat, sich um die Kleiderordnung Gedanken zu machen. Er hatte im Lauf seines Lebens einige Male die Dienste von Beratern für Auftreten, Benehmen, Selbstdarstellung und ähnliche Fähigkeiten in Anspruch genommen und fühlte sich daher auch in mondänen Kreisen nicht unwohl.

Oliver stammte aus einer gut situierten Kaufmannsfamilie und war der Nachzügler gewesen, der Sohn nach einer Reihe von Töchtern, die an ihm ihre ersten mütterlichen und weiblichen Triebe ausprobierten und dafür sorgten, dass seine Eltern nicht allzu hart mit ihm umsprangen. Wenn er zum Beispiel – aus Unachtsamkeit oder in einem Wutanfall oder auch nur, um auszuprobieren, welches Geräusch entstand, ein Stück Geschirr, eine Vase oder ein Glas zu Boden fallen gelassen hatte, hatte entweder seine älteste Schwester die Schuld auf sich genommen oder eine der anderen mit sanften Bitten so lange auf die Mutter eingeredet, bis diese vergessen hatte, dass soeben ein mehr oder weniger großer Schaden entstanden war. Die älteste Schwester war nach einer unglücklich verlaufenden Romanze in ihrem frühen

Erwachsenenleben – der Mann hatte sich für eine andere Frau entschieden, obwohl sie ihn, allerdings aus der Ferne, seit Jahren angebetet hatte – in ein Nonnenkloster eingetreten und hatte dort ein Schweigegelübde abgelegt.

Nebenbei lernte Oliver über seine älteren Schwestern schon in seiner Kindheit den nackten Frauenkörper als selbstverständlichen Anblick kennen. Die Mädchen nahmen den kleinen Jungen auch gerne mit in ihre Betten, wie andere Kinder ein Kuscheltier oder eine Puppe. Während mehr oder weniger unschuldiger Spiele, bei denen sie gegenseitig ihre Körper erkundeten, verlor er seine Unschuld und gewann eine Menge Kenntnisse und Erkenntnisse.

Dank seines Aussehens und dem Wissen, wie mit Frauen umzugehen war, verlegte Oliver schon in früher Jugend seine Hauptaktivitäten in die Betten seiner Schulkameradinnen und probierte seinen Charme nicht immer vergeblich an diversen Lehrerinnen. Er entwickelte sehr schnell ein Gespür für den Typ unbemannter Frau mit Minderwertigkeitskomplex, wickelte sie um den Finger und diskutierte über seinen Notenstand während seiner Schäferstündchen.

Sein Vater versuchte eine Weile, mit Repressalien auf seine moralische Gesinnung einzuwirken, da er gehofft hatte, dass Oliver einmal seine Geschäfte weiterführen würde. Irgendwann gab er jedoch auf und wählte eine seiner Töchter, die er in die Geheimnisse des Handels mit Fernostprodukten unterwies.

Oliver war dies recht. Er verspürte keinen beruflichen Ehrgeiz, begann irgendwann aus Langeweile, auf Parties Drogen zu verkaufen und lernte nebenbei, dass Frauen sogar bereit waren, sich für ihn zu prostituieren. Als sein Vater ihm nach Abschluss der Schulausbildung die weitere finanzielle Unterstützung versagte, zuckte Oliver gewissermaßen innerlich mit den Schultern und verlegte seinen Lebensunterhalt auf den Handel mit Rauschmitteln und weiblicher Gunst. Obwohl er einige der Produkte, mit denen er handelte, selber ausprobiert hatte, wahrte er im Wesentlichen große Distanz zu Rauschgiften, weil er gemerkt hatte, dass die Substanzen bei ihm negative Wirkungen hatte, sowohl körperlich als auch psychisch.

Cordula Werdingmann war ihm auf einer Party begegnet. Sie hatte sich – wie so viele vor und nach ihr – auf den ersten Blick in ihn verknallt, war auch bald bei ihm eingezogen und hatte eine ganze Weile alles getan, um seine Wünsche zu erfüllen und später von ihm mit Drogen versorgt zu werden. Und eines Tages war sie verschwunden gewesen. Er hatte sich nach ihr umgehört, vorsichtig erst, später mit mehr Nachdruck und – was ihn selber wunderte – mit einem Gefühl von Sorge. Dieses Gefühl hatte ihn wütend gemacht. Sie hatte kein Recht, ihm dieses Gefühl anzutun. Das Gefühl von Sorge war mit der Zeit verblasst, die Erinnerung daran nicht, was dazu führte, dass er jedes Mal, wenn er in irgend einer Form an Cordula erinnert wurde, wieder Wut verspürte, ein Ausdruck von Hilflosigkeit diesem Gefühl gegenüber.

Als ihm am Tegernsee die beiden Frauen begegnet waren, war er sich sicher gewesen, die eine der beiden sei Cordula, ganz gleich, welche Show die andere mit ihrem schlechten Italienisch abgezogen hatte. Dadurch war die alte Wunde wieder aufgeplatzt und hatte seitdem nicht mehr aufgehört zu schmerzen.

Nebenbei hatte die Begegnung dazu geführt, dass er angefangen hatte, über sein Leben nachzudenken. Immerhin war er schon einige Male mit der Polizei aneinander geraten, wegen ungebührlichen Verhaltens in der Öffentlichkeit, wegen Zuhälterei, wegen Handels mit verbotenen Substanzen, wegen unerlaubten Waffenbesitzes. Er war zwar meistens glimpflich davongekommen, weil er mit einem sehr guten Anwalt befreundet war, den er im Gegenzug mit Frauen und Drogen versorgte, aber sogar dieser Freund hatte ihm mehrfach geraten, „ein bisschen kürzer zu treten", weil die Nachsicht der Rechtssprechung mittlerweile ziemlich abgenutzt war. Weiterhin musste er feststellen, dass nicht mehr die jungen Frauen auf ihn reagierten, sondern zunehmend ältere. Diese waren nicht ganz so einfach zu dirigieren, hatten eher die Ambition, ihn zu steuern, moralisierend auf ihn einzuwirken. Daher hatte er seinen Schwerpunkt auf osteuropäische und fernöstliche Frauen verlagert. Leider hatten diese Frauen nicht immer die Erlaubnis, sich in Deutschland aufzuhalten. Das Leben war zunehmend schwieriger geworden.

Als er sich nun das Jackett über die Schulter warf, mit einem Blick nach dem Wagenschlüssel tastete und gleichzeitig in seine Lederslipper schlüpfte, drehte er sich noch einmal zu Elena um und sagte: „Wenn Du meinst, dass Du es woanders besser hast, dann hau ab. Ich bin nun für ein paar Stunden weg und ich möchte von Dir hier nichts mehr vorfinden, wenn ich wieder zurück komme. Schlampen sind schon schwer genug zu ertragen, unzuverlässige Schlampen wie Du überhaupt nicht." Er ließ die Tür zur Penthouse-Wohnung ins Schloss fallen und stieg in die Tiefgarage hinab. Elena würde nach seiner Rückkehr immer noch da sein. Sie kannte dieses Ritual. Sie würde sich in den nächsten Tagen und Wochen sehr zurückhaltend benehmen und vielleicht würde sie mit Jan doch ins Bett gehen. Es war weniger schlimm als nach Hause zurückzukehren, zu ihrem versoffenen Vater, für den sie früh der fleischliche Ersatz für die Mutter geworden war, die sich erhängt hatte, als Elena zwölf war.

Olivers Ford Mustang parkte zwischen zwei Mittelklassewagen, die je einem alleinstehenden Mann und einer alleinstehenden Frau gehörten. Da er seinen Ford immer recht lässig in die Parkbox stellte, waren die beiden gezwungen, ihre Wagen jeweils sehr dicht an die Wand zu stellen, um überhaupt Platz zu finden. Ihre Anfragen, ob er seinen Wagen nicht etwas sorgfältiger einstellen könnte, hatte er mit der höhnischen Gegenfrage erwidert, ob sie zu blöd seien einzuparken und ob er ihnen zeigen solle, wie man es richtig mache.

Er streifte seinen Wagen mit der himmelblauen Metallic-Lackierung, den verchromten Speichenrädern mit Zentralverschluss und dem dank erhöhtem Heck gut sichtbaren Edelstahlauspuffrohren ohne lästigen Schalldämpfern mit einem zufriedenen Blick, ließ über die ferngesteuerte Zentralverriegelung den Wagen öffnen und stieg ein. Im Wagen war ein Geruchskonglomerat aus Leder, seinem Rasierwasser und Elenas schwerem süßem Duft. Er atmete ein paar Mal tief ein, steckte den Schlüssel ins Schloss und drehte ihn.

Im Armaturenbrett ging eine Reihe von Kontrolllampen an. Er drehte den Schlüssel weiter. Mit einem lauten Klacken rückte das Anlassrelais ein, schloss dabei den Leistungskontakt für den Strom des Anlassermotors und drückte das Motorritzel auf den Zahnkranz der Schwungscheibe. Jammernd drehte sich der Anlassmotor, bewegte schwerfällig die Kurbelwelle des mächtigen V8-Motors, welche wiederum mit Hilfe der Pleuelstangen die ölglänzenden Stahlkolben in den Graugussbuchsen der Zylinder zog und schob. Der erste Kolben erreichte seinen oberen Totpunkt. Kurz vorher erzeugte die Hochleistungszündkerze zwischen ihren drei Außen- und der Innenelektrode einen energiereichen elektrischen Funken. Da die komprimierte Luft in der Brennkammer noch nicht zündfähig gewesen war, verpuffte der Zündfunke wirkungslos. Der Anlassermotor stöhnte gequält auf und drückte mittels Kurbelwelle den nächsten Kolben gegen das Luftkissen im Brennraum. Wieder verpuffte der Zündfunke. Erst beim sechsten Kolben, der vorher auf dem Weg zum unteren Totpunkt über das geöffnete Einlassventil durch die Kammern des Doppelregistervergasers ein mit Benzinaerosol gesättigtes Luftgemisch angesogen hatte und dieses nun verdichtete, führte der Funke zu einer Explosion. Mit einem lauten Wummern, das in der geschlossenen Tiefgarage durch das Echo gewaltig verstärkt wurde, nahm der Motor seine Arbeit auf. Oliver drückte einmal kurz auf das Gaspedal, das Wummern wurde heller, lauter, in der Tiefgarage begann es zu dröhnen. Er ließ den Motor auf die lässige Standdrehzahl von 475 Umdrehungen pro Minute zurückfallen, so dass er mit einem gehässigen Unterton, aber friedlich vor sich hin blubberte. Oliver grinste, dem Geräusch des Motors nachhorchend, der über die riesige Ansaughutze auf der Motorhaube geräuschvoll die Luft ansog und durch keine lästigen Schalldämpferanlagen gehemmt frei ausatmen konnte, stellte den Fahrwählheben auf „R", tippte noch einmal kurz auf das Gaspedal, so dass der Motor kurz aufwummerte, und stieß aus der Parkbox. Dann schaltete er um auf „D", drückte auf einen kleinen Knopf an seinem Armaturenbrett. Über Funksignal wurde das Garagentor angesteuert und fuhr rumpelnd in die Höhe. Er drückte auf das Gaspedal, der Motor jubelte trommelnd und röhrend auf, die Reifen drehten auf der glatten Betonoberfläche des Garagenboden quietschend durch und griffen schließlich, um den Wagen die Auffahrrampe hochzukatapultieren.

Oliver ließ die Seitenscheibe an seinem Wagen herunter, lauschte auf das Blubbern, Dröhnen und Orgeln des Ford-V-8-Triebwerkes vor ihm, ließ sich den Fahrtwind durchs Haar wehen und folgte der Straßenführung stadtauswärts Richtung Autobahn. Der Feierabendverkehr war längst abgeebbt, bunte Neonreklamen wetteiferten mit dem nüchternen Licht der Straßenbeleuchtungen um die visuelle Aufmerksamkeit des Vorüberziehenden. Er atmete tief ein, sein Adrenalinspiegel senkte sich etwas, sein Herzschlag beruhigte sich. Der Artikel über die Ausstellung in München zog durch sein Gedächtnis, während er fast unbewusst die Verkehrssituation erfasste und mit lässigen Fahrtmanövern den Blödmännern und –frauen auswich. Der Motor blubberte stetig, bellte nur bisweilen kurz auf, wenn er durch ein Beschleunigungsmanöver an jemandem vorbeifuhr.

Auf der Autobahn angekommen, schloss Oliver das Seitenfenster und schaltete das Stereogerät ein. Laute Discomusik überfüllte den kleinen Innenraum aus den vorne und hinten angeordneten Lautsprechern. Er lehnte sich im lederbezogenen Polster des Sportsitzes zurück und gab Gas. Der Motor spannte seine Muskeln, sein Röhren übertönte die wummernden Bässe der Musik, der Wagen duckte sich hinten tief hinab und sprang voran.

Nach einigen Stunden Fahrt, nur unterbrochen durch eine Tankpause, in der Oliver den riesigen Tank wieder mit hochoktanigem Treibstoff füllte, erreichte er auf der A8 Richtung München den Albanstieg, den er mit unverminderter Geschwindigkeit hochhetzte, dabei die Ideallinie in den Kurven suchte und sich wenig um die Geschwindigkeitsbegrenzung scherte. Plötzlich sah er rechts unmittelbar vor sich einen grellen roten Blitz aufleuchten. Er fluchte. Das hatte ihm noch gefehlt. Zu hoch jedoch war der Adrenalin-Spiegel in seinem Blut, er nahm den Fuß nicht vom Gaspedal. Kurz darauf meinte er im Rückspiegel in der Ferne einen Blitz zu sehen, wie von einer Explosion, dann tauchte er in eine Kurve ein und der Lichtpunkt war verschwunden.

Kurze Zeit darauf sah er vor sich einen tanzenden roten Lichtpunkt, der sich sehr schnell als ein Polizeibeamter mit einer Kelle mit roter Lampe entpuppte. Er bremste, fluchte wieder und fuhr rechts heran, folgte dem Winken des Polizisten und fuhr auf den Parkplatz. Er hielt in einer Parkbucht an und stellte den Wagen ab. Er öffnete die Seitenscheibe und blickte lächelnd hinaus. „Ist aber eine ungemütliche Zeit für einen kleinen Plausch," sagte er zu dem Beamten, der an das Auto herangetreten war. Dieser ging nicht auf seinen scherzhaften Ton ein, sondern sagte mit sturem Blick: „Fahrzeugkontrolle. Ihren Personalausweis bitte, den Führerschein und den Fahrzeugschein." Oliver wollte sich zu seiner Jacke drehen, um die Papiere zu entnehmen, als der Polizist plötzlich eine Schusswaffe in den Händen hielt. „Und keine Mätzchen bitte," sagte er mit warnendem Unterton. Da bekam Oliver ein komisches Gefühl. Als sei dieses Mal alles ganz anders – und für ihn gefährlich geworden. Seine Hände emittierten schlagartig Schweiß und begannen zu zittern. Er rief sich innerlich zur Ordnung. Er hatte nichts verbrochen, er war nur zu schnell gefahren.

Kapitel 10

Dem Geruch nach zu urteilen, lag der Körper schon eine ganze Weile hier. Justus Neureuter schabte sich mit der rechten Hand über das unrasierte Kinn. Er bückte sich noch einmal und betrachtete die Schusswunde, die Austrittswunde. Er fuhr mit dem Zeigefinger der rechten Hand am Rand der Wunde entlang und leckte den Finger dann ab. Das schmeckte eklig. Kriminalhauptkommissar Neureuter schüttelte den Kopf und zog die Wundränder auseinander. Er hatte irgendetwas vergessen. An dieser Leiche musste noch etwas versteckt sein. Plötzlich klingelte das Telefon. Er brauchte eine ganze Weile, bis er registrierte, dass er träumte und das Telefon auf seinem Nachttisch klingelte. Verschlafen tastete er nach dem Hörer und hielt ihn ans Ohr. Polternd fiel das Telefon zu Boden. Aus dem Hörer war nur noch das Besetztzeichen zu hören. Neureuter fluchte, schaltete die Nachttischlampe ein und setzte sich im Bett auf. Er bückte sich, hob das Telefon auf, legte den Hörer auf die Mulde und wartete einen Moment. Es klingelte erneut. Nach dem zweiten Klingelzeichen nahm er den Hörer wieder auf: "Neureuter." – "Guten Morgen, Herr Neureuter, entschuldigen Sie bitte die Störung. Hier spricht Polizeihauptwachtmeister Schneider der Polizeidienststelle Ulm. Sie leiten doch das Sondereinsatzkommando Radarmörder. Ich glaube, wir haben hier jemanden, der Sie interessieren dürfte." – "Guten Morgen. Wie spät ist es eigentlich?"

Neureuter blickte auf seine Armbanduhr. "Halb zwei Uhr. Ja, ich bin der Leiter des Sondereinsatzkommandos. Von wo aus rufen Sie denn an?" – "Von der Polizeidienststelle Ulm. Wir haben heute Nacht Back-Up-Wachdienst für eine mobile Geschwindigkeitsmessaktion an der Stuttgarter Autobahn gemacht. Gegen Null Uhr Dreißig hat jemand diese mobile Geschwindigkeitsmessstelle mit einem Sprengkörper angegriffen und kurz darauf tauchte bei uns ein Fahrzeug mit zu hoher Geschwindigkeit auf. Wir stoppten das Fahrzeug. Der Fahrer ist eine recht interessante Person, wenn ich das mal so sagen darf. Wir haben ihn erst mal nach Ulm mitgenommen. Wollen Sie hierher kommen oder wollen Sie, dass wir ihn nach Wiesbaden überstellen?" – "Schicken Sie ihn mir nach Wiesbaden rüber. Reichen die Verdachtsmomente schon für einen Haftbefehl aus?" Schneider lachte. " Es dürfte kein Problem sein, für diesen Mann einen Haftbefehl zu bekommen. Soll ich Ihnen schon mal einen Vorabbericht per Mail zukommen lassen? Die E-Mail-Adresse habe ich hier in dem bundesweiten Fahndungsersuchen stehen: info.radarmoerder@bka.de. Stimmt diese Adresse?" – "Ja, an diese Adresse können Sie den Bericht auf jeden Fall senden. Da bin ich ja mal gespannt." – "Bis später, und nochmals Entschuldigung für die Störung." – "Keine Ursache. Ich danke für die schnelle Nachricht." Neureuter legte den Hörer wieder in die Mulde und drehte sich um. Mit den Augen suchte er seine Kleidung zusammen, die vor dem Bett verstreut auf dem Boden lag. Er überlegte sich, ob er noch duschen sollte, entschied sich aber dagegen. Er kratzte sich am Bauch und begann, sich anzuziehen.

Dann ging er in die Küche und blickte sich um. Er sollte mal wieder aufräumen und abwaschen. Aber nach einem zwölfstündigen Arbeitstag war es nicht mehr weit her mit der Lust auf Hausarbeit. Darum verschob er diese Aufgaben gerne ins Wochenende. Wenn er dann am Wochenende anderweitig unterwegs war, dann blieb der Haushalt eben unerledigt. Er seufzte, nahm eine Tasse aus der Spüle, hielt sie unter den Wasserhahn und rieb sie anschließend mit dem Handtuch trocken und leidlich sauber. Als er die braunen Teespuren am Handtuch sah, rümpfte er die Nase und feuerte das Handtuch in eine Ecke. Er füllte die Tasse mit Wasser, stellte sie in die Mikrowelle und stellte die Mikrowelle auf einhundertzwanzig Sekunden und volle Leistung. Dann drückte er den Startknopf. Das Gerät fing an zu heulen. Nach zwei Minuten schaltete es sich mit einem Klingelgeräusch aus. Er öffnete die Tür, entnahm die Tasse und gab einen Teebeutel hinein. Während der Tee zog, lehnte er mit dem Gesäß an der Anrichte und blickte aus dem Fenster. Der Wohnblock lag in einer der weniger feinen Wohngegenden Wiesbadens. Die Hochhäuser standen dicht an dicht, Parkplätze waren viel zu wenig vorhanden. Er hatte schon öfter überlegt, hier wegzuziehen und im Randgebiet ein Reihenhaus zu kaufen, konnte sich aber bis jetzt nicht aufraffen, den dafür notwendigen Aufwand anzugehen. Seit sich seine Frau von ihm getrennt hatte, fiel es ihm ohnehin schwer, sich neben dem Beruf noch für etwas zu interessieren oder zu motivieren.

Er schlürfte den Tee, dann stellte er die Tasse wieder in das Spülbecken zurück, ging in den Flur, zog sich Schuhe und Jacke an und verließ die Wohnung. Auf dem Weg nach unten überlegte er, wo er am Vorabend seinen Wagen geparkt hatte. Er trat aus der Haustür und blickte nach links und nach rechts. Er stutzte und überlegte noch einmal. Verdammt, wo hatte er …? Er entschied sich, nach links zu gehen und in der ersten Querstraße nachzusehen. Er lief die Straße hinab und bog nach rechts in die Querstraße ein. Dort blieb er stehen und blickte die Reihe der Autos entlang. Verdammt. Er drehte sich um und blickte in die andere Richtung in die Querstraße. Ah, da vorne, das sah nach seinem Wagen aus. Er überquerte die Straße und ging zu dem alten BMW. Er schloss die Tür auf und öffnete sie. Der Geruch nach alten feuchten Polstern schlug ihm entgegen. Er stieg ein, zog die Tür zu, steckte den Schlüssel ins Schloss und drehte ihn. Die Warn- und Kennlampen im Armaturenbrett gingen an. Dann rückte das Anlasserrelais ein und der Anlassermotor begann, die Kurbelwelle jammernd zu drehen. Jedes Mal, wenn ein Kolben den oberen Totpunkt erreichte, stöhnte der Motor laut auf, weil die Energie, die ihm die betagte Batterie lieferte, gerade noch ausreichte, die Kurbelwelle weiterzudrehen. Nach einigen Umdrehungen der Kurbelwelle drehte Neureuter den Zündschlüssel zurück, wartete eine Weile und drehte ihn erneut. Der Anlassermotor jammerte wieder, die erste Zündung erfolgte. Er drehte den Schlüssel wieder zurück und machte den nächsten Startversuch. Zwei der vier Zylinder versuchten bereits, ihre Arbeit aufzunehmen, während die anderen beiden Zylinder sich immer noch mitschleppen ließen. Neureuter drückte einige Male das Gaspedal durch, während er weiterorgelte. Dann kamen die beiden letzten Zylinder auch. Er nahm etwas Gas weg und ließ den Motor einige Sekunden mit etwas erhöhter Leerlaufdrehzahl laufen. In der Zwischenzeit hatte sich die Windschutzscheibe innen beschlagen. Er kramte aus dem Ablagefach in der Fahrertür ein Fensterwischtuch, beugte sich über das Lenkrad und wischte die Scheibe notdürftig ab. Dann stellte er das Gebläse auf volle Leistung und den Heizungsregler auf das Symbol mit der Windschutzscheibe. Er schaltete die Fahrbeleuchtung ein, drückte noch einmal kurz auf das Gaspedal, betätigte die Kupplung und legte den Rückwärtsgang ein. In diesem Moment starb der Wagen wieder ab. Neureuter schaltete das Gebläse und die Fahrtbeleuchtung wieder aus. Dann drehte der den Zündschlüssel nach links und anschließend wieder in Startposition. Gleichzeitig betätigte er das Gaspedal. Der Anlassermotor drehte die Kurbelwelle dreimal durch, dann begannen die Zylinder, nacheinander wieder zu arbeiten. Er hielt nun den rechten Fuß auf dem Gaspedal, schaltete das Gebläse und die Fahrtbeleuchtung wieder ein, kurbelte das Fenster in der Fahrertür hinunter, betätigte die Kupplung und legte den Rückwärtsgang schnarrend ein. Dann hielt er in der rechten Hand den Feststellbremshebel und ließ bei mäßigem Gas langsam die Kupplung kommen. Der Wagen bewegte sich langsam rückwärts aus der Parkbucht. Hinter ihm quietschte es. Erschrocken drückte er die Kupplung durch und ließ den rechten Fuß auf das Bremspedal schnellen. Der Wagen stoppte abrupt, der Motor erstarb. Neureuter blinzelte in den Rückspiegel, wo er das Fahrlicht eines anderen Wagens erkannte. Wo war der Wagen plötzlich hergekommen? Das andere Auto scherte aus und fuhr an ihm vorbei. Neureuter startete den Motor erneut, legte wieder den Gang ein und blickte sich um. Die Straße war frei. Er stieß vorsichtig zurück, bis die Wagenfront frei war und er vorwärts in die Straße einscheren konnte. Er legte den Vorwärtsgang ein, gab vorsichtig Gas und ließ die Kupplung kommen.

Am Bundeskriminalamt angekommen, steuerte er den Wagen zu einem der Personalparkplätze und stellte ihn ab. Er stieg aus, verschloss den Wagen und ging zum Eingang des Gebäudes. Er zog seine elektronische Zugangskarte aus der Jackentasche, legte sie auf das Lesegerät und ging durch die Schleuse. Er nickte dem Wachbeamten grüßend zu und ging zum Fahrstuhl, um in den vierten Stock zu gelangen. Dort schaltete er das Licht ein und ging den schäbigen Flur hinunter zu seinem Büro. Er schloss die Tür auf und trat ein, schaltete das Licht an, zog die Jacke aus, hängte sie über die Stuhllehne und setzte sich. Er schaltete seinen Rechner ein und lehnte sich zurück. Sein Büro war mit einem verschrammten alten Schreibtisch ausgestattet, dessen Kirschholzfurnier vor vielen Jahren schon angefangen hatte abzuplatzen, möglicherweise infolge eines Wasserschadens. Auf dem Schreibtisch standen einige Ablagekörbe, die überquollen mit Papier und Akten. Neben den Ablagekörben lagen noch einige Stapel an Akten, zwischen denen die Fragmente der Tageszeitung des letzten Tages verstreut waren. Er sammelte die Tageszeitung ein und stopfte sie in den Mülleimer. Er dachte, er solle sich wieder einmal beschweren, weil der Mülleimer nur unregelmäßig geleert wurde. Der Rechner hatte in der Zwischenzeit sein Betriebssystem gestartet. Neureuter klickte das Symbol zum Start des E-Mail-Verwaltungsprogramms an, der Rechner war eine Weile aktiv, dann öffnete sich ein neues Bild auf dem Monitor. Drei neue Mails wurden angezeigt. Die letzte Nachricht war von der Polizeidienststelle Ulm. Neureuter klickte sie an und öffnete sie. Anschließend öffnete er die Datenanlage, in der Schneider den vorläufigen Bericht abgelegt hatte. Er las den Bericht durch. Der Name Oliver Kammler sagte ihm nichts.

Er startete ein weiteres Programm, mit dem er die Datenbank für Personen, die bereits mit der Polizei in Kontakt gekommen waren, öffnen konnte, und gab dort den Namen Oliver Kammler ein. Nach einer Weile listete der Rechner auf dem Bildschirm eine Reihe von Datumswerten auf und dahinter jeweils ein Schlagwort. Die Schlagworte waren aktiv, das heißt, wenn man diese anklickte, dann wurden

Datenanlagen geöffnet. Neureuter überflog die Schlagwortliste: Zuhälterei, Vergehen gegen das Betäubungsmittelgesetz, Gewalttätigkeiten. Ein netter Vogel, den sie hier geschnappt hatten.

Neureuter suchte das Telefonverzeichnis und schlug es auf. Dann wählte er die Nummer des Wachbüros, in dem sich die Personentransporte bei der Ankunft in Wiesbaden melden mussten. Er bat um sofortige Mitteilung, sobald Oliver Kammler angekommen war.

Dann blickte er auf die Papierstapel auf seinem Schreibtisch und verzog angewidert das Gesicht.

Er lehnte sich zurück und legte die Beine auf den Schreibtisch auf die kleine freie Fläche vor seinem Bildschirm. Wie lange beschäftigte er sich nun schon mit dem Radarmörder. Ein Fall, der zu Anfang so einfach ausgesehen hatte. Irgendjemand raste auf Deutschlands Autobahnen rum und sprengte Polizisten in die Luft, während diese Geschwindigkeitskontrollen durchführten. Was veranlasste dieses kranke Hirn zu diesen Angriffen? Neureuter, der beruflich an einem toten Punkt angelangt gewesen war, hatte sich anfänglich mit Feuereifer auf den Fall gestürzt. Er sah aus, als sei er einfach zu lösen, und für seine Karriere wäre es gut gewesen, einen schnellen Erfolg, überhaupt mal einen Erfolg vorweisen zu können. Stattdessen hatte dieser Psychopath immer weiter sein Unwesen getrieben und mit Neureuters Karriere sah es nicht besonders gut aus. Dies mochte dazu beigetragen haben, dass ihm Isolde nach zehn Jahren Ehe die Scheidung angeboten hatte. Er zog die Füße vom Schreibtisch und drehte sich auf dem Stuhl herum, um aus dem Fenster zu sehen. Es war finster draußen, aber das spielte kaum eine Rolle. Das Fenster ging auf einen engen Innenhof und blickte zudem nach Norden. Durch dieses Fenster kam nie Licht. Er dachte sich, wenn er das Licht ausschaltete, könnte er vielleicht sogar den einen oder anderen Stern sehen. Aber nicht durch dieses Fenster.

Neureuter drehte sich wieder zu seinem Schreibtisch und zog eine Akte zu sich heran, die Akte über den Fall des Radarmörders. Er blätterte sie durch und las einzelne Passagen. Er kannte die Akte in- und auswendig, so oft hatte er sie schon gelesen.

Eigentlich wartete er nur darauf, dass Oliver Kammler endlich in Wiesbaden ankam. Sollte er einen Kollegen für das erste Gespräch mit hinzuziehen? Sollte man Kammler erst einmal schmoren lassen, ehe man ihn zum Verhör holte? Neureuter war sich nicht sicher, wie er vorgehen wollte.

Endlich klingelte das Telefon auf seinem Schreibtisch. Er nahm den Hörer ab und meldete sich: „Neureuter, Polizeipräsidium Wiesbaden." – „Guten Morgen, hier ist Oberwachtmeister Schnitzer. Ihr Verdächtiger ist gerade eingetroffen. Soll ich ihn gleich in eines der Vernehmungszimmer bringen lassen?" – „Nein, bringen sie ihn erst mal in eine Zelle. Ich lasse ihn dann von dort abholen. Danke." – „Bitte."

Neureuter stand auf und blickte auf seine Armbanduhr. Kurz vor sechs Uhr morgens. Er ging aus dem Büro zu einer kleinen Küche, wo neben einem Mikrowellenofen, einem Herd mit Backofen, einer Spülmaschine, einer Spüle und diversen Geschirrschränken mit benutzt aussehendem Geschirr auch eine Kaffeemaschine stand. Jemand hatte sie bereits gestartet, die Glaskanne auf der Warmhalteplatte war voll. Er nahm sich einen Porzellanbecher aus dem Schrank und goss Kaffee ein. Dann fügte er drei Zuckerwürfel aus einer bereitstehenden Schachtel hinzu, nahm einen Löffel aus der Schublade und rührte um. Er warf den Löffel in die Spüle und trug den Becher in sein Büro zurück. Er stellte den Becher auf den Schreibtisch und setzte sich. Plötzlich hatte er gute Laune. Sie hatten einen Mann. Der Mann hatte ein Motiv, zumindest ließ sich aus seiner Vorgeschichte etwas machen, und damit hatten sie den Täter. Jetzt hieß es klug vorgehen. Er aktivierte seinen elektronischen Terminplaner und organisierte eine Besprechung für neun Uhr. Er lud die Mitarbeiter des Kernteams des Sondereinsatzkommandos „Radarmörder" ein. Nun musste er sich sputen, um bis zu der Besprechung noch einige Daten – Fakten – zusammenzufassen, damit er mit den Kollegen die weitere Vorgehensweise vereinbaren konnte. Kammler konnte man einstweilen schmoren lassen. Je länger, desto besser.

Kurz vor neun Uhr druckte er einige Seiten Text mehrfach aus, die er in den letzten zwei Stunden zusammengestellt hatte, und ging mit dem Papierstapel in das Besprechungszimmer. Die Team-Mitglieder hatten sich schon eingefunden und diskutierten über verschiedene Themen. Neureuter ging davon aus, dass bislang niemand wusste, dass man einen Verdächtigen gefasst hatte. Er setzte sich mit einem lauten „Guten Morgen." Dann wartete er einige Minuten, bis alle still geworden waren. In der Zwischenzeit blickte er langsam in die Runde.

Kriminalkommissar Gerhard Magen war ihm als Assistent zugewiesen worden. Wie gewöhnlich saß er provokant entspannt in seinem Stuhl, war auf der Sitzfläche weit nach vorne gerutscht und hatte sich weit zurückgelehnt, die Beine von sich gestreckt und übereinander gelegt und die Arme vor der Brust verschränkt, und hörte mit halbem Ohr seinem Nachbarn, Polizeihauptmeister Jens Behringer zu. Während Magen seiner Haltung entsprechend unrasiert, unfrisiert und mit schäbiger Kleidung auftrat und in seinen Ansichten eine gewisse bohemische Lebensweise zur Schau trug, war Behringer in jeder Hinsicht das genaue Gegenteil. Neureuter musste sich jedoch eingestehen, dass er in kritischen Situationen lieber auf Magen vertraute, auch wenn er sich von ihm als Person abgestoßen fühlte. Behringer war zu eifrig, zu sehr bestrebt zu gefallen, als dass er jemals ein zuverlässiger Ermittler werden konnte. Es schien erstaunlich, dass Magen und Behringer als Team immer hervorragend funktionierten, bei genauerer Betrachtungsweise wurde jedoch klar, dass es darauf beruhte, dass Magen kein Interesse daran hatte, sich mit Lorbeeren zu schmücken, sondern ausschließlich bestrebt war, einen guten Job zu machen, wovon Behringer profitieren konnte und dies auch tat. Dafür übernahm er mit geradezu hingebendem Eifer die Laufarbeiten für Magen.

Neben Behringer saß Nadine Bauer aus der Spurensicherungsabteilung. Sie hatte ein sehr maskulines Auftreten, eine sehr maskuline Ausstrahlung und war bei einigen Kollegen gefürchtet, insbesondere wenn diese sie irgendwann einmal spüren hatten lassen, dass sie aufgrund ihres Geschlechtes nur „zweite Wahl" oder „Quote" war. Sie war eine hervorragende Chemikerin mit einem brillanten Folgerungsvermögen und konnte „selbst im absoluten Nichts noch die Spuren eines Täters ausfindig machen", wie sich ein Kollege einmal widerwillig anerkennend ausgedrückt hatte. Sie saß mit unbeteiligtem Gesichtsausdruck da, in ihren Augen war Müdigkeit zu lesen. Neureuter hatte einmal gehört, dass sie allein erziehende Mutter sei und vor einigen Jahren angefangen hatte, sich sexuell zu Frauen hin zu orientieren. Dieses Gerücht war aber nie bestätigt worden, weil Bauer grundsätzlich jedes Gespräch über außerberufliche Themen insofern abwürgte, dass sie sie einfach ignorierte, und sie noch von keinem Kollegen außerhalb des Polizeipräsidiums oder ihres Labors angetroffen worden war.

Neureuter verteilte die Ausdrucke seiner Notizen, setzte sich dann wieder und sagte: „Wir haben letzte Nacht einen Verdächtigen festgenommen. Auf der A8 oberhalb des Aichelberges ging wieder ein Sprengsatz hoch und kurz darauf konnte die Back-Up-Sicherung einen Fahrer anhalten, der wohl ein interessanter Zeitgenosse ist. Details zu seinem

Werdegang stehen in dem Pamphlet, das ich Euch gerade ausgeteilt habe. Der Mann ist bereits ein alter Bekannter der Justiz, nun kommen auf sein Konto halt noch die Morde an fünfzehn Kollegen. Ich habe ihn letzte Nacht von der Polizeidienststelle Ulm hier nach Wiesbaden überstellen lassen. Er sitzt nun und wartet darauf, was wir mit ihm vorhaben." Neureuter wartete eine Weile, während seine Kollegen die Notizen durchblätterten und einige Absätze lasen. Nach einigen Minuten sagte er: „Ich möchte nun bald anfangen, ihn zu vernehmen. Außerdem könnte eine Mannschaft mal seine Wohnung aufsuchen, um festzustellen, ob sich für uns interessante Dinge finden lassen. Bislang ist immer noch nicht geklärt, woher der Sprengstoff und kommt und wie die Sprengsätze aufgebaut sind, auch wenn die chemische Zusammensetzung des Explosivstoffes weitgehend bekannt ist. Gerhard, Du besorgst einen Hausdurchsuchungsbefehl und fährst dann mit Nadine zu seiner Wohnadresse. Nehmt noch einen von der Spurensicherung mit und seht Euch mal um. Ich werde in der Zwischenzeit mal mit Jens dem Burschen ein bisschen auf den Zahn fühlen. Gibt es noch Fragen?" Die drei blätterten noch einmal durch die Papiere und schüttelten dann die Köpfe. „Gut," sagte Neureuter, „dann werde ich ab sofort wieder einen täglichen Termin einstellen, bis wir den Fall abgewickelt haben."

Als sie das Besprechungszimmer verließen, sagte Neureuter zu Behringer: „Ich rufe Dich an, sobald ich ihn im Vernehmungsraum habe."

Neureuter ging in sein Büro zurück, überprüfte kurz in der elektronischen Reservierung, welcher Vernehmungsraum zur Verfügung stand, und rief anschließend in der Zellenverwaltung an, dass man Oliver Kammler zu dem entsprechenden Zimmer bringen solle.

Dann rief er kurz Behringer an und teilte ihm die Raumnummer mit, nahm seinen Block vom Tisch und begab sich in den Gebäudebereich, in dem die Vernehmung stattfinden sollte.

Während er durch die Flure lief, ging er in Gedanken die Strategie durch, wie man Kammler am sichersten zu einem Geständnis bewegen konnte. Neureuter war überzeugt, dass Kammler der „Radarmörder" war. Er benötigte nur noch ein formales Geständnis, dann konnte er ihn an das Gericht zur Verurteilung überstellen. Einen Moment verweilten seine Gedanken bei einem möglichen Motiv für die Morde.

Als er vor dem Vernehmungszimmer ankam, wartete Behringer bereits auf ihn. Er deutete auf die Tür und sagte: „Ist bereits da. Wollen wir?" – „Hast Du alles dabei?" – „Ja." Neureuter öffnete die Tür und trat ein, gefolgt von Behringer. Das Vernehmungszimmer war ein typischer Raum für derartige Zwecke, ausgestattet mit einem robusten Linoleumboden, der sich leicht reinigen ließ, einem schon reichlich gebraucht aussehenden, aber trotzdem robusten Holztisch, um den vier Stühle, ebenfalls aus Holz und robust, gruppiert waren, und neben den deprimierend ockerfarben gestrichenen Wänden einer vierflammigen, mit Leuchtstoffröhren bestückten Lampe an der ebenfalls ockerfarbenen Decke. Selbige war ebenso wie die Wände mit vielen kleinen dunklen Flecken übersät. Fliegenkot? Oder etwas anderes?

Oliver Kammler saß auf einem der Stühle, den Rücken der Tür zugewandt. Neben der Tür lehnte ein uniformierter Polizist an der Wand, der sich beim Eintreten Neureuters aufrichtete und sagte: „Hier habe ich den Oliver Kammler zur Vernehmung." Neureuter nickte und sagte:" Danke." Der Uniformierte verließ den Raum. Neureuter trat um den Tisch herum und setzte sich Kammler gegenüber, während Behringer den Platz des uniformierten Polizisten einnahm. Neureuter blickte Kammler an, dann öffnete er seine Schreibkladde, zog aus der Innentasche seines Jackett einen Kugelschreiber, schrieb das Datum auf das erste leere Blatt und nickte bedeutsam. „Sie sind festgenommen worden, weil Sie dringend verdächtig sind, fünfzehn Polizisten während der Ausübung ihrer Pflicht vorsätzlich getötet zu haben. Wir sitzen hier nun zusammen, weil wir diesbezüglich ein paar Fragen an Sie haben und weil wir feststellen wollen, dass und warum Sie diese Polizisten umbrachten."

Oliver Kammler zuckte hoch: „Das ist nicht …" Neureuter winkte großzügig ab und sagte: „Erst mal sollten Sie ganz ruhig bleiben. Wir gehen die Sache nun von Anfang an durch. Dieses erste Gespräch möchte ich noch nicht aufnehmen und formell protokollieren. Erst mal wollen wir miteinander reden, falls Sie nichts dagegen haben." Er blickte Oliver

Kammler erwartungsvoll an. Dieser erwiderte: „Das ist doch alles Blödsinn. Außerdem sage ich ohne meinen Anwalt gar nichts." Neureuters Gesicht drückte schlagartig Missbilligung aus: „Gut, Sie können natürlich auch die Kooperation verweigern. Dann werden wir eben die harte Tour einschlagen. Eines kann ich Ihnen jetzt schon sagen. Am Ende möchte ich ein Geständnis haben. Wie lange der Spaß dauert, ist mir egal. Sie haben meine Kollegen ermordet, und das werde ich aus Ihnen rausholen." Oliver Kammler starrte Neureuter an, in seinem Gesicht wechselten Unglaube, Angst, Rebellion und ein Hauch Resignation wie an einem Himmel, an dem Wolken schnell vorüberziehen. Er schüttelte den Kopf und holte Luft, als wollte er etwas sagen. Dann schüttelte er wieder den Kopf, überlegte eine Weile und sagte dann: „Das ist doch alles ein Scherz, oder? Das ist doch nicht wahr, oder? Sie spielen mir hier irgendetwas vor, oder? So etwas passiert doch nicht in Deutschland, oder?" Er schüttelte wieder den Kopf und blickte Neureuter an. Neureuter starrte gleichmütig zurück und sagte nach einer sehr langen Weile: „Die Fakten sind folgende: Sie sind der Justiz seit langem damit bekannt, dass Sie gewisse Probleme haben, sich an die in unserem Rechtsstaat gültigen Rechte zu halten. Betäubungsmittelgesetz, Waffengesetz, Körperverletzung, Zuhälterei, Beamtenbeleidigungen neben all den Vergehen im Straßenverkehr wie Geschwindigkeitsüberschreitung, Nötigung und so weiter. Mit Ihrem Register kann ich eine ganze Kleinstadt verknacken lassen. Und nun kommt logischerweise der Mord an die Polizisten dazu. Warum? Wahrscheinlich haben Sie mal einen Bußgeldbescheid wegen falschen Parkens erhalten. Weil Sie sich ja an keine Ordnungen und Regeln zu halten brauchen. Und darum meinen Sie, dass Sie Ordnungshüter einfach beiseite schaffen können, wenn diese Sie auf Ihre Vergehen aufmerksam machen. Aber damit hat es jetzt ein Ende. Gott Sei Dank ist Deutschland ein Rechtsstaat und keine Bananenrepublik, in der jeder seine eigenen Gesetze macht. Ich werde Ihnen diese Taten nachweisen, das versichere ich Ihnen." Oliver blickte Neureuter noch einmal an und begann plötzlich zu lachen. Er schüttelte den Kopf und sagte: „Wie wollen Sie mir etwas nachweisen, was ich gar nicht verbrochen habe. Da bin ich nun mal gespannt." Er verschränkte seine Arme vor der Brust und sah Neureuter erwartungsvoll an.

Neureuter blickte auf die noch leere Kladde vor ihm – mit Ausnahme des Datums auf der rechten oberen Ecke des ersten Blattes Papier – und sagte mit monotoner Stimme, als lese er von einer Liste ab: „Am achten dritten Zwotausendeins töteten Sie Karl-Peter Zeiser an der A7. Am siebten achten Zwotausendeins töteten Sie Justus Kerner an der A9. Am dreiundzwanzigsten zwölften Zwotausendeins töteten Sie Karl-Friedrich Moser an der A8. Am ersten vierten Zwotausendzwo töteten Sie Gerald Meissner an der A7. Am dreizehnten neunten Zwotausendzwo töteten Sie Heinrich Wegärtner an der A3. Am zehnten zwölften Zwotausendzwo töteten Sie Josef

Weinbauer an der A9. Am dreizehnten dritten Zwotausenddrei töteten Sie Franz Jenssen an der A23. Am achten sechsten Zwotausenddrei töteten Sie Gustav Berthold an der A1. Am vierten elften Zwotausenddrei töteten Sie Fred Wingert an der A1. Am vierten zwoten Zwotausendfünf töteten Sie Ferdinand Jons an der A66. Am fünften fünften Zwotausendfünf töteten Sie Hans Huber an der A96. Am zwoten sechsten Zwotausendsechs töteten Sie Karl Obermeier an der A8. Am elften zwölften Zwotausendsechs töteten Sie Meinrad Schlatter an der A1. Am dritten zwoten Zwotausendsieben töteten Sie Klaus Wehringer an der A5 und am sechzehnten neunten Zwotausendsieben töteten Sie Peter Weibersheimer an der A8. Wir werden jeden einzelnen Fall mit Ihnen durchgehen und wahrscheinlich feststellen, dass Sie sich jeweils zum fraglichen Zeitpunkt am Tatort aufgehalten haben können. Weiterhin werden wir bei Ihnen zu Hause oder in Ihrem Umfeld die notwendigen Beweise finden, dass Sie diese Sprengkörper hergestellt haben. Wir kennen die genaue chemische Zusammensetzung des Sprengstoffes und konnten sogar den Hersteller des Halbzeugmaterials identifizieren, mit dem Sie die Bomben gebastelt haben. Wie gesagt, wir können hier den mühseligen Weg gehen oder Sie sagen mir jetzt, dass Sie diese Morde verübt haben und wir haben es hinter uns." Er blickte wieder hoch und sah Oliver Kammler in die Augen. Dieser fuhr auf: „Das ist doch hausgemachter Blöd …" Weiter kam er nicht. Neureuter war aufgesprungen und versetzte ihm nun eine Ohrfeige, dass sein Kopf ruckartig zur Seite gerissen wurde. Die linke Wange Oliver Kammlers färbte sich schnell rot. Er starrte Neureuter überrascht und entsetzt an. „Ich sage gar nichts mehr. Ich möchte meinen Anwalt sprechen." Das letzte klang wie ein Schluchzen. Neureuter schlug seine Kladde zu, verstaute seinen Kugelschreiber in der Innentasche seines Jacketts und stand auf. Er blickte auf Oliver Kammler hinunter und sagte: „Ich gebe Ihnen nun etwas Zeit, über Ihre Situation nachzudenken." Er nickte Behringer zu, der sich während der Angelegenheit nicht gerührt hatte, und verließ gemeinsam mit ihm den Raum. Vor der Tür stand der uniformierte Polizist. Neureuter sagte zu ihm: „Lassen Sie ihn eine Weile sitzen. Wir kommen bald wieder und werden dann mit der Vernehmung fortfahren." Während der Polizist in das Zimmer trat und die Tür hinter sich schloss, gingen die beiden den Flur hinab und zur Kantine, um dort eine Tasse Kaffee zu trinken.

Behringer sah Neureuter an und meinte, während dieser aus der Tasse schlürfte: „Sag mal, was ist, wenn er tatsächlich unschuldig ist? – „Er ist schuldig, er weiß es nur noch nicht. Aber es wird ihm schon noch einfallen. Da mach Dir mal keine Sorgen."

Nach zwei geruhsamen Stunden, die aufgefüllt wurden mit dem Austausch von Klatsch aus der Polizeiwelt, gingen die beiden wieder zurück in das Vernehmungszimmer. Der uniformierte Polizist nickte den beiden zu und verließ den Raum wieder, sobald ihn die beiden betreten hatten. Behringer stellte sich wieder an die Wand, Neureuter setzte sich Oliver Kammler gegenüber. Er schlug wieder seine Kladde auf, holte seinen Kugelschreiber aus der Innentasche seines Jacketts und sah zu Oliver Kammler hinüber. „Na, ist Ihnen nun etwas eingefallen? Wollen wir nun anfangen zu arbeiten?" Oliver konnte man in der Zwischenzeit die durchwachte Nacht im Gesicht ablesen. Er starrte Neureuter an und sagte schließlich: „Wenn ich nur wüsste, worauf Sie rauswollen." – „Ich möchte von Ihnen ein Geständnis über die Morde haben," sagte Neureuter mit leicht genervt klingender, betont geduldiger Stimme, wie ein Lehrer klingen mochte, der einen Schüler einen Zusammenhang schon bis zum Überdruss erklärt hat und dieser sich weigert, diesen zu verstehen. „Fangen wir doch einfach mal an. Wo waren Sie am achten dritten Zwotausendeins, wenn Sie nicht an der A7 waren?" Oliver Kammler schüttelte mal wieder den Kopf. „Ich weiß es nicht. Das ist über sechs Jahre her." – „Warum behaupteten Sie dann vorhin, Sie hätten es nicht getan, wenn Sie noch nicht einmal wissen wollen, wo Sie zu diesem Zeitpunkt waren?" – „Ich weiß, dass ich an diesem Tag nicht an der A7 war. Ich weiß zwar nicht, wo ich war, aber dass ich nicht an der A7 war, weiß ich bestimmt." – „Erkennen Sie den Widerspruch in Ihren Worten? Sie wissen zwar nicht, wo Sie waren, aber dort an der A7 waren Sie nicht. Wissen Sie nun, wo Sie waren, oder wissen Sie es nicht?" – „Ich weiß es nicht." – „Was wissen Sie nicht? Wo Sie waren, oder was Sie wissen? Lassen Sie sich doch mal etwas Zeit und denken Sie nach,

dann fällt Ihnen sicherlich die richtige Antwort ein." –
„Verdammt, ich weiß es n ..." Neureuters linke Hand
war vorgeschossen und landete klatschend auf der
rechten Wange Oliver Kammlers. „Reißen Sie sich ein
bisschen zusammen und fangen Sie nicht an, hier
rumzufluchen. Wo waren Sie am achten dritten
Zwotausendeins?" – „Ich .. ich sage nichts mehr. Ich
habe ein Recht darauf, einen Anwalt bei mir zu
haben." – „Sie haben gar kein Recht. Wo waren Sie
am achten dritten Zwotausendeins?" – „Ich weiß es
nicht." – „Also waren Sie an der A7 und haben meinen
Kollegen Karl-Peter Zeiser ermordet." – „Das stimmt
nicht." – „Beweisen Sie das Gegenteil." – „Wie denn,
wenn ich nicht weiß, wo ich an diesem Tag war?" –
„Wir stellen hier die Fragen. Geben Sie ordentliche
Antworten." Oliver Kammler holte schluchzend Luft
und schüttelte den Kopf.

Neureuter bearbeitete ihn drei weitere Tage, dann
brach er zusammen und begann zu „kooperieren".
Sein Gesicht war in der Zwischenzeit zugequollen und
verschmiert mit getrockneten Tränen, Nasenschleim
und Blut, sein Haar war verwirrt und schweißklebrig,
seine Augen hatten den gehetzten Ausdruck eines in
die Enge getriebenen und die Ausweglosigkeit der
Situation erkennenden Tieres angenommen. Sein
Atem stank, er roch ungewaschen, da er in seiner
Zelle zwar ein Waschbecken zur Verfügung hatte, bei
diesem aber aus irgendeinem Grund nur sporadisch
Wasser kam.

Nachdem er in einer vierzehnstündigen Sitzung, bei
der er mehrere Male erschöpft innehielt, alle Details

der fünfzehn Morde erzählte und später das sauber getippte Geständnis unterschrieb, wurde er in eine andere Zelle verlegt. Er durfte duschen und sich rasieren und erhielt frische Kleidung. Ein Arzt suchte ihn auf und behandelte die Blessuren in seinem Gesicht und an seinem Körper.

Einige Wochen später wurde er an das Landgericht Frankfurt transportiert, wo er vor einen Schwurgericht seine Aussagen wiederholte. Er wurde zu lebenslänglicher Haft ohne Bewährung mit anschließender Sicherungsverwahrung verurteilt und in die Justizvollzugsanstalt Frankfurt verbracht.

Kapitel 11

Werner stand vor dem Wagen, einem Actros 1860 LS 4x2 3600, und blickte ihn aufmerksam an. Er war nun seit acht Wochen beschäftigt gewesen, das Fahrzeug, das er von Stuttgart mit einem Transporter abgeholt hatte, nach den Kundenwünschen umzubauen. Das Äußere der schweren, kobaltblau lackierten Zugmaschine war weitgehend unverändert geblieben. Der Kunde wünschte hingegen eine umfangreiche Modifikation des Antriebsaggregates, um die Standard-Motorleistung von 598 Pferdestärken, die der Achtzylinder auf dem Prüfstand zeigte, noch einmal signifikant zu erhöhen. Dabei lag der Fokus weniger auf einer Erhöhung des Drehmomentes im unteren Drehzahlbereich, welche Werner bei dem modernen, elektronisch geregelten Motor über so genanntes Chip-Tuning erledigen hätte können, sondern auf einer breiteren Entfaltung in den oberen Drehzahlen, um in Kombination mit einer Änderung der Getriebeübersetzungen höhere – hohe – Endgeschwindigkeiten zu erreichen.

Bei elektronisch geregelten Motoren, gleich ob Benzin- oder Dieselantrieb, werden die Informationen über Einspritzmengen und -zeitpunkte in Abhängigkeit von der Drehzahl in elektronischen Bausteinen gespeichert, den so genannten Chips. Eine Änderung des Motorenverhaltens insbesondere im unteren Drehzahlbereich, durch Verlängern der Einspritzzeit und geringfügiges Verschieben des Einspritzzeitpunktes, erreicht man dadurch, indem man in die Motorsteuerung einen Baustein mit einer anderen Motorkennlinie einsetzt.

Soll der Motor im oberen Drehzahlbereich hingegen eine Leistungssteigerung erfahren, so müssen diejenigen Faktoren, die systematisch die wirtschaftliche Ausbeute des Kraftstoffes begrenzen, optimiert werden. Dazu zählen ebenso die Reduzierung von trägen und regelmäßig beschleunigten Massen, wie zum Beispiel der Kolben und Pleuelstangen, wie auch die Verringerung von Reibungswerten ebenso in den Gleitlagern einer Kurbelwelle wie die Reibung der Ansaug- sowie der Auspuffgase. Diese Veränderungen sind zeitaufwändig, erfordern teilweise massive Umbauten und am Schluss großes Geschick bei der Neuabstimmung des Motors, da je nach Auswahl der Komponenten und Werkstoffe sowie der Bearbeitung derselben das Verhalten des einzelnen Motors sehr verändert werden konnte zu seiner ursprünglichen Charakteristik.

Werner hatte die Standardkolben des Actros-Aggregates gegen Keramikbauteile ersetzt. Diese Keramikkolben bezog er bei einem speziellen Lieferanten, der normalerweise für Wehrtechnik- sowie Luft- und Raumfahrtanwendungen spezielle Kundenteile stückweise nach Spezifikation fertigte. Der Preis für die neun Kolben war horrend gewesen. Um das Einström- und Verwirbelungsverhalten der Luft auf dem Kolbenboden zu verbessern, musste er die Teile nach Anlieferung mit einer speziellen Diamantstaubschleifmaschine polieren. Um dabei die

Laufkultur des Achtzylinders nicht zu stören, erlaubte er sich hinsichtlich der Abweichung der Oberflächenform und -beschaffenheit nur minimale Unterschiede im einstelligen Mikrometerbereich. Er überprüfte die Ergebnisse der Schleifarbeit jeweils mit einer speziellen 3-D-Laserabtastmaschine, die direkt mit der Schleifmaschine gekoppelt war und Abweichungen von einem Masterprofil in entsprechende Schleifbefehle umsetzte.

Die Pleuelstangen hatte er aus Titan schmieden lassen. Dies erbrachte eine Masseneinsparung gegenüber den Standardstahlpleueln um genau sechsundsiebzig Prozent, die sich sowohl in Kraftstoffeinsparung als auch in einer Erhöhung der Agilität des Dieselmotors niederschlagen würden.

Die Gleitlager an der Kurbelwelle hatte er in Eigenarbeit nachpoliert und auf der Seite der Pleuelstangen mit speziellen Keramikschalen ausgestattet. Auf diese Weise reduzierte er den Reibungskoeffizienten um achtundfünfzig Prozent. Die Kombination aus dem Stahl der Kurbelstange und der Pleuellagerschale erlaubte außerdem den Betrieb ohne Öl, wobei die Verwendung von Motoröl nicht schädlich war.

Umfangreiche Polierarbeiten brachte er außerdem im Bereich der Gasströmkanäle ein. Dies führte zu einem verlustärmeren Strömen der Ansaugluft und der Auspuffgase, verringerte die dafür notwendige Energie und reduzierte nebenbei die Lärmemissionen. Aus dem röhrenden Tiger war eine flüsternde Rakete geworden.

Als letzte Baugruppe hatte Werner noch die beiden Turbolader zu überarbeiten gehabt. Er hatte lange nachgedacht, die von Daimler eingesetzten Standard-Turbolader zu bearbeiten und hatte sich schließlich entschieden, dieselben lediglich als Formvorlage für eine Sonderkonstruktion aus keramischen Werkstoffen zu verwenden und dabei neben der Massen- und Reibwertreduzierung ein verbessertes Kaltlaufverhalten des Aggregates zu erreichen.

Heute Morgen hatte er den Motor das erste Mal gestartet, nachdem er alles sorgfältig montiert und alle mechanischen Einstellarbeiten abgeschlossen hatte. Als er den Anlassknopf gedrückt hatte und der elektrische Anlassmotor sich ins Zeug legte, um mit Hilfe der veredelten Kurbelwelle und der Titanpleuel die hochglanzpolierten Kolben gegen die eingeströmte Luft zu pressen, diese dabei zu verdichten und zu erhitzen, dann das hochenergetische Diesel zu injizieren, dass dieses mit einer kraftvollen Explosion die Symphonie einleitete, waren ihm all die Änderungen an der mächtigen Maschine aus dem Hause Daimler in Stuttgart noch einmal gegenwärtig geworden, und er hatte für einen Moment ein banges Gefühl. Überraschend leise meldete sich der Motor zu Wort, wie ein Tiger, der auf Samtpfoten schleicht. Er hatte dem gleichmäßigen Klang der acht Kolben gelauscht, während der Drehzahlmesser unverschämte dreihundertfünfzig Umdrehungen pro Minute anzeigte, hatte anschließend mit einem Hörrohr versucht, ins Motorinnere zu horchen, ob irgendwo ungute

Geräusche vorhanden waren, hatte dann das erste Mal das Gaspedal betätigt, nur ganz leicht. Der Zeiger des Drehzahlmessers war auf eintausend gesprungen, das Säuseln des Standdrehzahllüftchens hatte sich minimal in einen Sommerwind verändert, war aber immer noch ohne Räuspern und unfreundliche Nebengeräusche geblieben. Er hatte dann an das Gaspedal einen speziellen Aktuator angeschlossen, um Drehzahlen einstellen und laufen lassen zu können und dabei frei zu sein, den Motor zu vermessen, hinsichtlich lokaler Geräuschentwicklungen, Wärmequellen oder störenden Vibrationen. Bei zweitausend Umdrehungen war eine bemerkenswerte Resonanz aufgetaucht, deren Ursache er noch auf die Spur kommen wollte.

Er war im Wesentlichen mit dem Fortschritt seiner Arbeiten zufrieden, wenngleich einige offene Fragen geblieben waren, da er noch nie vorher eine derart gründliche Überarbeitung eines Motors rein zur Leistungssteigerung vorgenommen hatte.

Er fühlte Müdigkeit in den Knochen und beschloss, für diesen Tag Feierabend zu machen. Er ging in den Umkleideraum, entledigte sich seines Arbeitsanzuges und der verschwitzten Unterwäsche und stellte sich unter die Dusche. Anschließend trocknete er sich ab, zog sich frische Wäsche und Kleidung an und verließ die Werkstatt. Er warf noch einen Blick auf den Actros, der unbeteiligt und stolz in der Halle stand. Werner trat in den mondbeschienenen Hof, schloss die Tür ab und ging zu seinem VW-Bus. Er fuhr nach

Hause, parkte den Wagen in der Parkbucht, stieg aus, schloss den Wagen ab und betrat den Hausflur. Er schaltete das Licht ein und ging die Treppen hoch zu seiner Wohnung. Er fühlte sich rechtschaffen müde; plötzlich ging ihm der Gedanke durch den Kopf, sich ein Reihenhaus zu kaufen, bei dem er nicht jeden Morgen und jeden Abend Treppen steigen musste. Als er den vorletzten Treppenabsatz vor seiner Wohnung erreichte, blieb er überrascht stehen. Er glaubte zu träumen, atmete einmal ein und aus und schüttelte den Kopf. Das Bild blieb unverändert. Auf der Treppe vor ihm saß Rosita, neben sich eine Einkaufstasche, auf dem Schoß ein Buch, und las. Werner stand da und betrachtete sie einen Augenblick, die sich nicht stören ließ, dann breitete sich ein Lächeln auf seinem Gesicht aus. „Hallo", sagte er. Rosita blickte auf, lächelte ihn an und sagte: „Hallo." Sie klappte das Buch zu, steckte es in die Einkaufstasche und stand auf. „Wie geht es Dir?", fragte sie. Er lächelte immer noch, schüttelte den Kopf und sagte: „Gut. Jetzt geht es mir gut." Nach einer Weile sagte Rosita: „Ich habe etwas zu Essen eingekauft für den Fall, dass Du …" – „Ach ja, natürlich, willkommen." Werner lachte, streckte ihr die Hand hin, die sie ergriff und ihn an sich zog. Im ersten Moment widerstrebte er, dann zog er sie ebenfalls an sich und gab ihr einen Kuss. Dann befreite er sich und sagte: „Wir müssen nicht hier draußen bleiben, komm doch rein. – Wo ist denn der Schlüssel? Ach ja, hier." Werner lachte wieder, schüttelte den Kopf, schloss die Tür auf, trat zurück und winkte ihr, einzutreten.

Rosita nahm die Einkaufstasche hoch, ging in die Wohnung und blickte sich um. Werner folgte ihr, schloss die Tür, hängte sein Schlüsselbund an den Haken neben der Tür, zog sich Jacke und Schuhe aus und sagte dann: „Wenn Du Deine Jacke loswerden willst ..." – „Ach ja, natürlich." Rosita zog ihre Jacke aus, reichte sie Werner, der sie auf einen Bügel hängte und in der Garderobe verstaute. Dann blickte er sie wieder etwas verlegen an. Sie trat auf ihn zu, küsste ihn und sagte dann: „Ich habe Hunger. Du auch?" – „Ja. Was hast Du denn mitgebracht?" Er ging den Flur hinab und trat durch eine Tür. Rosita nahm die Einkaufstasche wieder hoch und folgte ihm. Sie kamen in einen spärlich möblierten Raum, der aussah wie ein Wohnzimmer und von dem eine Tür abzweigte, durch die Werner nun trat. Sie ging hinter ihm her, landete in der Küche und stellte die Einkaufstasche auf die Anrichte. Werner stand vor ihr und betrachtete sie nachdenklich. Plötzlich sagte er: „Darf ich Dich für einen Moment alleine lassen, ich muss noch etwas erledigen?" – „Ja, ja, ich denke, ich finde mich erst mal zurecht." Während Rosita Schränke und Schubladen öffnete, um Geschirr und Bestecke zu finden, und aus den mitgebrachten Zutaten ein Abendessen bereitete, hörte sie ihn im Hintergrund der Wohnung kramen und bisweilen brummen. Bei genauem Hinhören konnte man so etwas wie ein Lied vernehmen, das weder mit besonderer Musikalität noch besonderer Lautstärke gesungen wurde, aber nichtsdestotrotz ein Zeichen von Lebensfreude schien. Nach einer Weile war

Rosita fertig mit ihren Vorbereitungen und begann, die diversen Platten und Schüsseln, auf und in denen sie ein Abendessen vorbereitet hatte, ins Wohnzimmer zu tragen und auf dem Tisch zu drapieren. Dann richtete sie Teller und Besteck, entkorkte eine Flasche Wein und setzte sich. Schließlich kam Werner wieder ins Wohnzimmer, eine Hand auf dem Rücken. Er stutzte, blickte auf den Tisch und sagte: „Ich habe das Wichtigste vergessen", machte kehrt und kam mit zwei Kerzen wieder. Er stellte sie auf den Tisch, zündete sie an, blickte das Arrangement mit strengem Gesichtsausdruck an, nickte und verschwand wieder. Rosita lächelte leise und froh. Kurz darauf kam Werner wieder zurück und hielt in der Hand einen Strauß von Papierblumen, die aus zusammengedrehten farbigen Papierstücken bestanden. Er hielt ihr den Strauß hin und sagte: „Ich wollte Dir schon seit geraumer Zeit zu Deinem Nobelpreis gratulieren, aber ich habe nichts außer einer Telefonnummer und war mir auch gar nicht sicher, ob die Rosita, die ich kenne, wirklich die Frau Doktor Hintermeier ist, die man als geniale Physikerin kennt." Kreszenzia lachte und sagte: „Sie ist. Danke vielmals." Sie nahm den Blumenstrauß, drehte ihn in den Händen und lachte wieder: „Eine nette Idee. Lass uns aber jetzt essen, ich habe wirklich Hunger." Sie setzten sich, Kreszenzia goss von dem Wein in die beiden Gläser.

Nach dem Essen, dessen Gespräch sich vorwiegend um Kreszenzias Forschungsarbeiten drehte, räumte Werner den Tisch ab, während Kreszenzia sich im

Stuhl zurücklehnte und ihn beobachtete. Werner kam aus der Küche und ging zu ihr. Er beugte sich zu ihr, küsste sie auf das Haar und sagte: „Warum kommst Du mich besuchen?" – „Ich wollte mal sehen, wie mein einziger Kunde wohnt und lebt." Werner blickte sich um, betrachtete seine Wohnung und versuchte sich vorzustellen, wie diese Wohnung auf jemanden wirken musste, der sie das erste Mal betrat. Er kratzte sich am Kopf, blickte Kreszenzia an und lächelte, plötzlich verlegen. „Wieso Dein einziger Kunde?" – „Naja, Du bezahlst mich immer noch für den Verkehr, den wir haben. Damit bist Du ein Kunde für mich. Der einzige." Sie stand auf, trat zu ihm, legte ihm die Arme auf die Schultern und zog ihn an sich. Er umarmte sie ebenfalls. Dann hatten sie es plötzlich furchtbar eilig. Lachend zogen sie sich aus, halfen und behinderten sich gegenseitig, lachend und sich immer wieder küssend.

Nach einer Weile, als sie sich ausgetobt hatten und im Bett lagen, sich gegenseitig ihrer Nähe versichernd, blickte Kreszenzia Werner an und sagte: „Warum sprengst Du die Polizisten in die Luft?" – „Woher weißt Du ..." – „Ich frage mich das schon lange, weil ich feststellte, dass Du immer bei mir warst, nachdem ein Polizist, der an einer Straße Geschwindigkeitskontrollen durchführte, getötet worden war. Man hat zwar vor einiger Zeit einen Mann dafür verhaftet und verurteilt, ich war mir aber immer sicher, dass Du das getan hast. Warum?" Werner blickte Kreszenzia lange an, dann schüttelte er den Kopf, schloss die Augen, legte sich zurück und sagte leise: „Das ist eine alte Geschichte." Kreszenzia rückte näher, kuschelte sich an ihn und sagte: „Ich mag alte Geschichten." Werner schüttelte noch einmal den Kopf, strich ihr mit der Hand über das Haar und sagte: „Ich war damals noch jung und verheiratet mit der Frau, mit der ich alt werden wollte. Sie war ein Teil von mir und ich dachte, dass nichts unser Leben stören konnte. Ich war damals für Mercedes in Hamburg tätig und verkaufte Lastkraftwagen. Wir waren in der Firma ein gutes Team und hatten viel Spaß. Karin, meine Frau, war Sozialarbeiterin und betreute drogenabhängige Frauen und Mütter. Naja, sie hat diesen Frauen letztendlich Stoff gebracht, dass sie nicht mehr auf den Strich gehen mussten und sich um ihre Kinder kümmern konnten, wenn sie welche hatten. So war zumindest die Idee. Sie hat sehr gelitten während ihrer Arbeit, weil sie so viel Elend begegnet ist, aber ich glaube, sie hätte nie eine andere Arbeit haben wollen." Werner hielt inne, starrte an die Schlafzimmerdecke, seine Hände begannen, hilflos über die Bettdecke zu streichen. Dann blickte er kurz zu Kreszenzia, schluckte und fuhr fort: „ Wir, das heißt meine Kollegen von Mercedes und ich waren zum Trucker Grand Prix an den Nürburgring gefahren, als eine Art Belohnung, weil wir ein sehr gutes Verkaufsjahr hingelegt hatten. Der Grand Prix fand ausgerechnet an dem Wochenende statt, als ich mit Karin ein paar Tage in die Schweiz fahren wollte, um unseren fünften Hochzeitstag zu feiern. Mein Chef hatte noch gemeint, Karin könne doch mitkommen zum Nürburgring. Karin wollte aber nicht, weil das Bier und die Musik nicht nach ihrem Geschmack waren.

Auf dem Weg dorthin, ich bin gefahren, fuhr ich in eine automatische Geschwindigkeitskontrolle, war natürlich zu schnell dran und musste später ein ziemlich hohes Bußgeld zahlen und verlor meinen Führerschein für einige Wochen.

Am Nürburgring lernte ich eine Anwältin kennen, die mich letztendlich auf die Idee brachte, die Trucks in Personenwagen umzubauen. Und obwohl ich wirklich glücklich und zufrieden war mit meiner Ehe, war ich doch so hingezogen zu dieser Frau, ich hätte Karin betrogen, wenn diese Frau auch nur einen Schritt in meine Richtung gemacht hätte." Werner schwieg wieder eine Weile. Er atmete schwer ein, schüttelte wieder den Kopf und sagte: „Ich verstehe das immer noch nicht. Aber das Schlimmste war, dass ich am Samstag Abend des Grand Prix, als ich ins Hotel kam, erfuhr, dass meine Frau gestorben war, gestorben an den Verletzungen, die sie durch die Prügel und die Vergewaltigung eines Ausgeflippten erlitten hatte. Eine Kollegin von ihr hat mir das später alles erzählt. Sie sollte in Sankt Georg, einem schlimmen Viertel im Hamburger Zentrum, einen ihrer Fälle besuchen. Eine Frau, die ein kleines Kind hatte, an der Nadel hing und AIDS-krank war. In dem Haus, in dem sie lebte, waren auch einige Jungs, die sich dort wohl erfolgreich vor der Polizei versteckten und denen es wahrscheinlich nicht viel ausmachte, so zum Spaß eine Frau zu verprügeln und zu vergewaltigen. Karin wusste das, darum ging sie gemeinsam mit einer

Kollegin zur Polizeiwache dort in der Nähe und bat einen der Beamten, mit ihr mitzukommen, um ihr im Notfall zu helfen. Der Beamte muss dann wohl zu ihr gesagt haben, dass sie da alleine reingehen könne, er hätte jedenfalls keine Lust, sich Prügel abzuholen. Dann ging Karin halt alleine rein, ihre Kollegin blieb auch draußen. Und Karin kam nicht mehr lebend raus." Werner schwieg, eine Träne entstand in seinem Augenwinkel, wuchs langsam, löste sich und glitt die Wange hinab zu seinem Ohr, eine schmale nasse Spur hinterlassend. Er schluckte und sagte: „Und ich hänge am Nürburgring rum und lasse mir von einer Fremden schöne Augen machen, während meine Frau zu Hause totgeschlagen wird." Er schwieg wieder, unterdrückte ein Schluchzen, knirschte mit den Zähnen und sagte schließlich: „Und was macht die Polizei? Stellt sich an die Autobahn und baut Fallen auf, um abzukassieren."

Kreszenzia hatte still neben Werner gelegen und zur Decke geblickt. Nun drehte sie ihm das Gesicht zu und sagte: „Wie lange willst Du das noch weitermachen? Ein unschuldiger Mann sitzt Deinetwegen im Gefängnis. Der Mann ist zwar kein guter Mensch, ich kenne ihn zufällig, aber er hat mit Deinem Rachefeldzug nichts zu tun. Und unschuldige Polizisten sterben, wegen der Dummheit und Feigheit eines Kollegen. Diese Leute hinterlassen Familien."

Werners Gesicht verschloss sich. Er atmete schwer ein. Dann schluckte er wieder und sagte: „Ich hätte meine Frau betrogen, wenn die andere nur einen Schritt mehr in meine Richtung gemacht hätte, während meine Frau totgeschlagen wurde." Er schluchzte, stand auf und lief aus dem Schlafzimmer. Kreszenzia starrte an die Decke, strich mit den Händen über die Bettdecke und seufzte. Sie spürte Tränen hochsteigen, wischte sich mit dem Handrücken wütend über die Augen. Sie stand ebenfalls auf und ging ins Wohnzimmer. Werner saß auf der Couch, eine Decke über den Schoß gezogen, die Hände vor dem Gesicht, und weinte lautlos. Sie ging leise zu ihm, setzte sich neben ihn und legte ihm die Arme um die Schultern. Sie zog ihn vorsichtig an sich und begann, ihm über den Kopf zu streichen, dabei murmelte sie tröstende Worte. Nach langer Zeit beruhigte er sich, sein Atem wurde ruhiger, er war eingeschlafen. Sie rückte vorsichtig von ihm weg, legte ihn auf die Couch, deckte ihn zu und ging zurück ins Schlafzimmer, um sich ebenfalls schlafen zu legen. Sie war sehr müde.

Am anderen Morgen erwachte sie und merkte, dass Werner neben ihr lag. Sein Gesicht hatte wieder den entspannten Ausdruck, den sie schon früher an ihm beobachtet hatte, wenn er schlief. Sie blickte ihn lange Zeit an, während er ruhig atmete und sich nicht rührte. Dann strich sie ihm mit der Hand leicht über die Stirn, erhob sich vorsichtig und stand auf. Sie ging ins Bad, duschte und zog sich anschließend an. Sie ging zurück ins Schlafzimmer und blickte Werner an. Er hatte sich immer noch nicht bewegt, atmete ruhig und schlief, Entspannung auf seinem Gesicht. Sie zog ihre Jacke an, öffnete leise die Wohnungstür, trat hinaus und zog die Tür leise hinter sich zu.

Als Werner erwachte, brauchte er eine Weile, bis er sich zurechtfand. Er stand auf, ging durch die Wohnung, sammelte seine Kleider auf, blickte in die Küche, ging ins Bad. Er war alleine in der Wohnung. Keine Nachricht, nichts. Er setzte sich auf die Toilette, anschließend stieg er in die Dusche, trocknete sich dann ab und zog frische Kleidung an. Er ging ins Schlafzimmer, schüttelte das Bettzeug auf, ging dann in die Küche, um sich aus dem Kühlschrank etwas Brot und Käse für ein Frühstück zu holen, und setzte sich an den Esstisch. Während er aß, blickte er an die Wand, verdrängte alle Gedanken an Rosita/Kreszenzia. Er musste noch einmal der Resonanz an dem Motor nachgehen. Was konnte es sein? War es wirklich im Motor oder eines der angesetzten Aggregate? Oder das Lüfterrad? Er musste mehr Messungen machen. Er kaute und schluckte. Sie war weg, verschwunden, ohne sich zu verabschieden. Er blickte auf die Uhr. Es wurde Zeit, aufzubrechen. Er stand auf, trug das Geschirr zur Anrichte und stellte es ab. Dann ging er ins Bad, um sich die Zähne zu putzen, zog sich anschließend Jacke und Schuhe an und verließ die Wohnung, um zu seiner Werkstatt zu fahren. Der Actros wartete, er musste noch Messungen machen.

In der Werkstatt startete Werner wieder den Motor des Actros und aktivierte seinen Gaspedalaktuator. Er stellte die Drehzahl des Motors auf zweitausend Umdrehungen und beobachtete seinen

Schwingungsmesser. Es war ein Gerät mit sechzehn Aufzeichnungskanälen und einem großen Bildschirm, auf dem die Aufzeichnungswerte in Form von Linien dargestellt wurden. Auf diese Weise konnte er gleichzeitig an sechzehn verschiedenen Punkten des Antriebes die Schwingungen erfassen und aufzeichnen. Auf einem Referenzkanal stellte er die aktuell laufende Drehzahl dar, um später während der Auswertungen die Messwerte den Drehzahlen zuordnen zu können. Er hatte den Schwingungsmesser für diesen Auftrag gekauft.

Werner reduzierte die Drehzahl um einige Umdrehungen, der Vibrationspegel, den der Schwingungsmesser anzeigte, ging zurück. Er erhöhte die Drehzahl wieder, der Pegel stieg. Nach einer Weile, bei etwas über zweitausendundfünfzig Umdrehungen pro Minute, begann der Pegel wieder abzufallen. Er reduzierte die Drehzahl wieder, bis der maximale Vibrationspegel zu messen war. Dann betrachtete er die Linien des Aufzeichnungsgerätes. Die höchsten Pegel wurden im Bereich des vorderen Kurbelwellenaustrittes gemessen. Interessant war auch, dass die Schwingung sich über nahezu über den gesamten Motorblock messen ließ. Damit war es eher unwahrscheinlich, dass die Resonanz durch ein Zusatzaggregat hervorgerufen wurde. Es sah nach einer Kurbelwellenunwucht aus.

Werner holte wieder sein Hörrohr hervor, setzte es an verschiedene Stellen des Motorblockes und lauschte aufmerksam. Nichts zu hören. Er blickte erneut auf den Bildschirm des Schwingungsmessers und ging in

Gedanken die Änderungen an dem Motor durch. Möglicherweise waren die Massen der Pleuelstangen und der Kolben nicht sorgfältig genug aufeinander abgestimmt worden. Er kratzte sich am Kopf. Die Vorstellung, den Motor noch einmal zerlegen zu müssen, gefiel ihm nicht. Warum war Rosita – an den Namen Kreszenzia brauchte er sich wohl nicht zu gewöhnen – ohne ein Wort des Abschiedes gegangen? Was wollte sie von ihm? Er ging in sein Büro und setzte sich an den Schreibtisch, öffnete einen Ringordner und blätterte darin. Hier waren die Zertifikate der Kolben mit den Massenangaben. Er schaltete den Rechner ein und wartete, bis die Programme gestartet waren. Dann startete er ein Simulationsprogramm, mit dem er dynamische Funktionen in einem Motor modellhaft testen konnte. Er hatte dieses Programm aus der Konkursmasse eines Ingenieurbüros günstig erstanden. Es war zwar in einer veralteten Version erstellt und die Komponentendatenbank war dem entsprechend unvollständig, die notwendigen Algorithmen für die Berechnungen innerhalb des Motors waren nichtsdestotrotz gültig. Er öffnete das Modell des Motors, das er erstellt hatte, und klickte sich durch die Bauteilliste. Bei den Kolben öffnete er die Attributeliste und ging Wert für Wert durch. Bei einigen Parametern war er sich nicht sicher gewesen und hatte die Grundeinstellungswerte belassen. Die Masse des Kolbens war wie in dem Zertifikat angegeben. Vielleicht war der Abtrag durchs Schleifen doch so groß, dass er relevant geworden war. Wahrscheinlich sollte er sich gedanklich von Rosita freimachen. Karin wäre es ohnehin nicht recht gewesen, hätte er sich weiterhin mit Rosita getroffen.

Er seufzte und öffnete die Parameterbeschreibung in dem Simulationsprogramm. Immer wieder las er die Erläuterungen zu den einzelnen Einstellmöglichkeiten. Nach einer Weile schüttelte er den Kopf. Er kam nicht dahinter. Er ging zurück in die Montagehalle, tippte einige Tasten auf dem Datenschreiber des Schwingungsmessers und ließ dann die gespeicherten Informationen der vorangegangenen Messungen anzeigen. Hier war nur dieser Anstieg bei etwa zweitausend Umdrehungen. Er ging zum Motor und starrte ihn an, als hoffte er, dass dieser ihm plötzlich die Ursache für diese Schwingung erläuterte. Akzeptierte Rosita ihn nicht, weil er nichtsnutzige Polizisten beiseite räumte? Warum war sie aber dann gekommen? Um sich ihrer Vermutung zu versichern. Verständigte sie nun die Polizei? Er zuckte mit den Schultern. Dann wäre die Sache zu Ende. Plötzlich sah er sich in einer Gefängniszelle sitzen. Ihm wurde heiß. Worauf hatte er sich hier eingelassen? Er hätte nie anfangen dürfen, Rosita in sein Leben einzulassen. Werner begann, durch die Räume der Werkstatt zu laufen. Er blieb vor dem Schrank stehen, in dem er die selbst gefertigten Granaten aufbewahrte, zog die Schublade auf und betrachtete die dort gestapelten Teile. Dann nahm er eine Holzkiste aus einem Regal und begann, die Granaten aus der Schublade in die Kiste zu räumen. Anschließend ging er in den Raum, in dem er den

Sprengstoff aufbewahrte. Er holte das Gefäß mit der explosiven Substanz aus dem Schrank, stellte es auf den Tisch und stutzte. Was hatte er vor?

Er lehnte sich mit dem Gesäß an den Tisch und blickte den Topf mit dem Sprengstoff an. Die Sprengkraft des Doseninhaltes war wahrscheinlich groß genug, um die Halle hier zu zerstören. Er wollte nicht ins Gefängnis und sich seiner Würde begeben. Aber hatte er überhaupt noch Würde? Unschlüssig ging er zurück in die Montagehalle und starrte den Actros an, der hochmütig und schweigsam im Licht der großen Hallenlampen stand und glitzerte. Er räumte den Sprengstoff und die Granaten wieder in die Schränke und Schubladen und ging wieder in sein Büro. Er klickte sich in dem Simulationsprogramm noch einmal durch die Bauteile- und Attributeliste und stutzte. Er betrachtete die Attribute für die Pleuelstangen: Hier hatte er vergessen, die Dichtewerte des Stahles durch diejenigen für die Titanlegierung zu ersetzen. Er holte die Materialzertifikate für die Titanpleuel hervor und ging durch die Liste von Kennwerten, bis er den Wert für die Dichte fand. Er übertrug die Zahl in die Attributeliste, speicherte den Simulationsdatensatz und startete die Berechnung über den Drehzahlbereich von dreihundert Umdrehungen bis dreitausend Umdrehungen pro Minute. Er öffnete ein weiteres Darstellungsfenster und ließ die berechneten Resonanzwerte in Abhängigkeit von der Drehzahl darstellen. Der Rechner zeichnete langsam die Kurven auf, ähnlich seinem Schwingungsmessgerät.

Nur dass in diesem Fall alle Werte aus Berechnungen entstanden. Bei zweitausendundfünfzig Umdrehungen zeigte das Diagramm einen Anstieg der Schwingungspegel im gesamten Motorenbereich.

Werner lehnte sich zurück und starrte die Kurven an. Er kratzte sich am Kopf, stand auf und ging in die Halle hinaus zu dem Motor. Es war beruhigend, dass das Simulationsmodell nun die gleichen Werte zeigte wie er in der Realität messen konnte. Es war beunruhigend, dass diese Störung existierte. Er grübelte und holte die Motorzeichnungen hervor. Vielleicht war dieser Auftrag eine Nummer zu hoch für ihn. Er schüttelte den Kopf und blickte wieder auf das dreidimensionale Modell, das in explodierter Darstellung ausgeführt war. An der Kurbelwelle waren die charakteristischen Gegengewichte auf der Kehrseite zu den Kurbelzapfen deutlich zu erkennen. Logisch. Durch die Massenverringerung der Pleuel hatte die Kurbelwelle auf der Gewichtsseite eine deutlich höhere Masse als auf der Zapfenseite. Bei einem „normalen" Achtzylinder-V-Motor hat jedes Pleuel seinen eigenen Pleuelzapfen. Diese sind über den Kreis so angeordnet, dass zwischen jeweils zwei der acht Zylinder genau neunzig Grad Kurbelwellendrehung notwendig sind, ehe der nächste Kolben den oberen Totpunkt erreicht. Auf diese Weise wird eine möglichst hohe Laufkultur erreicht. Die Gegengewichte zu den Pleuelzapfen sind dabei nicht zuletzt an die Masse der Pleuel angepasst. Da Werner die Pleuelmassen entscheidend verringert hatte, hatte er eine gewisse Unwucht in den Motor eingebracht, weil ein V-Motor kein rotationssymmetrisches Konstrukt ist. Diese Unwucht zeigte sich bei einer bestimmten Drehzahl in Resonanzüberhöhungen, welche messbar waren. Er überlegte nun, ob die Überhöhungen so gravierend waren, dass sie zum Einen die Laufkultur merkbar störten und zum Anderen sich in einer Verkürzung der Motorlebensdauer durch erhöhten Verschleiß, zum Beispiel in den Kurbelwellenlagern, ausdrückte.

Er setzte sich wieder an den Rechner mit dem Simulationsprogramm und holte die Attribute für die Kurbelwelle auf den Bildschirm. Die Form der Gegengewichte war graphisch festzulegen. Er betrachtete die Form eine Weile, dann probierte er einige Funktionen aus, um sie anzupassen. Er wollte die Rundung durch eine Sekante schneiden. Dies ließ sich später relativ einfach durch Schleifen oder Fräsen bewerkstelligen. Er speicherte die neue Kontur und startete die Simulationsberechnung. Das Simulationsergebnis hatte sich nicht verändert. Werner öffnete die Attributedaten für die Kurbelwelle und suchte eine Weile, ehe er die Konturendatei wieder fand. Er öffnete die Datei. Die Kontur war unverändert, seine Modifikation war nicht übernommen worden. Er startete das Hilfeprogramm und las sich durch das Kapitel mit den Modifikationen der Kontur durch. An einer Stelle war ein Hinweis auf eine Fußnote angebracht, den er vorher überlesen hatte. Er klickte auf den Hinweis, ein neues Textfenster öffnete sich mit dem Inhalt, dass die Funktion der Konturenänderung nur in bestimmten

Versionen des Programmes zur Verfügung stand. Er öffnete das Fenster mit den Programminformationen. Die Version, die er hatte, beinhaltete keine Modifikationsmöglichkeiten an den Konturen.

Werner lehnte sich in seinem Stuhl zurück und schabte mit der Hand über sein Kinn. Es klang, als würde jemand über eine Bürste streichen. Ich sollte mich wieder mal rasieren, dachte er. Aber für wen?

Er stand auf, ging in die Halle und stellte sich vor den Actros. Er betrachtete ihn. Schade, dass er nun so kurz vor einem perfekten Ergebnis aufgeben sollte. Er schabte wieder über sein Kinn und umkreiste den Wagen, trat an den Rahmen heran und beugte sich über den Motor. Ein Aus- und Wiedereinbau der Kurbelwelle würde wahrscheinlich inklusive Modifikation zwei Wochen in Anspruch nehmen. Aber das Gefühl zu haben, unfertige Arbeit zu verkaufen, war unerträglich. Er seufzte, ging wieder in sein Büro und setzte sich vor den Rechner. Er las noch einmal die Beschreibung für die graphische Modifikation.

Dann öffnete er ein Programm, mit dem man die Dateistrukturen auf dem Rechnerspeicher ansehen kann und suchte eine Weile, ehe er die Datei mit den Kontureninformationen fand. Er kopierte die Datei für die Kurbelwelle in einen separaten Ordner und probierte dann mit einigen Programmen, die er auf dem Rechner installiert hatte, diese Datei zu öffnen. Nachdem er in einem Textbearbeitungsprogramm einige Parameter angepasst hatte, tauchte auf dem Bildschirm eine tabellenartige Folge von Zahlen und Buchstaben auf. Er betrachtete sie eine Weile, dann holte er ein Stück Papier, einen Bleistift und ein Lineal, und begann, anhand der Zahlen-Buchstabenkombinationen verschiedene Konstruktionen auf dem Zeichenblatt nachzuvollziehen. Konstruktionen sind oft in so genannter Vektorgraphik angelegt, das heißt, dass unter Verwendung normaler Gesetze der Geometrie mit so genannten Primitivformen komplexe Strukturen erzeugt werden. Der Vorteil von Vektorgraphik liegt darin, dass man durch Anpassen eines Parameters die Größe der Ergebnisgraphik beliebig einstellen kann.

Nachdem Werner einige Stunden rumprobiert hatte, hatte er Erfolg. Die Kontur eines Kurbelwellensegmentes schälte sich aus dem Papier. Sein Herz begann, schneller zu schlagen. Er lehnte sich zurück und betrachtete die Konstruktion. Wenn er nun hier die Rundung unterbrach, eine Sekante einsetzte und dort mit der Rundung fortfuhr, dann entspräche das dem Abfräsen der Rundung zur Reduzierung der Masse. Er druckte die Textdatei mit der Beschreibung der Vektorgraphik aus und schrieb einige Zahlen und Buchstaben an eine bestimmte Stelle des Textes. Dann wandte er sich wieder dem Textprogramm zu und fügte die eben geschriebenen Zahlen ein. Er aktivierte wieder das Simulationsprogramm und öffnete die Attributedaten für die Kurbelwelle. Die Kontur hatte sich verändert. Sie sah nun genau so aus, wie er sie auf dem Zeichenpapier vorkonstruiert hatte. Er lächelte und startete die Simulationsberechnung.

Nach einer Weile konnte er das Ergebnis betrachten. Die Resonanz bei zweitausendundfünfzig Umdrehungen pro Minute war verschwunden, stattdessen war eine neue Resonanz bei eintausendfünfhundert Umdrehungen aufgetaucht. Ihr Maximum war etwa halb so hoch wie diejenige bei zweitausendundfünfzig. Werner brummte und klickte sich wieder durch bis zu dem Textprogramm mit der Konturendatei. Dann zeichnete und maß er eine Weile an der Kontur auf dem Papier herum und übertrug schließlich einige veränderte Werte in die Datei und speicherte diese. Dann startete er die Berechnung erneut. Das Maximum hatte sich nun verschoben auf eintausend Umdrehungen pro Minute, es war nur noch schwach auszumachen. Er wiederholte den Konstruktionsvorgang und startete die Berechnung wieder mit dem Ergebnis, dass das Maximum nun bei dreihundert Umdrehungen angelangt. Er erweiterte den Drehzahlbereich bis auf viertausend Umdrehungen pro Minute und ließ eine neue Berechnung laufen. Die Ergebnisgraphen zeigten, dass bei dreitausendachthundert Umdrehungen pro Minute ein sehr großes Maximum war. Dies war aber nicht relevant, weil der Motor nur mit einer maximalen Drehzahl von dreitausendundfünfhundert Umdrehungen laufen sollte.

Werner lehnte sich wieder in seinem Stuhl zurück und betrachtete das Ergebnis. Er war zufrieden. Nun musste er den Motor wieder zerlegen, die Kurbelwelle auf seine Planschleifmaschine spannen und die Gewichte abschleifen. Dafür benötigte er eine

Spannvorrichtung, die er bauen würde, sobald die Kurbelwelle ausgebaut war. Das Risiko der Aktion lag darin, dass er bei der Dateneingabe etwas übersehen hatte oder das Simulationsprogramm an dieser Stelle nicht korrekt rechnete, weil die hinterlegten Modelle nicht ausreichend waren. Er kratzte sich am Kopf. Er würde Feierabend machen und sich dieses Problem am nächsten Morgen noch einmal ansehen. Er blickte auf die Uhr. Es war bereits acht Uhr abends, ohnehin schon spät. Er schaltete den Rechner ab, löschte die Lichter und schloss die Werkstatt ab, um nach Hause zu fahren.

Als Werner zur Wohnung zurückkam und die Treppe hochstieg, saß Rosita auf dem Treppenabsatz, neben sich eine Einkaufstasche, auf dem Schoß ein Buch, in dem sie las. Er blieb eine Weile stehen, nahm das Bild in sich auf und ging dann zu ihr, reichte ihr die Hände und zog sie hoch, schloss sie in die Arme und begann wieder zu weinen. Sie befreite sich, blickte ihn an und sagte: „Ich war auf der Suche nach einem Bäcker, um frische Brötchen zu holen. Als ich zurückkam, warst Du weg. Nun sind die Brötchen nicht mehr frisch." Werner begann zu lachen.

Epilog

Kreszenzia und Werner heirateten übrigens nicht. Insofern ist das vorliegende Märchen eine Enttäuschung für Liebhaber romantischer Geschichten. Kreszenzia blieb für einige Tage bei Werner. Dieser zeigte ihr seine Werkstatt und seine Granatenproduktion und damit sein Vertrauen. Er war jedoch innerlich unruhig, weil der Actros auf ihn wartete und er sich lieber mit ihm beschäftigt hätte. Kreszenzia und Werner blieben aber zeitlebens in Kontakt und besuchten einander regelmäßig. In ihren Wohnungen waren Utensilien wie Zahn- und Haarbürsten des jeweils anderen verstaut. Kreszenzia brachte Werner auch zu ihren Eltern mit. Seltsamerweise entstand sehr schnell ein freundlicher Kontakt zu ihrem Vater und ihrem Bruder, der den elterlichen Hof bewirtschaftete. Sie fanden viel Gesprächsstoff über Dieselmotoren und andere Maschinen.

Die Geschichte hat jedoch eine ganze Reihe glückvoller Ausgänge, insofern mag sie den einen oder anderen Leser doch zu erfreuen.

Reni hatte wieder einmal wenig Zeit. Während der Ausstellung, zu der Oliver unterwegs war, als er verhaftet wurde, prallte sie buchstäblich in einen staunend und verwirrt dreinblickenden Mann, einen promovierten Biologen vom Tropeninstitut, der eigentlich zu einem Vortrag im Lenbachhaus gehen wollte und sich in ihre Ausstellung nur verirrt hatte. Er war ein sehr zurückhaltender Mann und es dauerte eine Weile, ehe bei den beiden der gemeinsame Weg erkennbar war. Aber einer der Beiden hatte wohl genügend Initiative, den Kontakt herstellen zu wollen. Meinrad, der Biologe, verstand nichts von Renis Bildern, er freute sich jedoch über die Tatsache, dass sie malte. Aus Renis Bildern verschwand im Lauf der Zeit der düstere Ton, sie wurden heiterer und freundlicher. Wenn man sie auf den ersten Blick betrachtete, wirkten sie als Farbkomposition warm und einladend, bei näherem Hinsehen erkannte man Details sonniger Landschaften, fröhlicher Menschen oder friedlicher Tiere. Sie redete schon eine geraume Weile über das Heiraten und war neben ihrer Malerei gemeinsam mit Meinrad dabei, ein Kind zu adoptieren. Sie musste feststellen, dass sie unfruchtbar war, wollte aber eine komplette Familie, wie sie Kreszenzia mitteilte. Werner fühlte sich in der Gegenwart Renis nicht sehr wohl. Nachdem sie bedingt durch die Festnahme und Verurteilung Olivers ihre Angst und Reserviertheit abgelegt hatte, entwickelte sie sich zu einem impulsiven und ausgelassenen Menschen und war für Werners Geschmack „ein bisschen zu laut". Mit Meinrad fand Werner wenig gemeinsamen Gesprächsstoff, so dass von beiden Seiten wenig Bedarf bestand, einen Kontakt herzustellen oder zu pflegen. Ob Kreszenzia darunter litt, zeigte sie nicht. Auf ihre besonnene und adulte Art lebte sie ihren Beruf und verstand es, zwischen ihren wenigen privaten Ruhepolen zu verweilen.

Oliver hatte anfänglich wenig Freude an seinem neuen Dasein als Insasse einer Justizvollzugsanstalt. Er musste sich wegen der Polizistenmorde in psychiatrische Behandlung begeben und unglücklicherweise entpuppte sich der Therapeut nicht nur als homosexuell, sondern auch noch als ausgesprochen interessiert an ihm als Mann. Dieses Interesse endete nicht selten in körperlichen Auseinandersetzungen während der Sitzungen, für die Oliver anschließend bestraft wurde. Mit der Zeit sprach es sich jedoch bei seinen Kollegen herum, dass er derjenige war, der die fünfzehn Polizisten zur Strecke gebracht hatte, obwohl er dauernd seine Unschuld beteuerte. Da aber in einer Justizvollzugsanstalt etwa achtzig Prozent aller Gespräche mit den Worten beginnen: „Ich wars nicht, der das getan hat", glaubte ihm ohnehin niemand und nach einer Weile war er als „Bullenkiller" so etwas wie ein Robin Hood für die anderen. Oliver hatte schon immer ein Geschick, sich auf Strömungen in einer sozialen Gruppe einzustellen. Er fing daher nach einer Weile an, seine Taten zu erzählen und auszuschmücken und glaubte nach einigen Jahren sogar daran, sie begangen zu haben. Insofern hatte Neureuter recht, als er sagte, dass Oliver die Taten begangen hätte, er wüsste es nur noch nicht.

Mit zunehmender Beliebtheit Olivers wuchsen auch seine Möglichkeiten, seine frühere Tätigkeit als Händler für falsche Träume und weibliche Gunst wieder aufzunehmen und auszubauen. Entgegen seiner Tätigkeit vor seiner Inhaftierung, als er sein

Gewerbe als Einzelgänger betrieb, baute er in der Justizvollzugsanstalt ein Handelssystem ähnlich der amerikanischen Vermarktungsmethode für verschließbare Plastikschalen oder teure Kochtöpfe auf und war damit nicht zuletzt wirtschaftlich sehr erfolgreich. Sein Erfolg endete nicht einmal an den Mauern der Anstalt. Seine wichtigste Kontaktperson nach draußen war Elena.

Elena war nach Olivers Weggang tatsächlich anfänglich aus der Wohnung ausgezogen und dadurch dem Zugriff den Polizisten entgangen, als sie seine Wohnung durchsuchten. Sie beschaffte sich neue Papiere mit dem Geld, das sie aus Olivers Wohnung mitgenommen hatte, und setzte sich in die Schweiz ab. Dort heiratete sie einen Schweizer und erhielt auf diese Weise die schweizer Staatsbürgerschaft und eine ordentliche Identität. Über den befreundeten Anwalt Olivers stellte sie nach einer Weile wieder den Kontakt zu ihm her und versorgte ihn mit allem, was er für seine Geschäfte benötigte.

Neureuter schließlich wurde für seinen Fahndungserfolg gelobt und befördert und lernte während eines von ihm gegebenen Vortrages eine junge Polizeianwärterin kennen, die sich in ihn verliebte, ihre Polizeikarriere an den Nagel hängte und sich um seinen Haushalt kümmerte. Der Titel des Vortrages lautete übrigens: „Ziel führende Vernehmungsmethoden".